판클라치온 3

최영채 판타지 장편 소설

초판 1쇄 찍은 날 § 2003년 12월 17일
초판 1쇄 펴낸 날 § 2003년 12월 27일

지은이 § 최영채
펴낸이 § 서경석

편집장 § 문혜영
편집 § 장상수 · 서지현
마케팅 § 정필 · 강양원 · 이선구 · 김규진 · 홍현경

펴낸곳 § 도서출판 청어람
등록번호 § 제1081-1-89호
등록일자 § 1999. 5. 31
어람번호 § 제1-0439호

주소 § 경기도 부천시 원미구 심곡1동 350-1 남성B/D 3F (우) 420-011
전화 § 032-656-4452 팩스 § 032-656-4453
http://www.chungeoram.com
E-mail § eoram99@chollian.net

값 8,000원

ISBN 89-5505-888-8 04810
ISBN 89-5505-885-3 (SET)

영채 판타지 장편 소설

콴츨린벚온

과격무쌍!! 바람의 파이터!!
바람같이 달려들어 번개처럼 관절을 꺾고 뼈를 뽑는다

3

셀의 각성

도서출판
청어람

㉑ 장
제국에서 온 손님

쾅!

"빌어먹을, 너희들은 요즘 대체 뭘 하고 있는 것이냐? 우리 상회가 문을 닫은 것이 언젠데 왜 아직까지 그 죽일 놈을 찾지 못한 것인지 어디 변명이라도 해봐라!"

치미는 분노를 참지 못하고 책상을 내려치고 있는 오트라르크의 얼굴은 이미 시뻘겋게 달아오를 대로 달아오른 지 오래였다.

케니가 어금니를 깨물며 침묵을 지키고 있는 동안 알은 팔짱을 낀 채 실내를 두리번거리고 있었다. 그런 그의 표정은 마치 오트라르크가 처해 있는 지금의 상황과 자신은 아무런 상관도 없다고 여기는 듯했다.

그런 알의 태도가 오트라르크의 마음에 들 리 만무했다.

"자네는 지금 뭘 하고 있는 건가?"

"예? 잠시 서재 구경을 하고 있습니다만……."

"구경이라니! 방금 내가 한 말을 듣지 못했는가?"

"물론 듣긴 했습니다만…… 제가 책임질 만한 일이 아니지 않습니까?"

알의 태연한 대꾸에 오트라르크의 눈썹이 하늘 높은 줄 모르고 한껏 치켜 올라갔다.

물론 그동안 알에 대한 문제는 케니에게 전적으로 일임해 둔 것이 사실이었다. 하지만 그렇다고 이렇게 노골적으로 대답할 줄은 몰랐기에 그에 대답에 분노를 터뜨리면서도 황당함을 느끼지 않을 수 없었다.

"왜 자네가 책임질 만한 일이 아니라는 것인지 설명을 해주겠는가?"

"그야 당연히 책임질 만한 위치에 있지 않을 뿐더러 또한 책임질 만한 일을 한 적이 없기 때문이 아니겠습니까? 저와 부하들이 한 일이라고는 그저 먹고, 시간이 날 때마다 훈련한 것뿐인데 대체 무엇을 책임져야 한다는 겁니까? 책임을 회피할 생각도 없지만, 그렇다고 일부러 나서서 한 적도 없는 일 때문에 책임지고 싶은 생각은 조금도 없습니다."

알의 대답에 오트라르크의 날카로운 시선은 케니에게로 향했다.

"샤겔스 단장, 이게 어떻게 된 일인지 설명해 주겠나? 카펜터 단장에게 왜 범인을 색출하는 데 대한 지시를 내리지 않은 것인가?"

오트라르크의 질책에 잠시 머뭇거리던 케니는 잠시 알을 무섭게 노려보다가 곧 입을 열었다.

"솔직히 말해 저는 아직까지 카펜터 단장을 믿을 수 없습니다. 해서 그에게 범인 색출하는 일을 맡기지 않았습니다만 그것이 잘못된 것이라면 그에 대한 책임은 제가 지겠습니다. 하지만 전 제 판단이 잘못되었다고 생각하지는 않습니다."

"잘못이고 아니고는 내가 판단한다, 샤겔스 단장."

"죄송합니다."

단호한 오트라르크의 말에 케니는 어쩔 수 없이 고개를 숙여 자신의 잘못을 시인했다. 하지만 알을 매섭게 노려보는 것만은 잊어버리지 않았다.

"지금 그 빌어먹을 놈이 두 달 동안 내게 끼친 손해가 얼마나 되는 줄 아느냐? 자그마치 8백만 코렌이 넘는단 말이다! 수십 년 동안 내 사업의 뿌리가 되어준 상회가 불탄 것은 물론, 곡식과 상품 창고 세 개가 그놈의 불화살 때문에 전소(全燒)되었단 말이다. 하지만 그것보다 더 큰 문제는 상회에 소속된 용병단이 있음에도 불구하고 고객들에게 우리들이 그깟 범인 하나 잡지 못하고 있다는 불신감을 줬다는 거다. 이런 상황에서 누가 우리와 거래를 하려고 하겠느냔 말이다. 그러니 당장 그놈을 찾아내! 그래서 내 앞에 데려오란 말이야! 내 손으로 직접 그놈을 죽여 버리겠다. 으드득. 코와 귀를 자르고, 눈과 혀를 뽑아버리고, 심장을 씹어 먹어버리겠단 말이야! 그러니 그놈을 잡아서 당장 내 앞으로 끌고 와!"

오트라르크의 처절한 울부짖음에 케니와 알은 아무런 말도 않은 채 침묵을 지키고 있었다. 흥분한 마음을 억지로 진정시킨 오트라르크는 일그러진 얼굴로 케니를 쳐다봤다.

"샤겔스 단장은 지금 당장 행정 감독관 피에로를 찾아가 그에게 도움을 청하도록 하게. 지금 상황에서 우리를 도울 수 있는 사람은 그뿐이니 무슨 일이 있어도 그의 협조를 얻어내야만 한다. 알았나?"

"알겠습니다."

"그리고 카펜터 단장은 해줘야 할 일이 있다."

“말씀하십시오.”

“그대는 즉시 부하들을 소집해 렉스턴 시에 다녀와야겠네.”

“렉스턴 시라면…… 광산촌이잖습니까?”

“맞아, 광산촌이지. 렉스턴 시에 있는 씨코렌이라는 광산을 찾아가라. 씨코렌 광산의 책임자인 그레엄을 찾아 내 이름을 대고 내가 예전에 맡겨놓은 모든 것이 필요하다고 해라. 그럼 그가 물건을 내줄 것이다. 자네는 그 물건을 무사히 나에게 가지고 오면 된다.”

“별것 아니군요.”

알의 대수롭지 않은 대꾸에 뜻밖에도 오트라르크는 심각한 얼굴로 고개를 저었다.

“자네가 운반해야 할 물건은 6백만 코렌 어치가 넘는 보석의 원석들이야. 그것들을 세공해서 모두 트레슈나 제국으로 납품해야 한다는 것을 명심하고 운송에 만전을 기해야만 하네. 그 원석이야말로 날 이 지옥에서 구원해 줄 유일한 생명줄이라는 것을 결코 잊어서는 안 되네. 알겠나?”

오트라르크의 말에 알은 놀람을 금할 수 없었다.

말이 6백만 코렌이지 웬만한 거상의 모든 재산을 합친 것의 몇 배가 넘는 금액이었다.

알도 오트라르크의 저택에 와서야 알게 된 것이지만 블루 드래곤 상회에서 하루에 거래되는 물량만 해도 엄청나고, 또 결제되는 금액만 해도 수십만 코렌에 육박한다는 사실이었다.

벌써 두 달 가까이 장사를 못해 손해 본 금액만 하더라도 엄청날 뿐 아니라 가게와 몇 개의 창고가 몽땅 타버려 엄청난 재산상의 손실을 입었다. 그랬기에 화재가 난 후 심각한 타격을 입고 파산이 얼마 남지 않은 줄 알았었다. 또 매일매일 결제할 금액까지 엄청나니 그가 파산하는 것은 어찌 보면 당연한 것이었다.

흔히 엄청나게 재산이 많은 이들에게 사람들은 천문학적인 재산을 보유하고 있다고들 표현한다. 알도 물론 그런 말을 들어보기는 했지만 그건 그저 호사가들이 만든 말이라고 생각했었는데 오트라르크의 곁에서 지내면서 그 말 뜻을 확실하게 깨닫게 되었다.

비록 지금처럼 자신의 서재를 엉망으로 만들 정도로 광분하기는 했지만 마치 마르지 않는 황금의 샘이라도 가지고 있는 것처럼 오트라르크는 매일매일 찾아오는 사람들에게 지불해야 될 돈을 여전히 지불하고 있었다. 게다가 아무것도 하지 않은 알과 용병들에게도 800코렌의 임금을 매달 꼬박꼬박 지불하고 있었다.

솔직히 말해 지금은 오트라르크의 재산이 얼마나 되는지 알은 짐작도 되지 않았다.

"저에게 맡겨만 주십시오. 깔끔하게 해치우겠습니다."

"갈 때는 별문제가 없겠지만 물건을 가지고 올 때는 꽤 조심해야만 할 거야. 렉스턴 시 근처에는 산적이나 도적들이 들끓거든."

"산적?"

"그래. 나도 몇 번 그들과 부딪친 적이 있었지. 꽤나 성가신 놈들이야. 물론 나나 내 부하들이 훨씬 강했기 때문에 별일은 생기지 않았지만 말이야."

조롱하는 듯한 표정을 지으며 케니가 입을 열자 알은 빙그레 미소를 지으며 대꾸했다.

"자네와 자네 부하들이 별문제없었다면 우리에게는 소풍 가는 셈 치면 되겠군 그래. 유익한 정보 고맙네. 피온스 씨, 전 지금 나가 부하들을 집합시키겠습니다. 잠시 후에 뵙죠."

고개를 까닥인 알은 그대로 서재를 빠져나갔고, 그 모습을 바라보던 케니는 이를 빠드득 갈았다.

"건방진 놈, 어디 얼마나 멀쩡하게 돌아오는지 보겠다. 으드득. 피온스님, 왜 저 녀석에게 그렇게 중요한 일을 맡기신 겁니까? 만약 저 녀석이 그 원석을 가지고 도망이라도 치면 어떻게 하시려고 말입니다."

"후후후, 자넨 저 친구가 정말 싫은 모양이군."

"제가 얼마 전에 말씀드리지 않았습니까? 비록 저 녀석이 근위 기사였던 것은 타베이 시에서 신원을 확인하긴 했지만, 이름을 속였을 뿐 아니라 어떤 임무를 수행하기 위해 모습을 감추었다고 했습니다. 그렇게 사라졌던 자가 느닷없이 용병이 되어 나타났다는 것은 더 더욱 믿을 수 없는 일 아닙니까?"

"그래서 이번 일을 맡긴 것 아닌가?"

"예?"

오트라르크의 말이 금세 이해가 되지 않는지 케니는 대답을 촉구하듯 그의 얼굴을 빤히 쳐다보았다.

"내 소유의 금광이 있긴 있지만 보석 광산은 없네. 하지만 카펜터란 저 친구가 가면 틀림없이 그레엄은 보석의 원석을 내줄 거야. 비록 가짜이긴 하지만 말이야."

"그럼 조금 전 생명줄이니 뭐니 말씀하셨던 것은……."

"거짓말이야."

케니의 질문에 대한 오트라르크의 대답은 아주 단호했다.

"비록 내가 지금 어려운 상황이라고는 하지만 이렇게까지 궁지에 몰린 상황일 때 접근한 자를 어떻게 신용할 수 있겠나? 게다가 그동안의 내 경험에 비춰보면 카펜터란 저 친구는 누군가의 지시를 받아 나에게 접근할 수 있을지는 모르겠지만 스스로 이번 음모를 꾸밀 만한 인물은 절대 못 된다는 거지. 다시 말해서 그가 만약 거짓으로 나에게 접근한 것이라면 누군가가 그에게 그렇게 하라고 지시를 내렸다는 것이지. 하지만 반대로 거짓이 아니라면 카펜터의 말처럼 돈맛이 알았기 때문일지도 모르지. 어찌 되었든 그가 이번 일을 무사히 마친다면 조금은, 아주 조금은 믿어도 될지 모른다는 생각은 하고 있네.”

'징그러운 늙은이. 예전부터 음흉한 늙은이라는 것은 알고는 있었지만 이제 보니 속에 시커먼 구렁이가 수십 마리는 들어 있는 것 같군. 금광 이야기는 몇 년이 된 나도 오늘 처음 듣는 이야기잖아. 하루라도 빨리 형님께 연락해 처리를 해야겠군.'

“자네는 피에로 행정 감독관을 찾아가 제국에 연락해 솜씨가 뛰어난 어쎄신 몇 명을 보내달라고 하게. 나에게 이렇게 막대한 피해를 입힌 놈을 반드시 잡아야만 하네. 내 아버지를 죽인 녀석은 용서할 수 있어도 내 가게와 창고를 태운 놈은 절대 용서할 수 없어. 반드시 그놈을 잡아 그놈의 심장을 씹어야만 분이 풀릴 것 같네. 뿌드득~”

'뭐라고? 누굴 용서해? 정말 황금에 미친 늙은이로군. 맞아! 그렇게 하면 되겠군. 흐흐흐, 좋은 방법을 가르쳐 주어 고맙소. 흐흐흐.'

속으로 회심의 미소를 짓고 있는 케니에게 피에로를 만나 요구할 사항을 오트라르크는 세심하게 지시하고 있었다.

따각~ 따각~

말이 움직일 때마다 제멋대로 흔들리는 몸을 내버려 둔 채 케니는 생각에 골몰하고 있었다.

"형님께 연락을 하기는 했지만 어쎄신들을 수배해서 이곳까지 오려면 아무리 말을 빨리 달려온다고 하더라도 6일 이상은 걸릴 것이다. 하지만 나 역시 준비를 하려면 그만한 시일은 필요할 테니 상관없지. 6일만 있으면…… 흐흐흐, 드디어 5년 동안이나 계획했던 일이 결말을 맺는 거야."

흡족한 웃음을 짓던 케니의 얼굴이 갑자기 일그러졌다.

"빌어먹을…… 피에로, 그 늙은이를 깜빡 잊고 있었군. 괜히 계획을 말해 가지고 손 하나 까딱하지 않은 그 늙은이에 4할이나 되는 재산을 상납하게 생겼잖아. 하여간 난 이 입이 방정이라니까. 그렇지만 피온스 늙은이의 재산이 애초에 내가 예상했던 것보다 몇 배나 많으니 약간 손해를 봐도 상관이 없겠지. 형님과 다시 그걸 나눈다고 하더라도……."

히히히힝~

요란스러운 울음소리와 함께 말이 앞발을 치켜드는 바람에 케니는 뒤로 굴러 떨어질 뻔했다. 황급히 말을 진정시키며 앞을 바라보니 잔뜩 눈을 치켜뜬 채 자신을 노려보고 있는 검은 머리 청년이 보였다.

잠시 놀란 가슴을 진정시키고 있을 때 청년은 목검을 어깨에 걸친 채 목을 까딱이며 입을 열었다.

"야, 임마. 말을 탈 줄 모르면 타지 말고 끌고 다녀. 괜히 다른 사람에게 피해주지 말고."

"미, 미안하게 되었소."

누구의 잘못인지 확인할 사이도 없이 튀어나온 청년의 거친 말투에 케니는 자신도 모르게 사과를 했다.

평소 그의 성격이라면 절대 어림도 없는 일이었다. 케니 스스로도 왜 자신이 사과를 했는지 그 이유를 알지 못했다. 하지만 상대인 검은 머리 청년은 케니를 용서할 의사가 전혀 없었던 모양이다.

　"야, 이 자식아! 미안하다면 다야? 내가 말에 밟혀 죽었어도 '아! 미안하게 됐군' 하고 그냥 가버릴 거냔 말이야, 자식아!"

　"이보게. 말이 좀 심하지 않은가? 잘못은 나만 한 것이 아닌 듯 보이는데……."

　"무슨 헛소리를 하는 거야, 임마! 당연히 네가 잘못했지. 내가 아무리 실수를 해도 말이 내 발에 밟혀 죽을 수는 없잖아. 그리고 기분 나쁘게 말 위에서 지껄이지 말란 말이야, 이 자식아!"

　짜증스러운 말투, 끊이지 않는 욕설, 기분 나쁜 눈초리, 재수없는 검은 머리, 건방진 삿대질 등등 보는 사람을 불쾌하게 만드는 모든 요소를 가지고 있는 청년이었다. 더 이상한 것은 자신이 왜 저 건방진 애송이의 욕을 그대로 듣고 있느냐는 것이었다.

　검은 머리 청년의 끊이지 않고 계속된 시비조의 말투에 아마도 화를 내야 될 시기를 놓친 듯했다. 그보다 더 큰 문제는 무슨 일인가 궁금해 삽시간에 몰려든 구경꾼들 때문에 저 애송이를 모른 척하고 그냥 보낼 수도 없게 된 것이었다.

　명색이 블루 드래곤 용병단의 단장인 자신이 저런 애송이를 그냥 내버려 둔다면 그야말로 체면 상하는 일이 아닐 수 없었다. 게다가 이곳은 자신의 본거지라고 할 수 있는 폴렌 시가 아닌가?

　자신이 과연 어떤 방법으로 애송이를 처리할 것인지 호기심이 가득한 눈길로 지켜보고 있는 구경꾼들을 흘낏 바라보던 케니는 천천히 말에서 내려왔다. 그리고는 건방진 자세로 서 있는 검은 머리 청년을 유심히 살펴봤다.

건방진 눈초리를 제외하면 특별함은 전혀 보이지 않는 애송이였다. 게다가 도저히 무기라고 볼 수도 없는 검은 목검 하나를 어깨에 둘러메고 있는 모습은 아무리 좋게 보아야 동네 불량배에 불과했다.

만약 이 건방진 꼬마가 폴렌 시에 사는 녀석이라면 자신의 얼굴을 이미 알아봤을 텐데 이렇게 시비를 거는 것을 보면 아마도 다른 도시에서 굴러먹던 녀석인 듯 보였다.

근처에 있던 구경꾼에게 말고삐를 넘긴 케니는 거만한 음성으로 입을 열었다.

"난 블루 드래곤 용병단의 단장인 케니 샤겔스다. 넌 누구냐? 이름을 밝혀라."

"나? 난 '도그 슬레이어' 쟌이라고 한다."

"도, 도그 슬레이어?"

"푸하하하!"

"낄낄낄. 도그 슬레이어라니?"

"크크크크, 살다살다 도그 슬레이어란 말은 난생처음 들어보는군."

쟌의 대답에 케니의 얼굴이 황당함으로 물듦과 동시에 주위에 있던 구경꾼들은 터져 나오는 웃음을 참지 못해 기어코 폭소를 터뜨렸다. 하지만 케니로서는 이렇게까지 자신을 농락하는 인간을 한 번도 만나본 적이 없었다.

"으드득! 정말 개처럼 맞아서 피를 토하며 죽고 싶은 모양이구나. 기꺼이 그 꼴로 만들어주마."

"난 겨우 동네 개를 패 죽일 실력밖에 안 돼. 그래서 그런 이름이 붙은 걸 나보고 어쩌란 말이야."

"어서 무기를 들어라!"

"무기? 난 이거밖에 없는데?"

말과 함께 목검을 드는 쟌의 행동에 케니는 더 이상은 참을 수 없었다.

스르릉~

머리털이 쭈뼛 하고 설 정도로 소름 끼치는 금속성과 함께 눈부신 빛을 뿌리며 롱 소드가 모습을 드러냈다. 하지만 롱 소드가 자신을 겨누고 있음에도 불구하고 쟌은 여전히 손에 든 목검을 까딱거리고 있을 뿐이었다.

"자신의 무기마저 없는 놈에게 검을 뽑았다는 것이 수치스러운 일이기는 하지만 날 모욕한 놈을 그냥 둘 수는 없는 일. 네 녀석의 경솔함을 두고두고 후회해라!"

"무슨 도마뱀 용병단의 단장이라고 했던가? 보아하니 넌 여태껏 상대들을 그 주둥아리로 물리친 모양이군."

"죽어!"

쟌의 빈정대는 말에 케니는 더 이상 참지 못하고 롱 소드를 마구 휘두르며 미친 듯이 달려들었다. 가만히 지켜보던 쟌은 케니의 롱 소드가 자신의 머리를 두 쪽으로 가르려 내려치는 모습을 보고서야 슬쩍 뒷걸음질을 쳤다.

워낙 힘이 실린 동작이라 금세 중심을 잡지 못할 것이라 생각했던 쟌의 예상과는 달리 내려쳤던 반발력을 이용해 더욱 빠른 속도로 올려치기를 감행했다. 하지만 충분한 거리를 두고 있었기에 쟌은 여유있게 피할 수 있었다.

비록 잘 다듬어진 솜씨는 아니었지만 쉽게 상대할 수 있는 솜씨도 아니었다. 용병 생활을 하면서 갈고닦은 솜씨인 듯 케니의 롱 소드는 예상치 못한 각도에서 종종 날아들었다.

직접 마주치기보다는 슬쩍 피하면서 잠시 눈여겨 살피던 쟌은 그의 검술이 조금 특이하기는 하지만 오히려 알보다 기본이 안 돼 있기에 금세 싫증이 났다.

사실 쟌이 케니의 말과 부딪칠 뻔한 것은 우연한 일이었지만 그를 어떻게 처리할 것인가에 대한 것은 이미 결정을 내린 상태였다.

케니에게 시비를 걸면서 쟌은 엉뚱하게도 며칠 전 알이 셀에 관해 한 이야기를 떠올리고 있었다.

셀이 자신을 좋아한다는 말을 알에게서 들은 순간부터 쟌은 도저히 그녀를 똑바로 쳐다볼 수가 없었다.

그저 그녀의 얼굴을 본 것만으로 심장이 빠르게 뛰는 것이 도저히 정상적인 상태를 유지할 수가 없었다. 이전까지는 아무렇지도 않게 그녀를 업었는데 지금은 그녀와 그저 손끝만 닿아도 쟌이 먼저 소스라치게 놀랄 정도였다.

무엇보다 쟌에게 문제가 된 것은 셀의 겉모습이었다.

자신이 셀에게서 어떤 감정을 느끼게 된 것은 그녀의 외모와는 아무런 상관도 없는 일이었다. 그녀도 자신처럼 과거에 상처를 받은 적이 있다는 것과 또 자신에게 은혜를 베푼 사람에게–그녀에게는 엘프 마을이지만–보은을 하려는 생각이 강하다는 점에 대해 쟌은 동병상련의 정을 느끼고 있었다. 하지만 남들은 그렇지 않은 모양이었다.

쟌의 무지막지, 잔인무도, 냉혹무비한 성격을 아는 자들은 감히 그런 내색을 하지 못했지만, 그저 셀의 외모만 본 사람들은 거의 대부분 쟌을 어린 계집아이를 좋아하는 변태로 보고 있는 듯했다.

물론 쟌에게 그런 눈길을 보낸 자들은 하나같이 처절한 응징을 당해야 했지만 그것도 매번 손을 쓰기에는 번거로운 것이 하나둘이 아니었다.

셀에게 애정을 느끼는 것은 분명한 사실이지만 그녀에게 그런 자신의 감정을 표현하는 것이 쟌에게는 너무나 쑥스럽고 어색한 일이었다. 자신이 조금만 조심을 하면 그런 자신의 속마음을 충분히 감출 수 있을 것이라고 생각했지만 상황은 쟌의 생각대로 되지 않았다.

그저 그녀를 쳐다보는 것만으로도 충분히 가슴이 떨려왔고, 입이 제대로 떨어지지 않았다. 지금 와서 생각해 보면 어떻게 이제까지 그녀를 아무런 생각도 없이 대할 수 있었는지 정말 의문이 아닐 수 없었다.

그런 생각에 골몰하다가 케니가 몰던 말과 부딪친 것인데 그가 스스로의 이름을 밝히지 않았다면 그냥 지나갔을지도 모르는 일이었다. 하지만 그가 누구인지 안 이상 카비렌의 일을 원만히 처리하기 위해서라도 적당히 부숴놓아야겠다고 생각하는 쟌이었다.

쟌의 몸놀림이 조금씩 빨라지기 시작했다.

주위에서 구경을 하던 사람들은 거의 대부분 케니가 누구인지 알고 있었다. 그리고 그의 성질머리나 실력도 대부분 알고 있었다. 때문에 쟌이 얼마나 짧은 시간 안에 그의 칼에 목숨을 잃거나 중상을 당하느냐 하는 것에 관심을 두고 지켜보고 있었던 것인데, 그들의 예상과는 달리 상황은 점점 이상하게 진행되고 있었다.

서너 번 케니의 공격을 피한 검은 머리 청년의 몸놀림이 조금씩 빨라진다고 생각하는 순간 믿을 수 없는 광경이 그들 눈앞에 펼쳐졌다.

급격하게 케니의 틈새를 파고든 검은 머리 청년의 목검이 그의 옆구리를 향하는 순간 케니는 적어도 자신의 갈비뼈 하나둘쯤은 박살이 날 것을 각오하고 있었다.

푹!

하지만 목검은 마치 동물들의 건강 상태나 질병 여부를 알아보듯 그저 옆구리를 가볍게 쿡 찌를 뿐이었다.

케니는 물론 구경하던 사람들도 쟌의 기행(奇行)에 그저 어리둥절한 표정을 짓고 있었다. 하지만 쟌의 행동은 끝난 것이 아니었다.

어느새 다시 다가와서 케니의 배를 쿡 찌르고는 다시 물러나는 것이었다.

마치 동물의 건강 상태를 검사이라도 하듯 누가 자신의 몸을 그것도 막대리고 쿡쿡 찌르는 행동을 좋아할 사람이 어디 있겠는가?

당연히 케니의 얼굴은 치미는 분노를 참지 못해 순식간에 시뻘겋게 물들었다. 그리고 쟌이 무심히 내뱉은 말은 그렇지 않아도 열을 받고 있던 케니에게 기름을 퍼부은 것처럼 결정적으로 작용했다.

"제법 실하게 살이 올랐군. 이만하면 잡아도 되겠어."

"이, 이런 개자식이⋯⋯!"

"흐흐흐. 개는 너야, 임마."

으스스한 미소를 지은 쟌은 순식간에 케니의 품으로 뛰어들었다. 그리고는 그대로 목검을 휘둘러 케니의 옆구리를 사정없이 찔렀다.

숨이 끊어질 것 같은 지독한 고통에 케니의 허리가 저절로 숙여지는 순간, 쟌은 그야말로 미친 듯이 케니를 내려치기 시작했다. 말 그대로 개를 잡기 위해 두들겨 패듯 쟌의 공격은 인정사정이 없었다.

뜻하지 않은 광경에 구경꾼들은 놀란 얼굴을 감추지 못했고, 얻어터지고 있는 케니는 도저히 정신을 차리지 못하고 그저 사방으로 달아나기에 바빴다. 하지만 물귀신처럼 달라붙는 쟌의 손아귀에서 결코 빠져 나갈 수 없었다.

"도망치는 개 발목 부러뜨리기!"

따딱!

쟌의 힘찬 기합 소리와 함께 케니는 양쪽 발목에 격렬한 통증을 느끼며 그 자리에서 그대로 주저앉았다.

주위에서 구경을 하던 구경꾼들은 도저히 믿을 수 없는 광경에 할 말을 잃었다.

예전에 케니가 거들먹거리는 기사들을 상대로 마치 장난이라도 하듯 그들을 때려눕히는 광경을 몇 번이나 봤었다. 그랬기에 당연히 불량배처럼 보이는 쟌 정도는 가볍게 혼을 낼 것이라 생각했는데 결과는 전혀 뜻밖이었다.

어떻게 마구 휘두르는 듯 보이는 쟌의 목검을 케니는 하나도 피하지 못하는 것인지 도무지 이해가 되지 않았다. 마치 동네 꼬마가 장난 삼아 마구 휘두르는 목검에 어른이 피하지도 못하고 얻어터지는 모습과 같았다. 게다가 상체, 하체를 가리지 않고 골고루 패는 목검의 만행에 케니는 그저 온몸을 잔뜩 웅크리고 있을 뿐이었다.

"이거 뭐야? 개는 그래도 자신의 목숨이 위험하면 물려고 덤비기라도 하지, 이 자식은 '그냥 때려주십시오' 하고 아예 엎드리고 있군. 에이, 퉤! 재미없어서 때리기도 싫군."

말을 마친 쟌은 그대로 몸을 돌려 걸음을 옮겼고, 몽둥이질이 끝난 것을 깨달은 케니는 롱 소드를 지팡이 삼아 일어서려고 애를 썼다. 그 자리를 떠나려던 쟌은 케니의 고함 소리에 발걸음을 멈춰야 했다. 아니, 멈출 수밖에 없었다.

"거, 거기 멈춰! 멈추란 말이야, 이 개 같은 놈아! 내가 무서워 도망치는 거냐? 도망을 가려면 내 발바닥이라도 핥아야만 할 거다. 그렇지 않으면 내가 결코 너를……."

"불쌍해서 봐주려고 했더니 정말 싸가지가 시궁창인 놈이군. 야, 이 개만도 못한 놈아! 개도 죽을 걸 살려주면 고맙다고 인사를 하는데, 더 패려다 불쌍해서 봐주니까, 뭐라고? 오늘 아주 곡소리가 나오게 만들어주마!"

말을 마친 쟌이 성큼성큼 다가들자 사정없이 흔들리는 다리로 서 있던 케니는 롱 소드를 잡은 손에 힘을 주고는 쟌이 조금 더 다가오기만을 기다렸다. 그리고 거리가 2미터 정도 되자 온 힘을 팔로 집중시켜서는 그대로 올려치기 공격을 시도했다.

휘익!

전력을 다했음을 한눈에도 알 수 있을 정도로 힘찬 공격이었다. 다만 아쉬운 점은 쟌이 너무나도 간단한 동작으로 그의 공격을 피했다는 점이었다. 동시에 몽둥이를 휘두르듯 휘두른 목검과 옆면을 부딪친 롱 소드의 중간 부분이 맥없이 부러졌고, 부러진 부분이 햇살에 반짝이며 하늘 높이 치솟았다. 그리고는 무자비한 쟌의 만행이 다시 시작되었다.

낮게 날아든 쟌의 목검에 다시 발목을 격타당한 케니는 처절한 비명을 지르며 쓰러졌다. 그런 케니를 바라보던 쟌은 발을 들어 그의 옆구리를 힘껏 걷어찼다.

순간 숨이 막히는 것을 느낀 케니는 몸을 새우처럼 구부렸지만 다시 등을 걷어차이는 바람에 어쩔 수 없이 몸을 쭉 펴야만 했다. 그런 케니의 전신으로 목검과 발길질이 사정없이 쏟아졌다.

케니가 할 수 있는 것은 타격 부위를 최대한 줄이고 구슬픈 비명과 신음을 지르는 수밖에 없었다.

지면에 널브러져 있는 케니를 잔인할 정도로 두들기던 쟌의 손길이 갑자기 멈춰졌다. 왜 쟌이 손을 멈춘 것인지 케니나 구경꾼들은 전혀 이해를 하지 못했다. 하지만 그 이유는 곧 밝혀졌다.

휘이익~

푹!

"으악!"

날카롭게 공기를 가르는 소리가 들림과 동시에 케니의 처절한 비명 소리가 들려온 것은 거의 동시였다.

분명 쟌은 손도 까딱하지 않았는데 어째서 케니가 비명을 지른단 말인가? 그것도 듣는 사람이 소름이 오싹 끼칠 정도로 처절한 비명을 말이다.

유심히 케니의 모습을 살피던 구경꾼들의 표정이 일제히 이상하게 변했다. 지면에 길게 엎드려 있던 케니의 엉덩이에 꽂혀 있는 것은 조금 전 쟌과 부딪칠 때 부러져 하늘로 치솟았던 롱 소드의 블레이드 부분이었던 것이다.

케니의 오른쪽 엉덩이는 그가 흘린 선혈로 시뻘겋게 물들어 있었지만 구경꾼들 가운데 그 모습에 가슴 아파한 사람은 단 한 사람도 없었다. 오히려 터져 나오는 웃음을 가까스로 참고 있는 모습이 역력했다.

그런 그들에게 불을 붙인 것은 역시 쟌이었다.

"쯧쯧쯧, 떨어지는 칼날에 엉덩이를 디밀다니……. 너 혹시 바보 아니냐?"

"푸하하하!"

"크크크크."

"큭큭! 어, 엉덩이에 부상을 입은 모습이 이렇게 웃길 줄은 상상도 못했군. 푸하하하!"

"그, 그러게 말이야. 큭큭큭~ 배가 너무 아파 웃을 힘도 없어. 큭큭큭!"

"호호호. 엉덩이 되게 아프겠다, 얘."

"그걸 말이라고 해? 깔깔깔, 아마 치질 걸린 것보다 훨씬 더 아플 거야. 게다가 치료를 받으려면 프리스트한테 꼬질꼬질 때가 낀 엉덩이를 디밀어야 하잖아."

"그것뿐이겠니? 그걸 치료해야 하는 프리스트의 얼굴을 생각해 봐. 호호호, 아마 죽을 맛일걸. 깔깔깔!"

일제히 터져 나온 구경꾼들의 웃음소리에 케니는 그 자리에서 죽고 싶을 정도로 수치심을 느껴야만 했다. 하지만 그 자리에서 도망을 가고 싶어도 쟌에게 얻어맞은 근육과 뼈마디가 너무나 아파 꼼짝도 할 수 없었다.

입술을 깨물며 억지로 고개를 들고 보니 언제 사라졌는지 쟌의 모습은 보이지도 않았고, 폭소를 터뜨렸던 구경꾼들도 삼삼오오 짝을 지어 자신들의 갈 길로 돌아가고 있었다.

태어나서 이렇게 수치스러웠던 적은 단 한 번도 없었다.

당장 자살이라도 하고 싶을 정도로 수치스러웠지만, 자살할 때 하더라도 쟌에 대한 복수만큼은 반드시 해야만 했다.

모두가 돌아가 버린 공터에서 필사적으로 일어나던 케니는 몸서리쳐지는 통증에 자신도 모르게 신음을 흘렸다.

"크윽~"

엉덩이에서 전해지는 통증이 얼마나 강렬했는지 머리털이 쭈뼛 하고 곤두서는 것 같았다. 당장이라도 엉덩이에 박혀 있는 칼날을 뽑고 싶었지만 출혈과다로 죽고 싶은 마음은 없었기에 그냥 둘 수밖에 없었다.

말안장에 팔을 걸친 채 엉거주춤한 자세로 걸음을 옮기는 케니의 모습은 누가 봐도 화장실이 급한 사람의 포즈였다.

조금 떨어진 곳에서 케니를 지켜보던 쟌은 회심의 미소를 짓고 있었다.

알이 좀 더 오트라르크에게 신임을 얻어 다가설 수 있게 하려면 케니가 적당히 망가져야 한다고 판단을 했고, 그래서 사람들이 좀 더 많이 모이는 공개적인 장소를 고른 것이다. 그리고 마침내 그 장소에서 그를 적당히 주물러 주었던 것이다.

물론 프리스트에게 치료를 받으면 상처나 근육통이야 금방 낫겠지만 골병이 든 뼈마디는 쉽게 낫지 않을 것이다. 또 그럴 목적으로 조금 심하게 손을 썼다.

남은 일은 알이 무사히 렉스턴에서 돌아오면 본격적으로 오트라르크의 비리를 알아내는 것이었다. 하지만 그 이후의 일은 어떻게 처리할지 아직 결정을 내리지 못하고 있었다.

물론 사브리나가 오트라르크의 목을 원한다면 그의 목숨을 빼앗는 것은 지극히 간단한 일이었다. 하지만 그런 방법은 카비렌이 오트라르크의 함정에 빠졌다는 것을 증명하지도, 또 벨파스 상회를 재건시키는 데 아무런 도움도 되지 않았다.

무엇보다 우선적으로 처리해야 될 것은 아직까지 거동이 불편한 카비렌을 돌보는 것이었다. 일단 쟌이 해줄 수 있는 일은 거의 다해 준 상태였다.

"슬슬 벨파스 씨 댁으로 가봐야겠군."

몸을 돌린 쟌은 카비렌의 집으로 발걸음을 옮겼다.

　잠시 후, 카비렌의 집에 도착한 쟌은 문앞에 서 있는 사브리나의 모습을 발견하고는 흠칫 놀랐다. 물론 자신이 치료를 시작한 후 그녀가 문 앞에서 자신을 기다린 적은 몇 번 있었지만 언제나 무표정한 모습을 보일 뿐이었다. 하지만 지금 사브리나는 눈물을 흘리고 있었다.

　그 모습을 발견한 쟌은 혹시 카비렌에게 무슨 일이 생긴 것은 아닌가 하는 생각에 가슴이 덜컥 내려앉았다.

"벨파스 씨에게 무슨 일이라도 생긴 겁니까?"

"아버지… 아버지가……."

눈물을 흘리던 사브리나가 한 말은 오직 아버지란 단어뿐이었다.

쾅!

　마음이 조급해진 쟌은 황급히 집 안으로 뛰어들었다. 그런 쟌의 눈에 보인 것은 식은땀을 뻘뻘 흘리며 짧은 지팡이에 몸을 의지한 채 불안한 걸음을 옮기고 있던 카비렌의 모습이었다.

"벨파스 씨?"

"으응? 가이야 군인가? 헉헉~ 어서 오게."

　얼굴은 온통 식은 땀투성이였지만 환하게 웃는 표정이 정말 보기 좋았다.

재빨리 카비렌을 부축한 쟌은 우선 그의 몸부터 살폈다.

치료를 시작한 후 침대에서 일어나 앉아 있는 모습을 본 적은 몇 번 있었지만 지금처럼 스스로의 발로 일어서 있는 모습을 본 것은 처음이었다.

서둘러 그를 의자에 앉힌 쟌은 찬찬히 카비렌의 몸 곳곳을 점검했다. 세심한 쟌의 손길이 한참 동안 이어졌고, 그런 쟌의 움직임을 카비렌은 가쁜 숨을 몰아쉬면서도 흐뭇한 표정으로 지켜보고 있었다.

"아직 근육이 완전히 회복 안 된 상태입니다. 무리를 하시면 상태가 악화될 수도 있으니 며칠은 더 안정을 취하셔야만 합니다."

"미안하지만… 헉헉~ 도저히 참을 수가 없었네. 왠지 일어설 수 있을 것…… 헉헉~ 같은 생각이 들어서 말이야."

가쁜 숨을 몰아쉬면서도 카비렌의 얼굴은 온통 기쁜 표정뿐이었다.

카비렌의 무릎 관절을 몇 번이나 만져 보던 쟌은 곧 일어섰다. 그런 그의 표정에도 흡족해하는 미소가 지어져 있었다.

"이젠 더 이상 벨파스 씨에게는 치료가 필요없을 것 같군요. 이제 벨파스 씨에게 필요한 것은 치료가 아니라 영양가있는 음식과 예전의 상태로 회복하는 데 필요한 재활 훈련을 하는 것뿐입니다."

"무슨 말인가? 아직 난 제대로 움직이는 것이……."

"아닙니다. 벨파스 씨의 몸 상태는 거의 완벽하게 예전 상태로 돌아왔습니다. 남은 것은 그동안 사용하지 않아 굳어진 근육들을 풀어주는 것뿐입니다. 지금부터는 벨파스 씨 혼자서 재활 훈련을 계속하셔야 합니다. 하지만 이미 어느 정도 회복 단계에 계시니 조금만 더 노력하시면 금세 예전의 몸 상태를 회복할 수 있으실 겁니다."

"재활 훈련이 필요하다면 해야지. 어떻게든 자리에서 일어나 반드시 우리 가문을 다시 일으켜 세울 것이네."

쟌의 말에 카비렌은 힘차게 고개를 끄덕였다. 잠시 그런 그의 모습을 보던 쟌은 몸을 일으켰다.

"제가 지어드린 약은 한동안 꾸준하게 드시고, 급격한 감정 변화는 최대한 자제하시기 바랍니다. 그리고 재발의 가능성도 배제할 수 없으니, 매일 일정 시간 동안 운동을 하도록 하시고 처음에는 가벼운 걷기부터 시작하시는 것이 좋을 것 같습니다."

"이 은혜를 어떻게 갚아야 좋단 말인가? 내가 이렇게 망하지만 않았어도 자네에게 어떻게든 사례를 했을 텐데…… 지금 자네도 알다시피 내 처지가 이런지라 무엇으로 자네에게 사례를 해야 좋을지 모르겠군."

"아닙니다. 이미 전 레이디 사브리나에게 생명의 빛을 지지 않았습니까? 저로서는 당연히 해야 할 일을 했을 뿐입니다."

담담하게 대답하는 쟌의 모습에 카비렌은 그동안 쟌을 못마땅하게만 생각했었던 자신을 자책했다.

하긴 이유 같지 않은 이유였지만 그에게도 쟌을 못마땅하게 생각했었던 나름대로 이유가 있긴 있었다.

첫째 쟌의 머리 색이 전설에서 저주를 뿌리는 존재라 언급되던 검은색이었다는 점이었고, 둘째, 발견했을 당시 극심한 부상을 입고 있었는데 그 부상 부위가 하필이면 머리였다는 것이 문제였다.

차라리 팔이나 다리였다면 부상이 심할 경우 절단을 하면 목숨이라도 건질 수도 있지만, 머리는 설사 상처가 낫는다고 해도 후유증이 심해 식물인간이 되거나 반신불수가 되는 모습을 여러 차례 보았기 때문이다.

셋째, 신분을 알 만한 물건이 하나도 없었다. 상인인 카비렌에게 신분이 분명하지 않은 사람처럼 위험한 부류는 없다.

언제 그가 강도나 살인자로 돌변할지 아무도 모르는 일이었다. 카비렌이 그런 생각을 하게 만든 것은 날카롭게 치켜 올라간 쟌의 눈매 때문이었다. 그의 눈을 보면 아무리 좋게 보려고 해도 결코 선한 사람이 아니란 느낌이 들었다. 하지만 그런 부정적인 생각에도 불구하고 쟌을 구한 것은 자신의 뜻이 아니었다.

딸인 사브리나가 너무 불쌍하다고, 그를 살려야만 한다고 간절하게 부탁했기 때문이었다. 그래서 허락을 하긴 했지만 누가 봐도 쟌은 살아날 가망이 거의 없어 보였다.

결국 쟌은 살아나긴 했지만 애초의 예상대로 상처로 인한 전신마비 때문에 스스로 움직일 수 있는 것은 입뿐이었다. 그런 쟌을 사브리나는 정말 피붙이라도 되는 양 성심성의껏 돌봐주었다.

쟌의 대소변을 받아내는 것은 물론 하루에 한 번씩 목욕을 시켜주었고, 프리스트를 초청해 신성력으로 그를 치료하게 했다.

아무 관계도 없는 쟌에게 보인 사브리나의 정성은 정말 누가 봐도 놀랄 만한 것이었다. 때문에 주위 사람들은 쟌과 사브리나 사이를 의심했고, 두 사람이 연인 관계라는 소문도 심심치 않게 들렸다. 카비렌의 심기가 편치 않았음은 말할 필요도 없었다.

그런 사브리나의 정성 탓인지 8개월이 지났을 때 쟌은 조금씩 회복할 수 있었고, 부상의 후유증으로 기억을 잃어버린 그에게 말과 글을 가르친 것도 사브리나였다.

무슨 이유에서 쟌에게 그런 친절을 베푼 것인지 아무도 알지 못했지만 그녀가 희생과 헌신, 그리고 대지의 여신인 가이야를 믿고 따르는 가이야 교단의 절실한 신도이기 때문이라는 것이 거의 후문이었다.

쟌이 벨파스 가문에 머문 지 거의 2년이 될 때까지 그가 거처할 곳을 마련해 준 카비렌은 비록 내색을 하지는 않았지만 솔직히 쟌을 탐탁지 않게 생각했었다.

그랬던 그가 설마 프리스트마저 포기한 자신의 몸을 치료해 줄 것이라고 어찌 생각이나 했었겠는가? 하지만 지금은 그에게 어떤 보답을 해주고 싶어도 가진 것이라고는 다 쓰러져 가는 집뿐이니 그저 답답할 뿐이었다.

"지금 벨파스 씨는 건강을 찾는 것을 무엇보다도 먼저 하셔야 됩니다. 그러니 잠시 다른 일은 모두 잊어버리시고 꾸준하게 재활 치료에 전념하시길 바랍니다. 그러다 보면 반드시 좋은 일이 생길 겁니다."

"허허허, 내가 이렇게 자리를 털고 일어난 일보다 더 기쁜 일이 어디 있겠는가? 더 이상 욕심을 부리면 아마 하늘이 날 용서치 않을 것이네."

"저는 할 일이 있어서 이만 돌아가 봐야겠습니다."

"그런가? 그럼 어서 가보게."

"현재 하는 일 때문에 앞으로 자주 찾아오기는 힘들 것 같습니다. 하지만 틈이 나면 꼭 찾아오겠습니다."

"어쩔 수 없지. 알겠네, 그리고…… 몸조심하도록 하게."

"명심하겠습니다, 벨파스 씨."

목례를 한 쟌은 곧 현관을 빠져나오다 그때까지 서 있던 사브리나와 마주쳤다.

"레이디 사브리나, 이제 아버님은 걱정하지 않아도 될 겁니다. 회복 단계에 있으니 부드러운 음식을 여러 번으로 나누어 드시게 하고 꾸준히 재활 운동을 하실 수 있게 곁에서 도와드리도록 하십시오. 특별한 일이 없는 한 조금 늦을지는 모르겠지만 벨파스 씨는 완전히 회복하실 겁니다."

쟌의 말을 하는 동안 사브리나는 조금은 무례하다고 할 정도로 빤히 그의 얼굴을 쳐다봤다. 그런 사브리나의 눈길에 어색함을 느낀 쟌은 잠시 망설이다가 조심스럽게 입을 열었다.

"저어… 드릴 말씀이……."

"말해 보세요."

"혹시 생활비가 부족하진 않으십니까?"

쟌의 말에 사브리나의 얼굴이 조금 굳어졌다. 그런 사브리나의 변화에 쟌은 찔끔하는 표정을 지었다.

"그러니까 지금 생활비가 필요하냐고 물은 건가요?"

"꼭 그런 것은 아니지만……."

"제가 가이야 씨께 부탁을 해야 할 정도로 그렇게 저희가 가난해 보이나요?"

그 말을 했을 때 그녀의 얼굴은 이미 무표정하게 변한 다음이었다. 그런 사브리나의 변화에 쟌은 당황한 표정을 감추지 못하고는 황급히 입을 열었다.

"아, 아닙니다. 제가 말을 실수한 것 같습니다. 일이 있어 자주 오지는 못할 것 같습니다. 벨파스 씨에게 약을 챙겨 드리는 것을 잊지 마십시오. 그럼 전……."

황급히 말을 마친 쟌은 그녀에게 목례를 하고는 황급히 그 자리를 떠났다. 점점 멀어져 가는 쟌의 뒷모습을 가만히 바라보고 있던 사브리나는 깊은 한숨을 내쉬고 있었다.

"어째서 오늘도 사과를 못한 거지? 실제 우리 집에 불행이 찾아온 것이 가이야 씨 때문이 아니라는 것을 사브리나, 너 스스로도 잘 알고 있잖아? 그걸 알면서 그동안 왜 그렇게 그를 원망했던 거지? 잘못했으면 사과를 하는 것이 당연하다는 것을 알면서도 오늘도 사과를 못한 것은 고사하고, 또 그의 마음을 짓밟는 말을 하다니…… 정말 못났구나, 사브리나. 휴우~"

왠지 그녀의 한숨 소리가 침통하게 들렸다.

＊　　　　＊　　　　＊

"주인님, 손님이 찾아오셨습니다."

"손님? 누구라고 하시더냐?"

"제론이라는 분이셨습니다."

"제론? 들어본 적이 없는 이름인데?"

"만나보면 아실 거란 말만 계속할 뿐이었습니다."

잠시 눈살을 찌푸리던 오트라르크는 하인의 말에 곰곰이 기억을 되살렸지만 그 이름은 도저히 기억이 나지 않았다.

"일단 들여보내도록 해라."

"알겠습니다, 주인님."

하인의 말이 끝나고 얼마 되지 않아 곧 서재의 문을 열리곤 건장한 사내가 들어왔다.

비록 빛이 바랜 라이트 레더를 걸치고는 있었지만 가슴 부분에는 잘 다듬어진 금속 브레스트가 달려 있었다. 검게 그을린 얼굴에는 상당한 고집스러움이 어려 있었는데 사내다운 사각의 얼굴에 커다란 눈, 굳게

다문 두툼한 입술, 각이 진 턱, 또한 짙게 이어진 구레나룻은 그자의 얼굴을 사내답게 보이게 만들기에 충분했다.

잠시 주위를 둘러보던 40대 초반의 사내는 곧 책상에 앉아 있는 오트라르크를 보고는 큰 걸음으로 그에게 다가왔다.

"귀하가 오트라르크 피온스 씨요?"

"그렇소이다만, 귀하는?"

"본인은 트레슈나 제국 제2왕자이신 헤르난 폰 트레슈나님의 사병 용병단의 부단장인 제론 디 샤겔스라고 하오. 이곳에 본인의 동생인 케니가 있는 것으로 아오만… 그를 만날 수 있겠소?"

뜻밖에 상대의 배경이 자신의 예상을 훌쩍 뛰어넘자 오트라르크는 자신도 모르게 자리에서 벌떡 일어섰다.

"정말 헤르난 전하께서 소유하신 사설 용병단의 부단장이시란 말입니까?"

오트라르크의 반문에 사내, 제론은 자존심이 상한 듯 눈살을 찌푸려졌다.

벌게진 얼굴로 제론이 가리키는 왼쪽 가슴에는 상반신은 여인의 알몸이고 하반신은 뱀인 레이미어가 새겨져 있었다.

한 가지 특이한 것은 레이미어가 검은 장미를 물고 있다는 것이었다. 레이미어가 현 국왕의 문장이며, 또 검은 장미가 헤르난 왕자를 상징하는 문장이라는 것을 제국 사람이라면 모르는 사람이 없었다.

"이 가슴의 문양을 보고도 그런 말을 한단 말이오? 만약 한 번만 더 본인의 신분을 의심하는 발언을 한다면 본인은 명예를 걸고 귀하에게 결투를 신청하겠소. 만약 귀하를 대신할 사람이 있다면 그 사람을 대신 내세워도 상관이 없소. 본인은 헤르난 전하의 명예를 위해서도……."

"정말 미안하게 되었소. 본인이 트레슈나 제국의 변방인 이곳 바리타스 왕국에 너무나 오랜 세월 동안 있다 보니 엉뚱하게 귀하의 신분을 의심하게 되었구려. 모두 본인이 부덕한 소치이니 이해해 주시기를 간절히 바라겠소. 게다가 이곳에는 귀하의 동생인 케니 샤켈스 단장이 블루 드래곤 용병단을 이끌고 있지 않소이까?"

가슴에 새겨져 있는 레미어를 가리키던 제론은 오트라르크의 말에 흥분된 표정을 애써 감추었다. 사실 이따위 장사꾼을 만나기 위해 이렇게 궁벽한 곳까지 왔다는 사실이 더 자존심 상했다.

형제 중 막내인 케니가 이곳에 있지만 않다면, 또한 그가 말한 대로 이 꼴 보기 싫은 늙은이가 막대한 재산을 가지고 있지 않다면 벌써 애저녁에 이곳을 떠났을 것이다.

그리고 보니 이곳으로 자신을 부른 막내의 안위가 조금은, 아주 조금은 신경이 쓰였다.

"동생은 어디 있소?"

"그게 일 때문에 지금 여기 없는지라 만나기가……."

쾅!

"형님이 절 찾아왔다는 이야기를 듣고 이렇게……."

붕대로 만든 인간이라고 표현해도 과하지 않을 정도로 붕대를 전신에 휘감은 채 드러낸 케니의 모습에 제론의 얼굴은 당장 딱딱하게 굳어졌다.

"그게…… 무슨 꼴이냐?"

반가운 마음에 입을 열었던 케니는 형, 제론의 냉랭한 반응에 흠칫 놀라지 않을 수 없었다. 그제야 제론이 얼마나 자존심이 강한 인간인

지가 생각난 것이었다. 어떻게든 이 고비를 벗어나려면 거짓말을 하는
수밖에 없었다.

"형, 실은… 비겁한 놈들에게 암습을 당해서……."

22장
제론 디 사일런스

어렵게 입을 연 케니는 그동안 자신들을 괴롭혔던 의문의 저격자와 자신을 박살 낸 쟌을 적당히 섞어 가공의 인물 하나를 만들었다.

"그 빌어먹을 놈들이 비겁하게 기습만 하지 않았다면 내가 이렇게까지 당하지는 않았을 거야, 형."

"그러니까 네 말대로라면, 정체 불명의 어쎄신들에게 당했다는 말이냐?"

"그렇다니까, 형. 사실 그 자식들이 비겁한……."

"닥쳐!"

제론의 얼굴의 딱딱하게 굳은 것을 발견한 케니는 곧바로 입을 다물었다.

이럴 때 변명한다는 것은 그야말로 자신의 생명을 단축시키는 것밖에 안 된다는 것을 어렸을 때부터의 경험을 통해 익히 알고 있었다.

"그래, 몇 명에게 당했다는 말이냐?"

"기습을 당해서 자세히는 보지 못했지만 아마도 서너 명은 넘지 않을까 하는 생각이……."

"다시 말하자면, 넌 널 공격한 자들의 숫자조차 파악하지 못했다는 말이냐?"

열심히 변명하는 동생을 한심하다는 듯 쳐다보는 제론에게 케니는 더 이상 변명의 말을 늘어놓을 수 없었다. 만약 더 이상 변명을 하다 조금이라도 방금 한 말과 어긋난다면 아마 자신은 오늘 형 손에 최후를 맞이할지도 모르기 때문이었다.

"미안해, 형. 워낙 기습이 갑작스러워서 확실하게 적이 얼마나 되는지 확인하지 못했어. 형, 정말 미안해."

싸늘한 표정을 짓고 있는 제론의 모습을 보며 케니는 어린 시절 부모보다 더 무서워하고 두려워했던 형의 강인한 모습이 여전함을 깨닫고는 조용히 몸을 떨었다. 그리고 형이 무엇보다 싫어했던 것이 무엇인가를 떠올리며 숨을 죽여야 했다.

비겁함과 거짓말.

용병이란 자신의 신분을 착각이라도 하는지 제론은 여느 기사보다 더욱 지독하게 이 두 가지 사항만은 어느 순간에도 반드시 지켜왔다. 만약 자신이 거짓말한 것이 발각된다면 아마 자신은 그야말로 죽지 않을 정도로 그에게 두들겨 맞을 것은 묻지 않아도 뻔한 일이었다. 그렇지 않아도 부상당한 지금 만약 형에게까지 얻어터진다면 살아남는 것은 포기해야만 할 것이다.

혹시나 하는 마음에서 조마조마하던 케니는 어느 순간부터인가 제론이 자신을 유심히 쳐다보고 있다는 것을 깨달았다.

"혀엉… 왜 그렇게 날 쳐다보는 거야?"

"설마 나에게 뭘 감추고 있는 것은 아니겠지?"

제론의 말에 케니는 속으로 소스라치게 놀랐지만 애써 태연한 표정을 짓고는 재빨리 입을 열었다.

"혀, 형 성격을 내가 잘 아는데 그, 그럴 리가 있겠어?"

"네가 비록 내 동생이기는 하지만 만약 날 속인다면 그냥 두지 않을 테니 알아서 행동해라."

"물론이야, 형."

여느 형제와는 전혀 다른 그들 형제 간의 모습에 오트라르크는 잠시 고개를 갸웃거렸다.

*　　　　*　　　　*

"어쭈~ 그렇게밖에 못 움직이지? 개구리 뛰기 한번 신나게 하고 훈련을 계속할까?"

"헉헉헉~ 아닙니다!"

"열심히 하겠습니다, 마스터! 헥헥헥~"

쟌의 말에 30여 명의 사내들은 일제히 악을 쓰듯 대답했다. 그런 사내들의 얼굴은 하나같이 필사적이었다. 그도 그럴 것이 지금 이들이 훈련을 하고 있는 곳은 바로 빈민가의 공터였다. 즉, 사람들의 발길이 끊이지 않는 곳인데 만약 쟌의 말대로 개구리 뛰기를 한다면 너무나 수치스러워 내일부터는 고개를 들고 다닐 수도 없게 되기 때문이었다.

개구리 뛰기란 쟌이 개발한 체벌 가운데 하나로 두 손과 두 발을 지면에 붙인 채 쪼그려 앉았다가 개구리처럼 펄쩍 뛰는 것이었다. 하지만 그 자세가 개구리와 흡사해 보기 흉함은 물론, 뛸 때마다 입으로는 계속해서 개구리 소리를 내야만 했다. 그러나 더 큰 괴로움은 한 시간 정도 개구리 뛰기를 하다 보면 온몸의 뼈와 근육이 한꺼번에 비명을 지르는 것이 그야말로 죽고 싶을 정도로 고통스러웠다.

동네 사람들은 노골적으로 웃음을 터뜨렸고, 애들은 쫓아다니며 자신들 흉내를 냈다. 그럼에도 불구하고 그만둘 수 없는 이유는 바로 곁에서 자신들을 노려보는 쟌 때문이었다.

어설픈 동작으로 벌을 받다간 쟌에게 엉덩이뼈에 금이 갈 정도로 걷어차이기 때문이었다.

지금까지 이 벌을 받았던 적이 있던 사내들은 수치심 때문에 며칠 동안 고개를 들고 다니지 못했다. 게다가 한 시간 정도 이 벌을 받게 되면 다음날은 자리에서 일어날 수도 없을 정도로 지독한 근육통에 시달리게 되니 사내들은 개구리 소리만 들어도 경기를 일으킬 정도였다.

"집합!"

쟌의 말이 끝나자마자 사내들은 일사불란하게 움직여 쟌 앞에 모여들었다. 사내들의 옷과 옷 밖으로 드러난 살갗은 그들이 흘린 땀과 뒤집어쓴 흙먼지로 지저분하기 짝이 없었다. 하지만 어느 누구도 움직이는 사람이 없었다.

그런 사내들을 잠시 바라보던 쟌은 뒷짐을 지고는 흡족한 미소를 지었다. 완벽하게 마음에 드는 것은 아니었지만 이 정도라면 웬만한 용병단에 비해서는 확실히 한 수 위였다.

쟌과 알이 집중해서 지도한 것은 연수 합격이었다.

개인의 검술 실력을 갑자기 늘리는 것은 거의 불가능한 일이었지만, 대신 단점을 보완하는 합공술(合攻術)을 익히는 것은 그리 어려운 일이 아니었다.

쟌이 걸음을 멈추자 사내들은 일제히 숨을 삼키며 긴장한 표정을 감추지 못했다.

"지금까지 고생 많았다. 오늘의 훈련을 마지막으로 모든 훈련을 종결하겠다."

그의 말에 사내들의 얼굴에는 잠시 어리둥절한 표정을 떠오르다가 곧 터질 것 같은 기쁨이 어렸다. 하지만 그런 표정은 금세 사라졌다. 쟌의 얼굴에 비릿한 미소가 떠올라 있는 것을 발견했기 때문이었다.

"후후후, 마지막을 기념해 나와 진하게 실전 대련이나 한번 해볼까?"

"아닙니다, 마스터!"

"자식들이 빠져 가지고 말이야. 생각 같아서는 내려치기 3만 번을 시켜야 하는데…… 빌어먹을, 시간이 없단 말이야."

쟌의 첫말에 하얗게 질렸던 사내들은 그의 끝말에 안도하는 기색이 역력했다.

"왜 약한 애들 겁주고 그래?"

"어? 셀. 어디 갔다 오는 거야?"

고개를 돌려보니 커다란 물통 위에 셀이 앉아 다리를 까닥거리고 있는 모습이 보였다.

며칠 전에 있었던 일로 그녀를 대하기가 약간 서먹했지만 셀은 오히려 그때부터 쟌을 스스럼없이 대하고 있었다.

"조사를 좀 했지."

"조사?"

"그래, 폴렌 시는 일찍부터 상업 도시로 유명했던 곳이잖아. 그래서 혹시 오래전부터 알려진 유명한 보석이나 골동품이 있지 않나 해서 알아보고 있던 중이야."

"유물?"

"응."

"그래서 찾았어?"

"아니, 아직. 여기저기 알아봤는데 별 소득이 없어."

조금은 실망한 듯한 표정을 짓고 있는 셀의 모습을 바라보던 쟌이 갑자기 의미심장한 표정을 짓더니 입을 열었다.

"그럼 피온스란 늙은이의 집을 살펴보는 건 어때?"

"피온스?"

"그래, 2차로 애들을 보낼 예정인데 그때 셀도 같이 가서 알이 하는 일도 도와주고, 그 늙은이의 비밀 창고도 찾아보도록 해봐. 내난한 욕심을 가진 늙은이니 아마 귀한 물건도 상당히 가지고 있지 않겠어?"

쟌의 말에 셀의 눈빛이 당장 빛나기 시작했다.

"맞아, 내가 왜 그 생각을 못했지? 폴렌 시에서 가장 큰 부자인 그 늙은이라면 틀림없이 몇 개 정도의 귀중품은 가지고 있을 거야!"

"내 말이 그거야. 그리고 말이야……."

말꼬리를 흐린 쟌은 셀에게 귓속말을 하기 시작했고, 그의 말을 듣는 셀의 얼굴은 이마를 찡그리기도 했다가, 얼굴을 일그러뜨리기도 하는 것이 뭔가 듣기 싫은 말을 들은 사람처럼 보였다.

"그 여자를 돕기 위한 거지?"

"셀, 이번만 아무것도 묻지 말고 날 좀 도와줘."

"그러니까 뭐야, 블랙 케이프가 등장해 그 늙은이가 숨겨놓은 재산이 있는지 알아보고 만약 돈이 될 만한 것이 있으면 언제든지 털 수 있도록 철저히 조사를 하란 말이야?"

"그래, 바로 그거야."

쟌의 대꾸에 여전히 인상을 쓰고 있던 셸은 입술을 살짝살짝 깨물며 생각에 빠졌다.

"하지만 내가 쟤들과 같이 그 늙은이의 집으로 들어가게 되면 아무래도 행동이 쉽지 않을 텐데 그건 어떻게 해결할 거야? 감시하는 녀석들도 적지 않을 거고 말이야."

"후후후, 그건 걱정하지 마. '죽음의 저격범' 이 블랙 케이프를 도울 테니까."

"또 저격을 할 거야?"

"알이 폴렌 시로 돌아오기 전까지 한 번 더 놈들을 흔들어놔야겠어. 아직까지 별로 겁을 먹지 않고 여전히 용병들을 모으는 것을 보면 제법 강단이 있는 늙은이였나 봐. 하지만 내게는 전혀 소용없는 짓이라는 걸 똑똑히 가르쳐 줘야지."

"하지만 내가 없으면 원거리에서 저격을 하기 힘들잖아."

"후후후, 멀리 있는 것을 볼 수 없는 것은 사실이지만 나름대로 방법이 있지."

그가 방금 말한 방법이라는 것이 무엇인지는 모르지만 그게 무엇이든 피온스를 깜짝 놀라게 할 방법임은 말할 필요도 없을 것이 분명했다.

두 사람이 대화를 나누는 동안에도 쟌에게는 '애' 들로, 또 셸에게는 '쟤' 들로 지칭된 사내들은 부동 자세로 서서 꼼짝도 하지 않고 있었다.

"그럼 쟤들은 언제 그 늙은이 집으로 갈 건데?"

"모레 오후쯤. 그때쯤이면 알도 도착할 테니까 알과 합류하면 아마 위험한 일은 없을 거야."

"하지만 피온스라는 늙은이가 이상하게 생각하지 않을까?"

"아니, 알에게 나중에 일행이 합류할 거라고 말하라 했으니 큰 의심은 없을 거야. 또 의심을 한다고 하더라도 상관없어. 그 늙은이는 곧 정리가 될 테니까 말이야."

"정리라니? 설마 그 늙은이를 죽이겠단 거야?"

셸이 흠칫하며 쟌을 쳐다봤지만 쟌의 굳어진 표정은 풀릴 줄 몰랐다.

"누군가 그 늙은이의 목숨을 원하는 사람이 있다면……."

말을 하지 않아도 쟌이 말하는 '누군가'가 누구인지 충분히 짐작할 수 있었다. 셸로서는 한시라도 빨리 이곳에서의 일을 끝내고 폴렌 시를 떠나고 싶은 생각뿐이었다. 그래서 쟌에게 하루라도 빨리 사브리나와의 관계를 끊게 하고 싶었다.

"그럼 일단 쟤들부터 돌려보내."

"그렇게 하지."

몸을 돌린 쟌은 부동 자세로 서 있던 사내들을 쳐다봤다. 단순히 쳐다보았을 뿐이지만 사내들은 사시나무 떨듯 가볍게 경련을 일으키고 있었다.

"주목! 그동안 훈련을 받느라 수고 많았다. 모레 아침까지 충분한 휴식을 취하도록 하고, 정오에 이곳에 집결하도록. 만약 늦거나 도주를 하는 녀석이 있다면 내가 지옥 끝까지라도 쫓아가 박살을 내주겠다. 알겠나?"

"명심하겠습니다, 마스터!"

"좋다. '고향의 언덕'에 술과 음식을 준비하라고 해두었으니 오늘 내일 마음껏 먹고 마시며 충분히 쉬어라."

쟌의 말에 사내들은 마음껏 환호성을 치고 싶었지만 스스로의 명을 재촉하고 싶은 생각은 눈곱만큼도 없었다. 여전히 부동 자세를 취하고 있는 그들의 모습에 씨익 미소를 짓던 쟌은 조금 큰 소리로 입을 열었다.

"해산!"

"와~"

"드디어 끝났다~"

불과 30여 명밖에 되지 않았지만 눈물이 글썽글썽한 채 그들이 지른 함성은 금방이라도 하늘을 무너뜨릴 듯 우렁찼다. 그들을 잠시 바라보던 쟌이 입을 열었다.

"남아 있던 놈들은 아직 훈련이 부족한 것으로 알고……."

"쯧쯧쯧. 쟌, 벌써 사라졌어."

"짜식들, 이럴 때만 엄청 빠르군."

투덜거리는 쟌을 지켜보던 셸은 피식 웃음을 지었다.

"괜히 사라지고 없는 애들 탓하지 말고 우리 놀러 가자."

"놀러 가자니? 난데없이 그게 무슨 말이야?"

"노는 것 몰라? 일하는 것의 반대말. 쉬는 것 말이야. 게다가 이젠 벨파스 씨 댁도 더 이상 찾아가지 않아도 되잖아."

"그건 어떻게 알았지? 난 그런 이야기를 한 적이 없는 것 같은데 말이야. 내 뒤를 밟은 거야?"

쟌이 갑자기 정색을 하자 셸의 얼굴도 덩달아 굳어졌다. 하지만 앙증맞은 그녀의 얼굴과는 어울리지 않게 곧 부드러운 표정으로 바뀌었다.

"쉬어, 비록 잠시 동안만이라도. 그런다고 쟌보고 뭐라 할 사람은 아무도 없어. 팽팽하게 당겨진 실은 언젠가 끊어질 수밖에 없어. 하지만 어느 누구도 쟌이 그렇게 되길 원하지 않는다는 것을 잘 알고 있잖아."

모습과는 어울리지 않은 너무나 어른스러운 셀의 잔잔한 말에 쟌은 몇 번이나 입을 열려 했지만 결국 한마디 말도 꺼내지 못했다.

"쟌은 신이 아니야. 아무리 원한다고 하더라도 불가능한 일은 결코 이루어지지 않아. 다시 말해 지금까지 이루어진 것은 모두 쟌의 노력과 정성 때문에 이루어진 거야. 그리고 남은 일을 깔끔하게 마무리 지으려면 충분한 휴식을 취한 후 새로운 기분으로 다시 시작해야 되지 않을까?"

반박할 말이 떠오르지 않았는지 잠시 셀의 얼굴을 쳐다보던 쟌은 조금은 뚱명스러운 음성으로 입을 열었다.

"그래서 어딜 가고 싶은 건데?"

"쟌이 편하게 쉴 수 있는 곳이라면 어디든 좋아."

"쳇! 말은 잘해요. 제길, 날도 찢어지게 좋군. 좋아, 어디든 가자고. 이왕 가려면 사람이 별로 없는 곳으로 가자고."

"그래? 그럼 잠시만 여기서 기다려, '고향의 언덕' 주인에게 준비하라고 해둔 것을 찾아올 테니까."

"알았으니까 빨리 갔다 와."

셀이 곧바로 술집을 향해 달려가자 쟌은 술통에 기댄 채 새파란 하늘을 올려다봤다. 정신없이 사는 자신을 조롱이라도 하듯 하늘을 수놓던 구름은 느릿느릿 자신의 모습을 바꾸고 있었다.

"여기가 폴렌 시에서 가장 조용한 곳이야?"

"보면 알잖아."

지금 그들이 위치한 곳은 폴렌 시에 위치한 유일한 산의 형태를 갖춘 언덕 위였다.

몇 개의 산책로가 언덕의 이곳저곳을 관통하고 있었고, 언덕 전체에 조성된 숲은 상당한 노력을 들인 듯 빽빽하게 나무들이 자라고 있었다. 게다가 셀의 말처럼 사람들의 모습은 보이지 않았다.

정상에서 10여 미터 내려온 곳에 위치한 손바닥만한 풀밭이었다. 셀은 가지고 온 바구니를 내려놓은 다음 나무에 등을 기댄 채 폴렌 시를 내려보고 있었다.

"에라, 모르겠다."

풀밭 위에 벌러덩 드러누운 쟌은 팔베개를 한 채 눈을 감았다. 그러자 싱그러운 녹음의 향기가 가슴으로 스며들며 평온한 기분을 느끼며 한동안 팽팽하게 당겨졌던 신경이 조금은 느슨해지는 듯했다.

곁에 앉은 셀이 자신의 머리를 매만지는 것을 느끼면서도 쟌은 눈을 뜨지 않았다. 쟌의 표정은 귀찮은 듯 보이기도 했지만, 다른 한편으로는 그런 셀의 손길을 즐기고 있는 듯 보이기도 했다.

얼마나 지났을까?

잠든 것처럼 보였던 쟌이 갑자기 눈을 뜨더니 벌떡 몸을 일으켰다. 덕분에 셀은 깜짝 놀란 얼굴로 쟌을 바라보았다.

"왜 그래?"

"누가 우리 쪽으로 오고 있어."

조금은 황당한 쟌의 대답에 셀의 얼굴은 순간 멍청하게 변했다. 하지만 곧 그동안 쟌과 함께 지내면서 그가 이런 반응을 보인 적이 한 번도 없었다는 것을 떠올리고는 조용히 실라페를 소환했다.

잠시 후 쟌의 시선이 머문 곳을 바라보니 건장한 체격을 한 사내가 팔짱을 낀 채 폴렌 시를 내려다보는 모습이 보였다.

　　고집스러워 보이는 얼굴의 40대 초반의 사내, 그렇다고 둔해 보이거나 어리석어 보이는 얼굴은 아니었다. 그가 쟌의 눈길을 끈 것에는 그의 표정도 한몫 차지했다.

　　사내의 표정은 마치 자신이 정복한 대지를 바라보는 정복자의 표정, 바로 그것이었다. 동시에 그의 전신에서는 예리하게 날이 선 칼날 같은 기운이 흘러나오는 듯 느껴졌다. 바로 그 기운 때문에 쟌이 눈을 뜬 것이었다.

　　쟌이 몸을 회복한 이후에 처음 만나보는 강한 사내였다.

　　"셀, 바구니에 술 있어?"

　　"응, 레드 와인과 두라이언이 한 병씩 있어."

　　"그럼 됐어. 어이― 거기 당신!"

　　쟌의 갑작스러운 부름에 고개를 돌린 중년 사내는 잠시 의아한 표정을 짓더니 곧 입을 열었다.

　　"지금 나를 부른 것인가?"

　　"그래, 당신. 괜찮으면 술 한잔하지 않겠소?"

　　뜻하지 않은 쟌의 제의에 잠시 쟌을 바라보던 중년 사내는 곧 입을 열었다.

　　"초대는 고맙지만 술을 별로 좋아하지 않아서……."

　　"그러지 말고 와서 술을 한잔하다 보면 지금 고민하고 있는 일이 풀릴지도 모르지 않겠소?"

　　예상치 못한 쟌의 말에 중년 사내의 표정이 당장 딱딱하게 변했다. 그런 중년 사내의 모습에 쟌은 빙그레 미소를 지었다.

'스웰턴 공작과 알을 합쳐 놓은 것처럼 보이는 작자로군. 하지만 고지식하기는 알보다 더하고, 추진력이나 결단력은 스웰턴 공작보다 강해 보이는군. 특이한 사내야.'

잠시 망설이는 듯 보이던 중년 사내는 곧 걸음을 옮겨 쟌 곁으로 다가와서는 풀밭 위에 털썩 내려앉았다.

"자네가 방금 한 말 무슨 뜻인지 물어도 되겠나?"

"별다른 뜻은 없었소. 다만 폴렌 시를 내려다보는 귀하의 눈길에 걱정이 어려 있는 것 같아 말을 꺼낸 것뿐이었소."

쟌의 말에 굳은 듯 보이는 중년 사내의 표정은 좀처럼 펴질 줄 몰랐다. 하지만 쟌은 개의치 않고 그에게 와인을 권했다.

중년 사내와 셀의 잔에 와인을 따라준 쟌은 두라이언을 병째 들고 두 사람에게 건배를 청했다.

와인에 잠시 입을 대었다 뗀 중년 사내는 쟌의 전신을 꼼꼼히 살폈다. 특별히 쟌에게서 무슨 이상을 느꼈기 때문에 그런 것이 아니라 중년 사내가 타인과 처음 만났을 때 가장 먼저 하는 행동이 바로 그것이었다.

누군가 자신을 빤히 훑어본다면, 게다가 그 사람이 처음 만난 사람이라면 불쾌하지 않을 리 만무했다. 때문에 중년 사내를 가까이 하려는 사람은 별로 없는 편이었다.

왜, 흔히들 첫인상이 그 사람을 좌우한다고들 하지 않는가?

"난 제론 디 샤겔스라는 사람이네. 자넨?"

제론의 이름을 들은 쟌의 눈에 짧게 이채가 흘렀지만 곧 사라졌고, 이어 자신의 이름을 밝혔다.

"쟌이오, 쟌 가이야. 그리고 이쪽은 동료인 셀이오."

"상당히 단련된 육체로군. 힘과 스피드, 어느 쪽에도 치우치지 않은 부러울 정도로 균형 잡힌 근육이야."

"그렇게 말하는 귀하도 하루 이틀 만에 만들어진 근육은 아닌 듯싶소만."

"젊었을 때 너무 힘에만 치중한 탓에 지금은 완전히 힘쓰는 근육밖에는 남지 않았네. 스피드가 뛰어난 적을 만나면 항상 고전을 면치 못하지."

자신의 약점을 스스럼없이 말하며 제론이 쓴웃음을 짓자 쟌은 당장 고개를 저었다.

"하지만 스피드만 가진 사람들은 단번에 적을 두 쪽으로 갈라 버릴 수 있는 귀하의 힘을 부러워할 거요."

"후후후, 남을 칭찬하는 솜씨가 보통이 아니군. 하지만 난 아직 그런 경지까지 검술을 익히지 못했다네. 이젠 가지고 다니는 이 바스타드 소드도 버거울 지경이네."

풍기는 이미지와는 달리 겸손한 제론의 말에 쟌은 그에게 호감이 생기는 것을 느꼈다.

"조금 전 이름을 들어보니 폴렌 시 제일의 부자 상인인 피온스 씨의 사설 용병단인 블루 드래곤 용병단 단장인 케니 샤겔스와 성이 같던데…… 혹시 그와 무슨 연관이……."

"동생이네."

짧게 대답을 하는 제론의 얼굴에는 못마땅해하는 표정이 역력했다. 물론 쟌 역시 그런 제론의 표정을 보았지만 일부러 슬쩍 지나가는 말로 그를 건드렸다.

"동생이 그런 부자를 모시고 있으니 좋겠소이다. 용병은 뭐니 뭐니 해도 위험하지 않으면서도 많은 돈을 벌 수 있으면 장땡 아니오?"

쟌의 말에 제론의 얼굴에 어렸던 불쾌한 감정은 더욱 진해졌다.

"지금… 진심으로 하는 말인가? 자네는 자네가 알고 있고, 익힌 모든 것을 좀 더 많은 사람들을 위해 쓰고 싶은 생각이 없단 말인가? 게다가 자네는 고작 황금 부스러기를 모으기 위해 검술을 익혔단 말인가? 만약 조금 전 한 말이 자네의 진심이라면 아마 내가 자네를 잘못 본 모양이군."

말을 마친 제론은 술잔을 내려놓자마자 벌떡 일어서서는 그대로 그 자리를 떠나려고 했다.

"아~ 잠깐, 잠깐만 멈추시오."

"할 말이 남았나?"

"내가 말실수를 했소. 사과할 테니 남은 술이나 마저 들고 가시오."

쟌의 사과에도 제론의 얼굴에서 불쾌해하는 표정은 좀처럼 사라지지 않았다.

"다시 한 번 사과하겠소. 그러니 용서를 해주시오."

다시 한 번 쟌이 사과하자 제론은 어쩔 수 없다는 표정을 지으며 자리에 앉았다.

"무슨 속셈으로 그런 말을 한 것인지는 모르지만 동생 녀석과 나는 가는 길이 다르네. 비록 그 녀석이 내 동생이기는 하지만 절대 나와 비교할 생각은 하지 말게. 상당히 불쾌하네."

단호하기 이를 데 없는 제론의 태도에 쟌은 솔직히 조금은 이해가 되지 않았다.

그래도 자신의 친동생이 아닌가?

비록 케니가 마음에 들지 않아도 타인 앞에서는 동생을 두둔하는 것이 일반적인데 지금 제론은 쟌의 말이 상당히 모욕적이라는 듯 잔뜩 인상을 쓰고 있었다.

"내가 보기엔 귀하도 용병인 듯 보이는데 동생이 하는 일을 상당히 마음에 들어 하지 않는 것 같소이다."

"비록 내가 대단한 사람은 아니라 하더라도 해야 될 일과 해서는 안 될 일을 지금껏 가려오며 살아왔다고 자부하네. 내가 검술을 익힌 이유는 가문을 빛내고, 나라를 지키는 데 한몫을 하기 위해서이지 내 한 몸 잘 먹고 잘살기 위해서가 아니란 말이네. 타인인 자네에게 할 소리는 아니지만 케니 녀석이 지금까지 해온 일이 뭔가? 기껏 한다는 일이 겨우 남에게 경멸받고 욕을 얻어먹고 있는 자를 보호하는 일을 해오지 않았던가? 내가 못마땅하게 생각하는 부분이 바로 그 부분이란 말이네."

자신의 예상과는 전혀 다른 제론의 말에 쟌은 그저 그의 얼굴만 빤히 쳐다볼 뿐이었다. 표정을 잔뜩 일그러뜨리고 있던 제론은 말을 이었다.

"어렸을 때부터 못된 일을 꾸미는 데는 천부적이라 부모님이 돌아가실 때까지 걱정이 많으셨는데…… 게다가 그 녀석 표정을 보니 또 무슨 일인가를 꾸미고 있는 것 같아 솔직히 걱정이 되네."

"그렇다면 동생이 도와달라는 일이 옳은 일이 아니라면 모른 척하시겠구려."

"당연하네. 아니, 오히려 말려야지. 그리고 그 녀석이 막대한 군자금 운운하는 말만 꺼내지 않았어도 요즘 같은 때에 절대 이곳까지는 오지 않았을 것이네."

"막대한 군자금? 그건 무슨 소리요?"

"혹시 샤겔스 씨는 왕자께 충성을 맹세한 분이신가요?"

셀의 질문에 제론은 고개를 끄덕였다.

"그렇네. 본인은 제2왕자이신 헤르난 전하를 모시고 있네."

"헤르난? 그건 또 누구야?"

쟌의 반문에 제론과 셀의 얼굴이 황당함으로 물들었다.

"그 이름이 누굴 가리키는 말인지 정말 몰라서 묻는 거야?"

"모르니까 묻지 알면 내가 왜 묻겠어?"

"허어~ 세상에…… 헤르난 전하가 누군지 모르는 사람이 있다니 정말 믿을 수 없는 일이군."

두 사람이 기가 막히다는 표정으로 자신의 얼굴을 빤히 쳐다보자 쟌도 기분이 별로 좋지 않았다. 그래도 조금 전 들었던 제2왕자란 말이 생각나 다시 물었다.

"카타리나에게 동생이 있다고 하던데 그 녀석 이름이 헤르난이었나?"

쟌의 말에 두 사람의 얼굴은 더욱 기가 막히다는 표정을 짓지 않을 수 없었다.

"표정을 보니 정말 헤르난이란 이름을 한 번도 들어본 적이 없는 모양이네. 쟌, 잘 들어. 헤르난은 트레슈나 제국의 둘째 왕자의 이름이야."

"트레슈나 제국? 그럼 샤겔스 씨도 트레슈나 제국 사람이오?"

"후후후, 솔직히 말해 헤르난 전하의 이름을 모르는 자가 있을 줄은 상상도 못했군. 그리고 트레슈나 제국 사람이 아닌 사람도 있나? 설마 이미 멸망해 버린 바리타스 왕국 사람이라고 말하려는 것인가?"

제론의 말에 쟌의 눈썹이 잠시 꿈틀했지만 별다른 반응을 보이지는 않았다.

"조금 전 샤겔스 씨가 헤르난 왕자를 모신다고 했는데 용병의 신분으로 제국의 왕자 가까이 있는 걸 보면 굉장히 뛰어난 검술 솜씨를 가지신 모양인가 봐요?"

"굉장하다니…… 결코 그렇지 않다네. 그리고 왕자님 곁에는 나보다도 훨씬 뛰어난 검술 솜씨를 가진 사람들이 상당히 많다네. 내가 왕자님을 모시게 된 건 우연히 기회가 닿았기 때문이라네."

부드러운 음성으로 셀의 질문에 대답한 제론은 고개를 돌려 다시 폴렌 시를 내려다봤다.

"한 가지 더 물을 게 있소. 조금 전 귀하의 동생이 막대한 군자금을 거론했다고 했는데 그건 또 무슨 소리요? 어디 전쟁이라도 일어났다는 거요?"

"후후후, 정말 이는 게 히나도 없는 친구로군."

"쟌, 그건 조금 있다 내가 설명해 줄게. 그것보다 저 역시 샤겔스 씨의 동생이 무슨 능력이 있어 막대한 군자금을 거론한 것인지 아무리 생각해 봐도 모르겠군요."

"실은 나도 그 녀석이 무슨 엉뚱한 일이라도 저지르는 것이 아닌가 걱정이네."

잠시 고개를 흔들던 제론은 곧 자리에서 일어났다.

"이렇게 만나게 되어 반가웠네. 기회가 있으면 또 만나세."

"아마 곧 만나게 될 거요. 하지만 과연 그때도 반가워할지 두고 봅시다."

쟌의 말에 제론은 멍한 표정으로 쟌을 바라봤다.

"자네는 정말 이해하기 힘든 사람이군. 그럼."

잔과 셸을 향해 고개를 끄덕인 제론은 곳 숲으로 난 길을 향해 걸음을 옮겼고, 곧 나무 사이로 모습이 사라졌다.

잠시 제론의 모습을 바라보던 잔은 곧 셸에게 질문했다.

"셸, 조금 전에 말했던 군자금 이야기는 뭐야?"

"뭐부터 설명을 하지? 우선 트레슈나 제국부터 설명하는 게 좋을 것 같네. 트레슈나 제국은 지금부터 약 600년 전에 세워진 시멘루이나 대륙 최대의 제국이야. 그렇다고 갑자기 생겨난 것은 아니고 강한 전력을 가지고 있던 레이튠 왕국이 최대 경쟁국이자 라이벌 왕국이었던 테리노 왕국을 함락시킨 후 그것을 기념해 트레슈나 제국으로 이름을 바꾼 거지. 상당히 호전적인 국민성을 가진 트레슈나 제국은 제국이 된 후 주위의 왕국들을 하나씩 정벌해 지금 이 시멘루이나 대륙에서 그들에게 정복당하지 않은 왕국은 몇 되지 않아. 북쪽에 있는 케이시나 연방과 남쪽에 카리칼 제국, 우크라제 제국과 몇 개의 작은 왕국들 밖에 없어."

셸은 열심히 설명하면서도 자신의 말을 듣는 둥 마는 둥 하고 있는 잔의 태도에 잠시 표정을 찡그렸다.

"현재 트레슈나 제국의 전력을 막아낼 수 있는 나라는 케이시나 연방과 카리칼 제국밖에 없어. 엄밀하게 말하자면 두 나라 역시 전력 면으로는 트레슈나 제국보다 조금 떨어져."

"그건 알겠는데 아까 군자금 이야기는 뭐야? 전쟁할 때 필요한 게 군자금 아니야?"

"일반적인 군자금이야 그렇지만 아까 제론인가 하는 녀석이 말한 군자금은 조금 성격이 달라. 지금 트레슈나 제국을 다스리는 사람은 퀘헤리건 폰 트레슈나 황제인데, 그는 여러 왕비에게서 상당히 많은 자식들을 얻었지. 문제는 왕자들의 수가 너무 많다는 거야."

셸의 설명이 이해되지 않는지 쟌은 고개를 갸웃거렸다.

"트레슈나 제국은 조금은 특이한 방식으로 황제의 자리를 계승해. 먼저 성인이 된 왕자들의 수가 스무 명이 되면 무조건 세 무리로 나눠. 하지만 누가 우두머리가 되든, 또 어떤 방법으로 우두머리가 되든 황제 는 절대 개입하지 않아. 오직 강한 자만이 무리의 우두머리가 될 수 있 고, 나머지 두 무리를 제압한 자만이 트레슈나 제국의 황제가 될 수 있 어."

"그러니까 뭐냐, 무조건 강한 자만이 황제가 될 수 있다 뭐 그런 이 야기야?"

"결론만 따지면 그렇지만 단지 강하다고 황제가 될 수 있을 정도로 간단한 문제가 아니야. 형제들의 중성을 이끌어내는 것, 병력을 유용 하게 운용하는 것, 필요한 군자금을 모으는 것, 확실한 정보를 입수하 는 것 등등 황제로서의 모든 재능을 2년이라는 기간 동안 시험당하게 되지."

"뭐야? 간단히 황제가 되기 위한 시험이다, 그런 얘기야?"

"간단히 말하자면 그래."

"시험에서 합격한 녀석이 황제가 된다면 나머지 녀석들은 어떻게 되 는 거지? 게다가 황제가 되는 데 옆에서 도와준 녀석들은 또 어떻게 되 는 거야?"

질문을 하는 쟌의 얼굴에는 진한 호기심이 어려 있었다.

"먼저 무리의 우두머리가 황제의 자리를 차지하는 데 도움을 준 왕 자들은 모두 제국의 요직에 앉게 되지. 그렇게 해서 자연스럽게 제국 의 요직은 물갈이가 되는 거야. 황제가 된 왕자는 요직에 자신에게 충성을 맹세한 왕자들로 배치할 수 있어서 좋고, 왕자들은 비록 자신이 황제가 될 수는 없지만 제국의 요직을 꿰찰 수 있으니 서로에게 좋은 일이잖아. 하나 이긴 쪽은 부와 명예를 차지할 수 있지만 진 쪽은 사정이 완전히 달라. 패배한 왕자들은 모두 황가의 무덤이 있는 렌타로스 분지에서 평생 동안 선조의 무덤이나 돌보면서 살아야 돼."

"그럼 결혼한 가족들이나 친척들까지 평생 그곳에서 살아야 된단 말이야?"

"아니, 그렇지는 않아. 왜냐하면 왕자들은 황제의 대관식이 있기 전까지는 절대 결혼을 할 수 없거든. 결국 렌타로스 분지에 갇히게 될 왕자들은 평생 동안 독신으로 살아갈 수밖에 없어. 하지만 왕자들에게 도움을 주었던 왕자의 외가 쪽 사람들에게는 어떤 죄도 묻지 않아. 사실 왕자들을 돕느라 모든 재산을 탕진한 왕자의 외가들은 거의 대부분 폭삭 망하는 경우가 대부분이거든."

"가만가만. 그러니까 뭐냐, 황제가 될 패거리에게 진 왕자들은 렌타로스인지 뭔지에서 평생 동안 조상의 무덤이나 지키면서 살아야 된단 말이야? 승부가 난 시점에서 곧바로 죽여 버리지 않고?"

"죽여? 왜?"

셀이 눈이 동그랗게 뜨고 되묻자 쟌은 오히려 그녀가 더 이상하다는 듯 얼굴을 빤히 쳐다봤다.

"아무리 형제라 하더라도 얼마 전까지 황제의 자리를 두고 피 터지게 싸웠던 상대들인데 그들을 살려두면 후환을 걱정해야 되잖아. 그런 멍청한 짓을 왜 하는 거지?"

쟌의 말에 셀은 그제야 이해가 되는지 고개를 끄덕였다.

"실은 예전에는 그랬대. 하지만 왕자들의 목숨을 빼앗는 것은 너무

잔인하다는 의견 때문에 150여 년 전부터 왕자들의 생명을 빼앗는 것은 법률상 금지되었대. 그리고 쟌도 생각을 해봐. 단 한 번의 패배 때문에 평생을 무덤지기로 살아야 되는 왕자들의 심정을 말이야. 어떻게 보면 패배한 순간 죽는 것이 평생 동안 조상의 무덤이나 지키면서 살아야 하는 것보다 더 자비로운 것 같지 않아?"

"흐음~ 단 한 번의 승부가 평생을 좌우한다? 트레슈나 제국은 정말 대단한 제국이야. 그렇게 해서 뽑힌 자가 황제가 되니 트레슈나 제국은 점점 더 강해질 수밖에 없겠군."

"그래. 그렇게 해서 황제가 된 자들은 예외없이 정복전쟁을 일으켰으니까. 세월이 지나면 지날수록 더욱 강한 자가 등장할 것이고, 좀 더 시간이 지나면 결국 이 시멘루이나 대륙은 트레슈나 제국밖에 남지 않을 거야."

고개를 끄덕이던 쟌의 얼굴은 여전히 의문이 가시지 않은 듯 보였다.

"표정을 보니까 아직도 궁금한 게 다 풀리지 않은 모양이네. 아마 군자금이 왜 필요한가 하는 문제 때문인 것 같은데, 왕자들이 황태자가 되기 위해서는 황제나 군부, 그리고 정규 기사단의 도움은 절대 받을 수 없어. 그들이 도움을 받을 수 있는 것은 어머니의 가문, 그러니까 오로지 외가 쪽의 도움뿐이지. 당연히 외가 쪽에 재산이 얼마나 있느냐, 또 얼마나 많은 군자금을 끌어들일 수 있느냐에 따라 전세에 상당한 영향을 끼치게 되는 거야. 그 재산으로 용병을 고용하게 되고, 바로 그 용병들이 왕자들의 전력이 되는 거지. 그러니 왕자들로서는 자신들이 운용할 수 있는 자금, 즉 군자금에 대해 신경을 쓰지 않을 수 없어."

"그건 알겠는데 케니 녀석이 형에게 말한 막대한 군자금 이야기는 대체 뭔지…… 혹시 그거였나?"

쟌이 뭔가 알겠다는 표정을 짓자 이번에는 셸이 어리둥절한 표정을 감추지 못했다.

"어? 그거라니?"

"케니 녀석에게 무슨 재산이 있어 군자금 이야기를 꺼냈겠어? 게다가 '막대한' 이란 단어를 사용할 정도라면 뻔하잖아."

"그럼 뭐야, 그 녀석이 설마 피온스라는 늙은이의 재산을 가로챌 생각을 하고 있단 말이야?"

"내가 생각하기에는 그래. 그렇지 않고서야 용병에 불과한 그 녀석에게 무슨 재산이 있어서 제 형에게 막대한 군자금 운운을 했겠어?"

쟌의 말에 셸은 곰곰이 뭔가를 생각하는 듯 골몰하는 모습이었다. 하지만 이해가 되지 않는지 곧 입을 열었다.

"아무리 생각해 봐도 이해가 안 되네. 무슨 방법으로 피온스라는 늙은이에게서 재산을 빼앗는다는 거지? 자기 재산에 대해 욕심이 엄청난 그 늙은이가 순순히 군자금을 내놓을 리 만무하고…… 그렇다고 그 늙은이를 죽여 재산을 가로채려면 전면에 나서지 않으면 안 되는데, 그렇게 되면 당장 케니의 소행으로 발각이 될 텐데 말이야."

"나도 그 방법이라는 것을 가만히 생각해 봤는데 방금 말한 대로 직접 피온스를 죽이는 방법 말고는 재산을 가로챌 방법이 없거든. 하지만 셸이 말한 대로 재산을 차지하면 그 녀석 짓이라는 게 금방 드러날 텐데…… 그런데도 형에게 군자금 이야기를 꺼냈다는 것은 자신의 짓이라는 것을 들키지 않을 무슨 방법이 있다는 건데 그게 뭔지는 전혀 모르겠는걸. 하여튼 알이 돌아오는 모레 그 늙은이의 저택으로 들어가 보면 알겠지."

신중하던 쟌의 얼굴은 어느새 평소의 표정으로 돌아와 그 자리에 누웠고, 셸은 그런 쟌의 머리를 자그마한 손으로 쓸어내리며 폴렌 시를 내려다봤다.

＊　　　　＊　　　　＊

　　히히히힝~
　　"하하하, 다녀왔습니다, 피온스 씨."
　　날렵한 동작으로 말 위에서 뛰어내린 알은 자신을 마중하러 현관 앞에 나온 오트라르크에게 인사를 했다. 그의 곁에는 못마땅한 표정이 역력한 케니가 있었고, 그의 형인 제론이 눈빛을 반짝이며 알의 전신을 노려보듯 살피고 있었다.
　　"수고했네. 저것이 그레엄이 나에게 보낸 물건인가?"
　　"그렇습니다. 제법 양이 많더군요."
　　알이 손으로 가리킨 곳에는 10여 대의 짐마차가 줄지어 서 있었고, 짐마차마다 20여 개의 기다란 나무 상자들이 차곡차곡 쌓여 있었다.
　　'저 쓰레기들을 정말 싣고 돌아오다니 정말 그 저격범 녀석과 아무런 연관이 없단 말인가? 상자에 표시가 그대로인 것을 보면 열어보지도 않은 모양인데…… 이자를 정말 믿어도 되는 것인지 왠지 선뜻 결정을 내릴 수 없군.'
　　"수고했네. 고생했으니 부하들과 술이라도 한잔하면서 그만 쉬도록 하게."
　　부드러운 표정을 지으며 오트라르크는 작은 주머니 하나를 알에게 내밀었다.

"술은 잠시 후에 마시기로 하고…… 혹시 절 찾아온 사람들이 없었습니까?"

"자네를 찾아온 사람? 글쎄? 난 그런 보고는 받지 못했는데, 누가 찾아올 사람이 있는가?"

"일전에 보고드린 대로 다른 청부 때문에 헤어졌던 일행을 이곳에서 만나기로 했기 때문에 혹시 오지 않았는지 물어본 겁니다. 저녁때쯤이면 도착하겠지요. 뭐, 알겠습니다. 그럼 저희들은 이만 물러가겠습니다. 얘들아, 피온스 씨가 우리에게 수고했다고 하사금을 주셨다! 지금 즉시 술집으로 돌진한다!"

"와~ 감사합니다!"

"잘 마시겠습니다!"

20여 명의 사내들이 일제히 함성을 지르는 모습을 재차 유심히 바라보던 오트라르크는 그들에게서 어떤 이상함도 찾을 수 없었다.

알의 모습을 은밀한 시선으로 바라보던 제론은 약간이긴 하지만 자신의 동생보다 알의 실력이 앞서는 것을 인정하지 않을 수 없었다. 게다가 알 곁에 서 있는 중년 사내와 30대로 보이는 근육질의 사내도 용병치고는 상당한 실력을 가지고 있는 듯 보였다.

아무리 원리원칙을 중요시 여기는 제론도 케니가 눈물로 호소하며 자신을 한 번만 도와달라고 부탁했을 때 어쩔 수 없이 그리하마 하고 고개를 끄덕이고 말았다. 그리고 그 부탁 가운데 하나가 자신의 자리를 노리고 있는 알을 혼내달라는 것이었다.

비록 알이 이름뿐인 바리타스 왕국의 근위 기사였다고는 하지만 충분히 상대할 자신이 있었다. 그리고 지금 자신의 눈으로 확인한 바로는 약간 고전을 할지는 모르지만 충분히 그를 꺾을 자신이 있었다.

하나 문제가 없는 것도 아니었다.

마음이 별로 내키지 않는다는 것이 첫째였고, 둘째, 비록 케니의 부탁이기는 하지만 지금 그가 꾸미고 있는 일들이 결코 옳은 일이 아니라는 느낌 때문이었다. 게다가 동생 녀석은 자신이 데려온 어쎄신들을 어디로 보낸 것인지 폴렌 시에 도착한 후로 한 번도 볼 수가 없었다.

그것뿐이 아니었다.

폴렌 시 전체를 공포에 떨게 만들었다는 의문의 저격범은 왜 모습을 보이지 않는 것인지 전혀 이해가 안 되었다.

처음 케니의 말을 들었을 때는 헛소리라고 치부할 수밖에 없었다.

어떻게 수백 미터가 넘는 곳에서 정확하게 저격할 수 있는 자가 존재할 수 있단 말인가? 동생에게서 그 말을 들었을 때만 하더라도 말도 안 되는 소리라고 생각했었다. 하지만 그런 자신의 생각과는 달리 블루 드래곤 용병단 소속 용병들은 하나같이 극심한 공포에 질려 저격범이나 화살 이야기만 들어도 기절할 듯이 놀람과 동시에 비명을 지르며 달아나기 일쑤였다.

몸이 성한 용병들이나 부상을 당해 침대 위에 누워 있는 부상자들은 하나같이 밤낮을 가리지 않고 날아드는 화살에 지독한 공포를 느끼고 있었다. 어디선가 날아올지 모르는 화살 때문에 도망조차 갈 생각조차 못한다는 말에 제론은 그들이 얼마나 공포를 느끼고 있는지 깨닫고는 쓴웃음을 짓지 않을 수 없었다.

지금까지의 경험으로 봐서 저격범은 한 명이나 두 명밖에 되지 않을 것이 분명했다. 동시에 화살이 날아오지 않은 점을 봐서도 그렇고, 또 그런 활 솜씨를 가진 자가 여러 명 있을 것이란 생각은 도저히 들지 않았다.

그렇다고 저격범의 동료가 없을 것이란 성급한 판단을 내리지는 않았다. 아무리 실력이 떨어지는 용병단이라 하더라도 숫자는 결코 무시할 수 없는 요소이기 때문이다. 아마 저격범도 이런 점 때문에 저격을 시작한 것일 테지만 말이다.

케니가 그런 생각을 하는 동안 다가온 하인이 오트라르크에게 보고를 했다.

"주인님, 카펜터 단장님의 동료라는 분들이 찾아오셨습니다. 어떻게 할까요?"

"그래? 들어오라고 하고 카펜터 단장도 불러라."

"알겠습니다, 주인님."

하인이 달려가는 모습을 바라보던 오트라르크에게 케니가 입을 열었다.

"피온스 씨, 카펜터란 녀석도 믿을 수 없는데 그 녀석의 동료들을 어떻게 믿을 수 있겠습니까? 그 녀석들을 당장 내쫓아야 합니다."

"일단은 만나보도록 하지."

"글쎄, 그럴 것이……."

"조용히 하게. 일단 만나보겠다고 내가 말하지 않았는가?"

조금은 냉랭한 오트라르크의 대구에 케니는 머쓱한 표정으로 물러섰고, 제론이 보기에 그런 케니의 행동 하나하나가 멍청하고 한심하기 이를 데 없었다.

자신이 고용주라면 케니 같은 녀석은 절대 고용하지 않을 것이란 생각이 들었다.

제론이 그런 생각을 하는 동안 불만스러운 표정을 감추지 못하고 분풀이할 것을 찾던 케니의 눈에 알의 동료라는 자들이 들어왔다.

"아, 아니 저… 저 자식은?"

깜짝 놀란 케니의 말에 그가 바라보던 곳으로 시선을 돌린 제론은 뜻밖이라는 표정을 지었다.

다가오는 사람들의 선두에서 이틀 전에 보았던 검은 머리 쟌이란 청년과 찰랑거리는 연한 갈색의 머리에 큰 귀를 가진 엘프 청년이 대화를 나누며 걸어오고 있었다. 그리고 그들 뒤를 건장한 체격의 사내들이 따라오고 있었다.

행동에 절도가 있는 것을 보니 제법 훈련이 잘된 자들로 보였다.

그 모습을 비켜보던 알의 입에서 예상치도 않았던 말이 흘러나왔다.

"기다렸던 동료들과 저희 용병단의 마스터께서 드디어 도착했군요."

㉓장
밝혀지는 진실

"마스터? 누가 자네들의 마스터란 말인가?"

"저기 앞에서 걸어오는 분입니다."

오트라르크의 질문에 알은 미소 지으며 다가오는 무리의 앞쪽을 손으로 가리켰다.

오트라르크는 대체 알이 말한 마스터가 누굴 가리키는 것인지는 모르겠으나 마치 잘 조련된 병사들처럼 일사불란하게 움직이는 사내들의 모습에 나름대로 감탄하지 않을 수 없었다.

다가온 사내들 앞에 서 있던 검은 머리 청년은 자신의 얼굴을 유심히 바라보고 있는 샤겔스 형제를 바라보며 빙그레 미소를 지었다.

"이틀 만에 다시 만나는 것인데 그동안 잘 있었느냐고 묻긴 좀 그렇지만 인사를 안 할 수도 없고…… 안녕하셨소, 샤겔스 씨? 그리고 자네 엉덩이는 좀 괜찮은가?"

“자네를 여기서 다시 보게 되다니… 조금은 의외로군.”

“너 이 자식, 감히 여기가 어디라고!”

“그렇게 돼지게 맞고도 아직도 함부로 지껄이다니, 그때 맞은 게 상당히 부족했던 모양이군.”

비릿한 쟌의 말에 케니는 당장 찔끔하는 표정을 지으며 뒷걸음질을 쳤고, 그 모습과 쟌의 말투에서 뭔가를 깨달은 듯 제론의 표정은 싸늘하게 변했다. 하지만 케니는 쟌을 피하느라 형의 분위기가 돌변했다는 것을 전혀 깨닫지 못하고 있었다.

약간은 과장된 동작으로 알이 쟌을 향해 허리를 숙였다.

“마스터, 드디어 오셨군요.”

“그동안 별다른 일 없었나?”

“물론입니다. 그리고 셀레니온느 씨도 오셨군요.”

“캡틴 알, 만나서 반갑습니다.”

세 사람이 인사를 나누는 동안 오트라르크는 전혀 감정이 실리지 않은 눈길로 그들 세 사람의 모습을 유심히 살피고 있었다.

“나한테도 자네의 동료들을 소개 좀 해주겠나?”

“아~ 예, 제가 오랜만에 동료들을 만나 잠시 흥분한 것 같군요. 여기 이분은 저희 카펜터 용병단의 정신적인 지주인 마스터 쟌 가이야님이십니다. 그리고 곁에 계신 분은 저희 용병단의 마법사인 셀레니온느 주벨님이십니다. 보시는 바와 같이 엘프이십니다.”

“그런가? 만나게 되어 반갑소.”

“아~ 귀하가 폴렌 시의 최고 갑부라고 알려진 오트라르크 피온스 씨요?”

어찌 보면 건방지기 이를 데 없는 쟌의 태도에 오트라르크는 그저 유리알 같은 눈동자로 쟌을 아래위로 훑어볼 뿐이었다. 하지만 쟌은 그런 오트라르크의 태도를 예상했는지 그저 의미를 알 수 없는 미소를 짓고 있을 뿐이었다.

"만나서 반갑군. 이렇게 어린 청년이 마스터라고 불릴 정도로 대단한 솜씨를 가지고 있다니…… 내 눈으로 직접 보고도 도저히 믿을 수 없는 일이로군."

"후후후, 세상에는 믿을 있는 일보다 믿을 수 없는 일이 더 많지 않소? 하기는 그런 일을 믿지 못하는 사람이 더 많겠지만 말이오."

자신만만해하는 쟌의 태도에도 불구하고 오트라르크는 그저 그를 바라볼 뿐이었다. 오트라르크의 얼굴을 빤히 쳐다보던 쟌이 갑자기 지나가는 말투로 입을 열었다.

"무슨 소리가 들리는 것 같지 않아?"

"예? 무슨 소리가……?"

"소리를 들어보니 화살 소리가 아닌가 싶은데?"

"예?"

피잉~

알의 반문이 떨어지자마자 날카로운 소리가 들렸고, 그 소리가 무엇을 뜻하는지 아는 사람은 하나같이 재빨리 지면에 엎드렸다. 하지만 쟌과 제론만은 눈싸움을 하듯 서로의 눈만을 노려본 채 꼿꼿하게 서 있었다.

뭔가가 공기를 가르며 날아오는 소리를 등진 채 듣고 있는 쟌과 정면에서 서 있던 제론.

두 사람이 꼼짝도 하지 않은 상태에서 날아오던 물체는 두 사람의 머리 위를 불과 몇 센티미터 높이로 통과해 건물의 벽면에 틀어박혔다.

팍!

건물의 벽면에 박힌 화살은 겨우 플레칭, 그러니까 화살의 끝만 겨우 보일 정도로 깊숙하게 박혔다. 정말 믿을 수 없을 정도로 강력한 관통력을 자랑하는 화살이었다.

천천히 몸을 돌린 제론은 겨우 날개 부분만 보이는 화살의 모습을 직접 자신의 눈으로 확인하고서야 겨우 용병들의 말이 사실임을 깨달을 수 있었다.

"보기보단 대단한 실력을 가지고 있는 듯하군. 내가 자네를 잘못 판단한 것 같네."

"보이는 것만으로 상대를 정확하게 판단할 수 있다면 억울하게 죽는 사람은 단 한 사람도 없을 거요."

"후후후, 자네의 말이 맞네. 세상에는 눈에 보이는 것보다는 감춰진 것이 더 많지."

제론의 말에 쟌은 그저 미소만 지을 뿐 아무런 말도 하지 않았다.

서둘러 자리에서 일어난 오트라르크는 케니의 보호를 받으며 허둥지둥 건물 안으로 사라졌다.

쟌과 셀의 뒤편에 서 있던 용병들은 불안한 표정을 지으면서도 그 자리에서 꼼짝 하지 않고 있었다. 그 모습을 흘낏 바라본 쟌은 그들에게 짧게 외쳤다.

"해산! 흩어져!"

쟌의 말이 떨어지자마자 용병들은 재빨리 주위로 흩어졌고, 불과 숨을 한두 번 쉴 사이 그들은 주위의 돌이나 나무 뒤로 몸을 숨겼다.

"쯧쯧쯧, 한심한 녀석들. 아직도 멀었어."

고개를 잠시 젓던 쟌에게 알이 입을 열었다.

"마스터, 보고드릴 일이 있습니다."

"보고? 무슨 일이 있었던 모양이군."

"그렇습니다. 마스터께서 들으면 아주 반가워하실 만한 소식이 있습니다."

"반가워할 만한 소식? 상당히 궁금하군."

"숙소에서 보고드리겠습니다."

"그래? 그럼 잠시 후에 듣도록 하지. 그럼 다음에 다시 만나도록 합시다."

"그냥 만나는 것보다는 어떤 실력을 가지고 있는지 자네의 솜씨를 한번 보고 싶군."

"기회가 닿는다면."

가볍게 목례를 한 쟌은 알의 안내를 받아 셀과 함께 걸음을 옮겼다. 세 사람이 그 자리를 떠나자 주위에 자신의 몸을 감추고 있던 용병들도 재빨리 모이더니 그들의 뒤를 따라 이동했다.

조금 떨어진 곳에서 그 모습을 지켜보던 제론은 곰곰이 뭔가를 고심하기 시작했다.

"방이 좋군."

"그야 폴렌 시를 지배하는 대부호의 저택 아닌가?"

알의 대꾸에 셀은 실프를 소환해 우선 방 안을 둘러보게 했다. 곧 돌아온 실프에게 이야기를 들은 셀은 쟌에게 말을 건넸다.

"방 안에 마법 도구는 없어. 그리고 밖에 애들을 세워뒀으니 누가 엿듣지는 못할 거야."

"알았어. 알, 그런데 조금 전 내가 반가워할 일이라는 것이 대체 뭐야?"

"후후후, 내가 렉스턴에 가서 누구를 만났는지 어디 맞혀보게나."

의미심장한 미소를 짓고 있는 알의 모습에 쟌은 그가 말한 사람이 자신에게 상당히 중요한 인물이라는 느낌이 들긴 했지만 그가 누구인지 아무리 기억 창고를 뒤져 봐도 그런 품목은 전혀 눈에 띄지 않았다.

"도저히 모르겠군."

"카네런 도렐."

너무나 짧은 알의 대답에 쟌은 그 이름을 어디서 들었는지 생각이 나지 않아 순간적으로 어리둥절한 표정을 짓지 않을 수 없었다. 그러나 곧 그 이름을 떠올리고는 조금은 굳어진 채 알의 얼굴을 바라봤다.

"정말 카네런 도렐을 만났단 말인가?"

"후후후, 그렇다네. 정말 우연한 기회에 그자를 만나게 되었지. 그러니까 우리가 렉스턴 시에 도착한 그 다음날이었네. 별달리 할 일이 없어 술집에 갔었는데 우연히 그곳에서……."

＊　　　　＊　　　　＊

펙!

와당탕탕~

요란한 소리와 함께 커다란 덩치 하나가 근처에 있던 테이블을 박살 내며 식당 구석으로 처박혔다. 주위에서 그 모습을 보고 있던 사람들은 일제히 웃음을 터뜨렸다.

"푸하하하!"

"다른 건 몰라도 날아가 처박히는 솜씨만은 정말 일품이지 않나?"

"내가 저 꼴을 당했다면 수치스러워서 내일부터 도저히 얼굴을 들고 다니지 못할 거야. 쯧쯧쯧."

"킥킥킥. 저 자식이 그럴 자존심이나 있는 놈인가?"

갖가지 웃음소리 때문에 가게 안은 극도로 소란스러워졌다.

쓰러졌던 사내는 40대 중반쯤으로 보이는 말상의 사내였는데, 치미는 수치심을 참지 못해 붉어진 그의 얼굴은 툭 건드리기만 해도 화상이라도 입을 것처럼 잔뜩 달아올라 있었다.

황급히 자리에서 일어난 중년 사내는 자신을 집어 던진 상대를 매섭게 노려보았다. 하지만 상대는 그런 중년 사내를 가소로운 듯이 쳐다보고 있었다.

중년 사내를 집어 던진 상대 역시도 40대쯤으로 보이는 사내였는데, 비록 큰 키는 아니었지만 보통 사람의 배는 될 것처럼 보이는 떡 벌어진 어깨나 라이트 레더 밖으로 드러난 근육질의 팔을 보면 흔히 볼 수 있는 용병은 아니었다.

"너, 너, 이 자식……."

"어디 네가 가르쳤다는 부하 5만 명을 불러보시지."

"하하하! 새빨간 거짓말쟁이!"

"헤헤헤, 어디 불러봐라. 네 녀석의 부하란 놈들 말이야."

"푸하하하! 허풍쟁이 녀석."

"으하하하!"

웃음소리가 일제히 터지자 중년 사내의 얼굴은 다시 한 번 수치심으로 붉어졌다. 그러나 상대에게 지고 싶지 않은 듯 그의 입에서는 금세 큰 소리가 터져 나왔다.

"어디 블루 드래곤 용병단이 네놈들을 덮칠 때도 지금처럼 웃을 수 있을지 두고 보자!"

중년 사내의 외침에 웃음을 터뜨리던 사내들은 일제히 웃음을 그쳤다. 그렇다고 중년 사내의 말에 겁을 먹었다거나 그런 것은 아니었다. 사내들의 대부분은 짜증스러워하는 빛이, 그리고 나머지 사람들은 한심하다는 빛이 역력했다.

"예전부터 블루 드래곤 어쩌고 하는 소리를 듣긴 들었다만 네 녀석이 그 블루 드래곤 용병단과 대체 무슨 연관이 있다고 허구한 날 블루 드래곤 용병단을 들먹거리는 거야?"

"연관? 흐흐흐, 내가 그 블루 드래곤 용병단의 빅 캡틴이라고 예전에 불렸다는 것을 설마 네놈들은 모르겠지? 블루 드래곤 용병단을 처음 구성할 때부터 그 녀석들을 하나에서 열까지 가르치고 훈련시킨 사람이 바로 나란 말이다. 지금도 내 명령 한마디면 폴렌 시에서 수백 명에 달하는 블루 드래곤 용병단이 이 렉스턴 시로 몰려들어 네놈들을 박살 낼 거다. 네놈들이 불쌍해 무슨 일이 있어도 그 아이들만은 부르지 않으려고 했는데, 건방진 녀석들이 감히 누구를……."

중년 사내의 말에 처음 그에서 시비를 걸었던 땅딸한 체격의 사내는 금세 얼굴을 일그러뜨렸다.

방금 자신이 들었던 중년 사내의 말은 정말 지겹도록 들었다. 중년 사내가 술에 취해 주정을 부릴 때에도, 또 그가 자랑 삼아 과거를 들먹거릴 때도 으스대며 떠드는 것을 정말 역겨운 생각이 들었지만 꾹 참고 들어주었다. 그리고 다른 사람들 역시 그런 사내와 같은 생각을 하고 있는지 말상사내의 말에 겁을 먹은 사람은 단 한 사람도 보이지 않았다.

"이봐, 도렐. 어디 한번 부를 수 있으면 불러보시지. 하지만 만약 그

들을 부르지 못한다면 내가 직접 네 녀석의 팔다리를 모조리 꺾어주겠
다.”

사내가 살벌하게 말하며 한 발을 앞으로 내밀자 곁에 있던 다른 사
내들 역시 비슷한 표정을 지으며 말상사내 곁으로 몰려들었다.

자신을 포위하던 사내들이 일제히 다가들자 말상사내는 순간 어쩔
줄 몰라 하며 다급한 표정을 감추지 못했다.

한편 중년 사내와 조금 떨어진 곳에 앉아 있던 알은 블루 드래곤 용
병단을 들먹이는 말상사내의 말에 재빨리 고개를 돌려 그를 쳐다봤다.

그 사내의 복장은 일반적인 용병의 복장과 별로 다를 것이 없었다.
하지만 알이 보기에 말상의 중년 사내가 대체 얼마만한 실력을 가지고
있는지 알 수는 없지만 그가 블루 드래곤 용병을 모으고 가르쳤단 말
이 거짓말이라는 것은 단번에 눈치 챌 수 있었다.

아무리 그의 실력을 높게 잡는다 하더라도 블루 드래곤 용병단에 소
속된 용병들 가운데에서도 겨우 중간 정도에 불과했기 때문이었다. 게
다가 알의 신경을 자극했던 것은 바로 그의 동료들이 그를 부르는 이
름이었다.

“지금 도렐이라고 했지?”

“예. 분명히 그렇게 들었습니다, 캡틴.”

조나단의 대답에 알은 다시 한 번 고개를 돌려 사람들에게 내몰리고
있는 중년 사내, 카네런을 쳐다보았다. 그리고는 그를 지금 구할 것인
지 아니면 그냥 일단 두고 볼 것인지 빨리 결정을 내려야만 했다.

생각은 길었지만 행동은 빨랐다.

“잠깐!”

갑자기 웬 청년이 나서자 말상의 중년 사내, 카네런을 포위하고 있

던 중년 사내들이 일제히 인상을 쓰며 다가오는 청년을 노려보았다.

"뭐야, 넌?"

"잠깐만 기다려 주시오. 이름을 들어보니 내가 아는 사람인 것 같아 그렇소."

청년의 말이 끝나기 전 같은 테이블에 앉아 있던 싸늘한 인상의 중년 사내와 우람한 근육질의 사내가 청년의 뒤에 늘어서서 인상을 쓰고 있었다. 세 사내가 풍기는 기운이 심상치 않다고 느꼈는지 카네런을 포위하고 있던 사내들은 움찔하는 기색이 보였다.

"혹시 쓰러져 있는 분의 이름이 도렐, 카네런 도렐 씨가 아니오?"

"마, 맞소. 내가 카네런 도렐이오."

한 번도 본 적이 없는 청년이 자신의 이름을 물었지만 이 상황에서 빠져나갈 수 있는 유일한 기회란 생각에 카네런은 상대가 누구인지 확인할 새도 없이 황급히 자리에서 일어나 그의 곁으로 다가갔다.

자신을 이 위기에서 구해줄 수 있는 사람이라면 설사 원수라도 상관이 없었다. 그런 카네런과는 달리 알은 그의 신원을 다시 한 번 확인했다.

"정말 폴렌 시에서 용병 생활을 했던 카네런 도렐 씨가 분명하오?"

"그, 그렇소이다만……."

알이 재차 자신의 이름을 묻자 카네런은 대답을 하면서도 조금은 이상한 생각이 들었다. 이제 와 생각하니 자신을 위기에서 구해준 이 청년은 한 번도 본 적이 없는 청년이었다. 청년의 붉은 머리 색이 워낙 강렬해 만약 이전에 만난 적이 있었다면 자신이 기억하지 못할 리 만무했기 때문이다.

"그럼 됐소."

고개를 끄덕인 알은 몸을 돌려 포위를 풀지 않고 있는 사내들에게 입을 열었다.

"이 사람이 무슨 잘못을 저질렀는지는 모르지만 이만 용서하고 그만 둘 수는 없겠소?"

"너희는 도렐과 무슨 관계냐? 별다른 관계가 아니라면 참견하지 않는 것이 좋을 거다."

"무슨 일이 있어도 도렐 씨는 우리와 함께 갈 것이오. 만약 그걸 막는 사람이 있다면 당신들에게 별다른 감정이야 없지만 부득이하게 싸움을 할 수밖에 없소. 어떻게 하겠소? 그렇다고 결코 당신들이 겁나 싸움을 피하는 것이 아님은 알아두는 게 좋을 거요."

알의 말에 뒤에서 듣고 있던 조나단은 속으로 한숨을 쉬지 않을 수 없었다.

'휴우~ 캡틴은 지금 싸우겠다는 거요, 아니면 말겠다는 거요? 나참, 겁을 주려면 확실히 줘야지 뭐 때문에 자존심을 긁는 말을 하는 거요? 어떤 자식이 그런 말을 듣고 꼬리를 말고 도망치겠소. 실력은 나보다 위일지 모르지만 세상 사는 법은 한참 더 배워야만 하겠소이다.'

한 걸음 앞으로 나선 조나단은 아무 말 없이 허리에 차고 있던 롱 소드를 뽑아 들었다.

"난 독종 조나단이라고 한다. 그리고 이쪽은 펄천의 엘튼이다. 어떻게 하겠나? 그렇지 않아도 몸이 근질근질해서 죽을 뻔했는데, 불만이 있는 자식들은 누구든 모조리 나서라. 원하는 부위를 예쁘게 잘라주마."

조나단의 말이 끝났을 때 그의 의도를 깨달은 엘튼이 무지막지한 펄천을 꺼내 들자 중년 사내들은 찜찜한 표정을 지으며 일제히 한 걸음 뒤로 물러나 서로의 얼굴을 쳐다보았다.

독종 조나단을 직접 만나본 사람은 없었지만 그의 이름을 들어보지 못한 용병은 거의 없었다. 조나단과 원한을 맺은 자치고 지옥 끝까지 쫓아가 반드시 원한을 풀고 마는 그의 지독한 복수심에 치를 떨지 않은 사람이 없었다. 그런 반면 엘튼의 이름을 알고 있는 사람은 거의 없었지만 그가 들고 있는 무지막지한 펄쳔을 보고 찔끔하지 않는 사람이 없었다.

상대를 하자니 찜찜하고, 그렇다고 그냥 물러서기엔 자존심이 용납하지 않았다. 그러나 하나뿐인 목숨이 아깝지 않을 사람은 없었다.

"도렐, 오늘은 재수 좋은 줄 알아라. 하지만 저들이 언제까지나 곁에 붙어 있지는 않겠지. 그때도 오늘처럼 무사할 수 있을지 어디 두고 보자."

그 말을 끝으로 중년 사내들은 주위로 흩어져 다시 테이블에 앉았고, 알은 카네런의 안전을 염려해 즉시 식당을 빠져나왔다. 혹시 중년 사내들이 자신들의 뒤를 쫓지는 않을까 걱정이 되었지만 다행히도 뒤를 쫓는 사람은 없었다.

안도의 한숨을 쉰 알은 즉시 자신들이 묵고 있는 여관으로 향했다. 그리고 카네런 역시 여관에 도착하고서야 길고 긴 안도의 한숨을 내쉬었다.

테이블에 앉은 카네런은 한껏 거드름을 피우며 술과 몇 가지의 요리를 주문했다.

탕!

"어이~ 주인! 젠장, 여기 주인 없어!"

"예, 예, 손님. 부르셨습니까?"

재빨리 대답을 하며 달려오던 여관 주인은 거드름을 피우고 있는 카네런을 발견하고는 황급히 발걸음을 멈췄다. 그런 그의 얼굴에는 짜증스러움과 경멸의 기색이 완연했다.

"도렐, 건방지게 방금 네가 날 불렀냐?"

"글렉, 오랜만이군. 내가 귀한 손님들을 모시고 왔으니 임페슈넬리하고 안주로 할 요리를……."

"빌어먹을 놈, 너 같은 놈에게는 포케지도 아깝다. 그리고 뭐? 네놈이 이분들을 모시고 왔다고? 이분들이 우리 여관에 묵고 계시는 것이 언젠데 이제 와서 뭐라는 거야! 당장 네놈을 닭 모가지 비틀 듯 비틀어서 개한테……."

꽤나 성미가 급한 듯한 여관 주인은 당장 소매를 걷어붙이고는 카네런에게 다가가 그의 멱살을 잡으려 했다.

"지금 뭘 하는 거요?"

알이 황급히 카네런을 보호하고 나서자 여관 주인은 놀란 표정을 지으며 한 걸음 뒤로 물러섰다.

"아는 사이십니까, 손님?"

"그렇소."

알의 대답에 여관 주인 글렉은 어리둥절한 표정을 지으며 두 사람을 번갈아 쳐다보았다.

"정말이십니까? 이 녀석은 렉스턴 시에서도 가장 쓸모없는 인간인데… 이런 녀석을 어떻게 손님께서 알고 계시는 겁니까? 입만 열면 거짓말뿐인 녀석인데."

"이 사람은 내 손님이니 술과 음식이나 가져오시오."

알의 말에 글렉은 뒤로 물러서며 다시 한 번 두 사람의 얼굴을 쳐다보고는 곧 주방으로 향했다.

　의자에 앉은 카네런은 잠시 어색한 표정을 짓다가는 곧 예의 그 거만한 표정을 지으며 알에게 입을 열었다.

　"험험～ 잠시 자네에게 못 보일 모습을 보인 것 같아 미안하군. 참, 자네 나와 만난 적이 있던가? 난 아무리 기억을 떠올려 봐도 자넬 본 적이 없군."

　"당연히 그럴 거요. 귀하와는 오늘 처음 만나는 거니까. 하지만 난 귀하의 이야기를 자주 들어서인지 귀하가 그리 낯설지는 않구려."

　"내 이야기를 자주 들었다니, 누구에게 말인가? 자넨 사람을 상당히 당황스럽게 만드는군."

　그의 말처럼 그의 얼굴에는 어리둥절해하는 감정이 여과없이 드러났다. 그런 반면 엷은 미소가 드리워져 있는 알의 표정은 상대를 어리둥절하게 만들기에 충분했다.

　"귀하가 조금 전에 말하지 않았소. 블루 드래곤 용병단의 단장인 케니 샤겔스가 귀하에 대해 이야기하는 것을 들었소. 다만 귀하가 말한 것과는 이야기가 조금 다르지만 말이오."

　"샤겔스 단장이… 정말 그런 말을 했단 말인가?"

　"틀림없소. 그가 말하길 귀하가 폴렌 시에 있던 어떤 용병보다 유능한 용병이었다고 말이오."

　"정말 그가 그렇게 말했단 말이지. 후후후, 내가 없어지고 나니까 이제야 내 가치를 깨닫게 된 모양이군. 그러게 있을 때 잘하라고 내가 누누이 충고를 했건만. 쯧쯧쯧, 나이 먹은 사람의 충고를 소중히 귀담아 잘 들었으면 날 놓치고 나중에 후회할 일은 생기지 않았을 것 아닌가?"

　가볍게 혀를 차는 카네런의 태도에 그를 쳐다보고 있던 세 사내의 얼굴에는 오직 황당함뿐이었다.

조금 전 다른 용병들에게 당할 뻔했음은 그만두고라도 여관 주인조차 이기지 못하는 주제에 계속해서 거만스러운 표정을 짓는 황당할 정도로 당당한 카네런의 태도에 세 사람은 단 한 마디도 할 수 없었다.

세 사람이 자신을 쳐다보든 말든 한동안 거만한 표정을 짓던 카네런은 글렉이 가져온 술을 한 잔 따라 마시곤 천천히 그 맛을 음미하듯 지그시 눈을 감고 있었다.

고개를 흔들어 정신을 차린 알은 상상 속의 세계에 빠진 카네런을 깨워야만 했다.

"도렐 씨, 내가 귀하를 이렇게 모신 것은 블루 드래곤 상회의 주인이신 오트라르크 피온스 씨가 귀하를 데려오라고 하셨기 때문이오."

"피온스 씨가 나를 불렀단 말인가?"

거만하게 턱을 어루만지며 반문하는 카네런의 태도에 알은 순간 역겹다는 생각이 들었지만 애써 태연한 표정을 지으며 고개를 끄덕였다.

"그렇소."

"쯧쯧쯧, 피온스 씨도 떠나고 나서야 필요한 사람이었다는 것을 깨달은 모양이군. 그래, 무슨 일로 날 찾는다고 하던가?"

"그걸 내가 어찌 알겠소? 무조건 귀하를 찾아 데리고 오라는 말밖에 다른 말은 듣지 못했소."

"그래? 바쁜 일이 있긴 하지만 피온스 씨가 날 찾는다니 안 갈 수 없는 일이군. 그런데 무슨 일로 날 찾는 것인지 정말 모르겠군. 참!"

혼자만의 세계 속에 빠져 있던 카네런의 얼굴이 갑자기 딱딱하게 굳어졌다. 그리고는 은근한 음성으로 질문을 했다.

"혹시 자네 카비렌 디 벨파스란 이름을 들어본 적이 있나?"

"들어본 적은 있소."

알의 담담한 대답에 카네런의 얼굴에는 긴장감이 흘렀다. 또한 조나단과 엘튼의 얼굴도 일순간에 굳어졌다.

"그럼 그를 만나본 적도 있나?"

"아니, 만나본 적은 없소. 내가 피온스 씨 댁에서 일할 때 용병들이 그런 이름을 들먹이는 것을 몇 번인가 들어본 적이 있을 뿐이오. 내가 알기로는 피온스 씨에게 막대한 빚을 지고 목숨마저 오늘 내일 하는 사람이라고 들었는데… 그건 왜 묻는 거요?"

알이 시치미를 뗀 채 오히려 되묻자 카네런의 얼굴에 희미한 죄책감이 떠올랐다가는 곧 사라졌다. 그 모습을 지켜보고 있던 세 사람의 얼굴에는 경멸감이 진하게 떠올라 있었다.

"그건 자네가 알 필요 없네. 그보다 대체 무슨 일을 부탁하려고 날 보자 한 것인지 궁금하군."

"우리는 내일 정오에 출발할 예정이오. 그러니 귀하도 시간에 맞춰 떠날 준비를 하고 오시오."

"그럴 것 없이 나도 이곳에 있다가 자네들과 함께 떠나는 것이 좋지 않겠는가?"

"귀하는 짐도 없소? 그리고 주인의 말로는 이 여관에는 더 이상의 빈방이 없다고 하던데 어떻게 여기 있겠다는 거요?"

카네런의 말이나 행동이 마음에 들지 않는지 조나단의 말투는 누가 들어도 시비조가 되었다. 그렇지 않아도 살벌하게 생긴 조나단이 인상까지 쓰며 말을 하자 카네런은 찔끔하지 않을 수 없었다. 자신도 용병인 이상 조나단의 이름을 들어본 적이 있기에 감히 그에게 불만을 표시할 수는 없었다.

"흠흠~ 방이 없다면 할 수 없지. 내 걱정은 하지 말게. 난 여기 홀에서 자도 되니까 말이네. 그리고 진정한 용병이라면 어디에서든, 또 어떤 상황에서든 잠을 잘 수 있어야 하지 않겠나?"

애써 별것 아니라는 듯 입을 여는 카네런의 모습은 비굴 그 자체였다. 알은 살아오면서 이렇게 뻔뻔하고 재수없는 인간은 난생처음 봤다.

강해 보이는 자에게 찍소리도 못하는 것은 약자의 서러움이라고 이해나 할 수 있지만 기회가 날 때마다 뻔뻔하게 자신의 자랑을, 그것도 있지도 않은 일을 과장해서 떠벌리는 모습은 정말 정나미 떨어지게 만들기에 충분했다.

카네런이 권하는 술을 사양한 알은 자신의 방으로 들어가 버렸고, 얼마 지나지 않아 조나단도 일어났다. 물론 카네런을 외면하고 싶은 생각은 엘튼도 마찬가지였지만 그렇다고 잔에게 선물해야만 하는 물건(?)을 보호하지 않을 도리가 없어 카네런이 떠벌리는 소음을 계속 들어주어야만 했다.

*　　　　*　　　　*

"지금 그 자식은 어디 있지?"

"일단 여관 '고향의 언덕'에 강금해 놓고 올리비에게 철저히 지키라고 해뒀어. 그리고 또 한 가지 문제는 제론과 함께 폴렌 시로 온 어쎄신들의 행방인데, 내가 알기로는 그들이 이 저택에 처음 오던 날 케니와 만나고는 그 후 그들을 본 사람이 한 명도 없다더군. 블루 드래곤 용병단 녀석들에게 물어보니 자네를 처리하기 위해 불렀다고 하니 앞으로 조심해야 할 거야."

알의 말에 쟌은 지그시 눈을 감고는 고개를 까닥거리며 생각에 빠졌다. 그리고는 번쩍 눈을 떴다.

"일단 카네런이란 녀석을 만나봐야겠군. 셸은 나와 함께 가도록 하고, 알은 아이들에게 혹시 있을지 모르는 기습에 대비하라고 지시해."

"기습?"

"그래, 내 예상이 빗나가지 않는다면 아마 2, 3일 내에 중대한 변화가 생길 거야. 내키지는 않지만 피온스 늙은이를 철저히 보호해야만 할 거야."

"누군가가 피온스를 암살할 거라고 생각하는 건가?"

"아마도……."

쟌이 대답을 하며 일어서자 셸도 재빨리 자리에서 일어섰다. 그 모습에 알은 뜻을 알 수 없는 미소를 지었다.

"그 괴상한 미소는 뭐야? 사람 기분 나쁘게."

셸이 말에 고개를 돌린 쟌 역시 알의 미소를 발견하고는 눈을 크게 떴다.

"아닌 게 아니라 그 얄궂은 미소는 뭐지?"

"흐음~ 별것 아니야. 두 사람이 그렇게 나란히 서 있는 모습이 왠지 상당히 보기 좋다는 생각이 갑자기 들어서 말이야."

알의 조금은 짓궂은 말에 두 사람의 얼굴은 순식간에 새빨갛게 변했다. 하지만 그런 표정과는 달리 그들의 손에는 커다란 불덩이와 10여 개의 나이프가 들려 있었다.

미처 변명할 사이도 없이 날아든 불덩이를 피한 알은 그대로 몸을 숙여 나이프마저 가까스로 피했다.

펑~ 파파파~ 팍!

요란스러운 소리에 놀라 방 안으로 뛰어들어 온 조나단과 엘튼은 엉망으로 변한 방안의 모습에 놀란 표정을 지었다. 하지만 그들이 더욱 신경이 쓰인 것은 얼굴이 새빨갛게 변할 정도로 분노(?)한 쟌의 모습이었다.

"좋아! 지금은 바쁘니 저녁에 따로 조용히 만나도록 하지. 가자, 셀."

"나도 봐야 할 거야, 알. 단단히 각오하고 있어."

두 사람은 쌩 하고 찬바람이 불 정도로 몸을 돌려서는 그대로 방을 빠져나갔고, 재빨리 정신을 차린 조나단이 가구에 붙은 불을 끄는 사이 엘튼은 쓰러져 있는 알을 일으켜 세웠다.

"캡틴, 무슨 일인데 마스터께서 저렇게 화가 나신 겁니까?"

자리에서 일어난 알은 옷에 묻은 먼지를 털어내며 쓴웃음을 지었다.

"별일 아니니 신경 쓸 필요 없소. 나참, 농담 한번 잘못했다가 가이 아님을 만나러 갈 뻔했군. 이렇게 절묘한 합공을 하면서 뭐가 안 어울린다는 거야? 그보다 정리가 대충 됐으면 지금 즉시 단원들에게 혹시 있을지 모르는 만일의 사태에 대비해 긴장을 풀지 않도록……."

알의 지시를 들은 두 사람은 즉시 방을 빠져나갔다.

잠시 방 안을 훑어보던 알은 혼잣말처럼 입을 열었다.

"휴우~ 그동안 레이디 사브리나는 무사히 잘 있었는지 모르겠군."

희미한 그리움을 담은 음성을 들을 사람이 아무도 없건만 알의 얼굴은 붉게 물들어 있었다.

*　　　　*　　　　*

"이, 이보게. 내가 무슨 죄를 지었다고 이렇게 강금하는 겐가? 날 풀어줄 수 없다면 이렇게 묶여 있어야 하는 이유라도 설명해 줘야 할 것 아닌가?"

카네런의 애원에 가까운 말에도 올리비에는 팔짱을 끼고 있을 뿐 단 한 마디도 하지 않고 있었다.

올리비에가 보통 체격이거나 카네런이 조금 대담한 성격이었다면 지금 상황이 약간 달랐을지도 몰랐다.

카네런은 이미 이 방에 들어서면서 올리비에를 발견하는 순간부터 겁을 집어먹어 두려움에 떨고 있었고, 올리비에는 그 나름대로 카비렌 벨파스를 배신한 친구라는 카네런을 인간 취급도 하지 않았다.

때문에 그가 무슨 말을 하든 들은 척도 하지 않았다.

팔짱을 낀 채 들은 척도 않는 올리비에의 모습은 흡시 비위로 조각한 사람처럼 보였다. 게다가 살벌해 보이는 그의 눈과 한 번 마주치고 난 다음에는 다시 눈을 마주칠 생각이나 감히 그에게 따질 생각을 못하고 있었다.

"제발 부탁이니 피온스 씨에게 연락해 주게. 그러면 날 부르신 피온스 씨가 자네에게 후한 보상을 해주실 것이네. 자네가 잘 모르는 모양인데, 난 폴렌 시 대부호인 피온스 씨의 아주 귀한 손님……."

"한마디만 더 하면 입 안의 옥수수를 모조리 뽑아주겠다!"

지독하게도 싸늘한 올리비에의 말에 카네런의 입은 금세 조개처럼 다물어졌다. 그러면서 그가 말한 입 안의 옥수수가 대체 뭔지 곰곰이 생각했다. 하지만 얼마 되지 않아 옥수수의 정체(?)를 알아내고는 안색이 하얗게 질려 버렸다.

오들오들 떨고 있는 카네런의 모습을 지켜보던 올리비에는 이렇게 소심한 자가 어떻게 친구를 배신할 생각을 했을까, 나름대로 생각해 보았지만 결론은 돈밖에 없었다. 자세한 것은 잠시 후에 올 쟌이 알아내겠지만 겨우 이런 작자를 지키고 있으려니 그로서도 짜증이 나지 않을 수 없었다.

올리비에의 얼굴이 더욱 싸늘해지는 것을 발견한 카네런은 두려움에 떨면서도 왜 자신이 이런 대접을 받아야 하는지 도저히 영문을 알 수 없었다. 그렇기에 더욱 겁이 났다.

삐걱.

갑자기 문이 열리며 두 청년이 방 안으로 들어왔다.

한 청년은 찰랑거리는 금발을 가진 온화한 인상의 청년이었고, 또 다른 청년은 흔히 볼 수 없는 검은 머리를 하고 있었는데 무엇보다 인상적인 것은 뱀을 연상시키는 듯 보이는 한 쌍의 눈이었다. 그 눈을 보고 있으면 청년의 입에서 금방이라도 두 갈래로 나누어진 뱀의 혀가 튀어나올 것만 같았다.

그렇지 않아도 겁을 먹은 카네런을 더욱 질리게 만든 것은 검은 머리 청년의 첫마디였다.

"이 자식이 카네런 도렐이야?"

"그렇습니다, 마스터."

전사들의 신인 전신(戰神) 알바도네의 현신처럼 보이던 올리비에가 검은 머리 청년에게 공손하게 허리를 숙이는 모습은 너무나 충격적이었다. 동시에 자신의 목숨이 검은 머리 청년의 손에 달렸음을 직감적으로 깨달을 수 있었다.

검은 머리 청년이 천천히 의자를 끌어다 앉자 금발 머리 청년도 곧 근처에 있던 의자에 앉았다. 그런 두 청년의 뒤에 올리비에가 팔짱을 낀 채 서서 카네런을 노려보고 있었다.

비록 세 사람이 자신에게 직접적인 위해를 가하지는 않았지만, 그들의 시선을 느끼는 것만으로도 카네런은 숨조차 제대로 쉬기 힘들었다.

그런 카네런의 모습을 지켜보던 쟌은 냉랭한 코웃음을 치며 입을 열었다.

"흥! 친구를 배신한 놈이 대체 어떻게 생겼는지 궁금했는데 이제 보니 쥐새끼처럼 생긴 놈이었군."

"그, 그게 무, 무슨 소린가? 나는……."

짜악!

카네런의 말이 끝나기도 전 그의 얼굴은 사정없이 돌아갔고, 그런 그의 뺨에는 시뻘건 손자국이 나 있었다.

"혓바닥을 똑바로 놀려야지. 매를 벌어서야 쓰겠어?"

"이게 무슨 횡포가? 내가 누군지……!"

짜악~

날카로운 소리와 함께 카네런의 얼굴이 이번엔 반대쪽으로 꺾였다. 하지만 쟌의 얼굴에는 눈곱만큼의 변화도 없었다.

"나는 피온스 씨가 불러서……."

짜악~

"학습 효과가 개만도 못한 인간이군."

"왜 이러는 거요? 내가 무슨 잘못을 했다고……."

하지만 그런 카네런의 말은 쟌이 인상을 일그러뜨리자 곧 다물어졌다.

"지금부터 내가 묻는 말에 털끝만큼의 거짓도 없이 털어놓는 것이 좋아. 첫째, 카비렌 디 벨파스라는 이름을 기억하나?"

쟌의 느닷없는 질문에 카네런의 얼굴은 딱딱하게 굳어졌다. 그리고 거의 동시에 대답을 했다.

"그런 이름은 들어본 적이 없소. 그 사람이 누군데……."

우두둑!

섬뜩한 소리와 함께 카네런의 오른손 중지가 뒤로 꺾였다.

너무나 순식간에 일어난 일이라 잠시 어리둥절한 표정을 짓던 카네런은 그제야 지독한 통증을 느끼고는 비명을 질렀다.

"으악~"

"다시 한 번 묻지. 카비렌 디 벨파스라는 이름을 들어본 적이 있나?"

"으윽~"

우두둑!

"크아악~"

이번엔 왼손의 엄지가 뒤로 꺾였다.

양손에서 전해지는 지독한 고통에 카네런은 바닥을 뒹굴며 비명을 터뜨렸지만 쟌은 눈 한 번 깜빡이지 않았다.

"다시 묻겠다. 카비렌……."

"아오, 알고 있소! 내가 아는 이름이오!"

"그와의 관계는?"

쟌의 질문에 잠시 카네런이 머뭇거리자 쟌은 쓰러져 있던 카네런의 옆구리를 사정없이 걷어찼다.

픽! 우두둑!

"크악!"

카네런은 도저히 참을 수 없는 고통에 방바닥을 이리저리 뒹굴었지만 어느 누구도 그를 보살피는 사람이 없었다.

"일어나는 것이 좋을 거야. 아니면 아예 머리를 밟아 죽여줄 테니까."

아무 감정도 실리지 않은 인간의 음성이 이리도 무시무시할 수 있다는 것을 카네런은 오늘 처음 느꼈다. 바닥을 뒹굴던 그가 벌떡 일어나 의자에 앉은 것은 그야말로 눈 깜짝할 사이의 일이었다.

"그와의 관계는?"

"친굽니다, 어렸을 때부터 잘 알고 있던."

"그럼 피온스라는 늙은이를 잘 알고 있나?"

질문을 던지는 쟌의 눈치를 잠시 살핀 카네런은 대체 뭐라고 대답해야 할지 망설이지 않을 수 없었다. 하지만 쟌의 손이 올라가는 순간 카네런은 자신도 모르게 입을 열었다.

"압니다! 잘 알고 있습니다!"

"그럼 그 늙은이의 물건을 수도인 타베이까지 운송한 적이 있나?"

"예?"

쟌의 질문을 듣고서야 그가 자신에게 무엇을 묻고 있는 것이지 그제야 깨달을 수 있었다. 그가 어떻게 대답할지 잠시 망설이는 순간 쟌의 손바닥은 벌써 그의 뺨을 향해 날아들고 있었다.

짝! 짝! 짝!

순간적으로 쟌에게 따귀 세 대를 맞은 카네런은 눈에서 별이 번쩍이는 것을 느끼며 그대로 바닥을 뒹굴었다. 하지만 그것으로 끝이 아니었다.

퍼퍼퍼~ 퍽~

쓰러져 있던 카네런에게 발길질을 하는 쟌의 얼굴은 믿을 수 없을 정도로 무표정했다. 그 기세가 얼마나 살벌했던지 근처에 있던 셸이나 올리비에는 몸서리치며 그저 쟌을 쳐다볼 뿐 감히 그를 말릴 생각도 하지 못했다.

그저 기계적인 동작으로 발길질을 할 뿐이었다. 비명을 지를 사이도 없이 걷어차이던 카네런은 갑작스레 찾아온 정적에 겨우 늘어질 수 있는 자유를 얻을 수 있었다. 하지만 그 자유조차도 길게 허락된 것은 아니었다.

무표정한 얼굴로 카네런을 쳐다보던 쟌의 입이 다시 천천히 열렸다.

"피온스의 물건을 타베이까지 이동한 적이 있나?"

진저리쳐지도록 무심한 어투였다.

"있습니다, 그랬던 적이 있습니다."

"무슨 물건이었나?"

"예? 그게, 그게……."

카네런이 제대로 대답을 못하자 쟌의 발이 천천히 들려졌다. 그 모습을 본 카네런의 눈에 공포가 다시 어렸다.

눈앞의 이 검은 머리 청년은 어떤 변명도, 또한 어떤 거짓말도 통하지 않을 상대라는 것을 그제야 절실하게 깨달은 것이었다.

"옷가지뿐이었습니다, 귀중품은 아무것도 없었습니다."

"그렇다면 결국 친구인 벨파스 씨를 속였다는 것인가? 무엇 때문이지?"

"나는… 결코 친구를… 커억!"

퍼퍼퍼~ 퍽!

"무엇 때문이지?"

"나는……."

퍼퍼퍼~ 퍽!

"그만! 그만! 말할 테니까 제발 그만 하시오!"

카네런은 손을 버둥거리며 애써 쟌의 발길질을 피했지만 그 후로도 한동안 쟌의 발길질은 계속되었다.

"마, 맞소! 나, 난 황금 때문에 친구인 카비렌을 배신했소. 피온스 씨가 막대한 황금을 주기로 했기 때문에 친구인 카비렌을 배신했단 말이오."

마침내 카네런이 스스로 자신의 죄를 실토하자 그제야 쟌의 발길질은 멈춰졌다. 잠시 고통에 신음하는 카비렌을 지켜보던 쟌은 무표정한 얼굴만큼이나 무감정하게 입을 열었다.

"방금 지껄인 말을 나중에 물었을 때 만약 엉뚱한 말을 한다면 넌 24시간 365일 동안 잠시도 쉬지 않고 얻어맞게 될 것이다. 네가 원하는 대로 해줄 테니 알아서 대답하도록. 앞으로 얼마나 살다 죽을지는 모르지만 편히 죽고 싶다면 내 말을 명심하는 것이 좋을 거다."

쟌이 그대로 문을 열고 나가자 셀이 곧 그를 따라 방을 나가 버렸다. 남아 있던 올리비에의 눈에는 노골적인 경멸과 멸시의 빛이 역력했다.

24장
암살

웅성거리는 사람들의 모습을 발견한 알은 지나가는 용병을 잡아 그 이유를 물었다.

"무슨 일인데 이렇게 소란스러운 거지?"

"오늘 블루 드래곤 용병단의 새로운 발단식이 있을 거랍니다. 그래서 파티를 연답니다."

"파티? 그리고 블루 드래곤 용병단이 또 발단식을 갖는다니 그게 무슨 말인가?"

"모르고 계셨습니까? 알 제프 용병단과 블루 드래곤 용병단을 통합해 새로운 용병단을 만든다고 하던데요?"

용병의 말에 알은 다시 한 번 어리둥절한 표정을 짓지 않을 수 없었다.

"두 용병단을 통합해? 그건 누가 결정한 거지?"

"피온스 씨가 카펜터님께 아무런 말도 하지 않았습니까? 전 당연히 말한 줄 알았는데요."

"알았네. 그 문제는 내가 알아볼 테니 자넨 가보게."

용병과 헤어진 알은 잠시 생각을 하다가 오트라르크가 있는 내실로 향했다. 곳곳에 용병들이 모여 수군거리다가 알을 발견하고는 황급히 입을 다물었다. 그런 그들의 반응이 은근히 신경 쓰이기는 했지만 애써 모른 척하며 발걸음을 빨리했다.

그가 막 오트라르크의 방문을 열려 할 때였다.

"아니, 이게 누구신가? 블루 드래곤 용병단의 운송단장이 아니신가?"

"운송단장?"

케니가 의미를 알 수 없는 미소를 지으며 말을 꺼내자 알의 눈매가 가늘어졌다.

"그게 무슨 뜻이지 말해 줄 수 있겠나?"

"모르고 있었나? 자네의 용병단과 블루 드래곤 용병단을 통합해 자네는 운송단장으로, 나는 경비단장으로 임명한다고 하더군."

"그게 피온스 씨의 생각인지 아니면 자네의 생각인지 알고 싶군."

"후후후, 누구의 생각인지가 뭐 그리 중요한가?"

케니의 얼굴에 드리워져 있는 의미를 알 수 없는 미소에 알은 기분이 불쾌해지면서도 약간 불안한 생각이 들었다.

"피온스 씨에게 어찌 된 일인지 물어봐야겠군."

"후후후, 자네 얼굴을 보니 꽤나 불쾌한 것 같은데…… 그리고 피온스 씨는 지금 방에 안 계시네. 파티 준비와 손님 초청 문제 때문에 정신이 없으시거든."

말을 마친 케니는 몸을 돌려 가다가 말고 다시 몸을 돌려 말을 건넸다.

"참! 정오에 열리는 파티에는 많은 사람들이 참석할 예정이니까 깨끗한 옷이라도 입고 참석하는 것이 좋을 것이네."

묘하게 들뜬 표정을 짓고 있는 케니의 모습에서 알은 다시 한 번 불쾌하고 불길한 느낌을 받았다.

저택의 후면에 위치한 넓은 정원.

그곳에는 수십 개의 크고 작은 테이블이 마련되어 있었고, 수십 명의 하인과 하녀들이 쉴 새 없이 움직이며 갖가지 요리로 테이블을 장식하고 있었다. 테이블 사이에 몇 개의 조각상도 놓여져 있었고, 갖가지 복장을 한 사람들이 하나둘씩 테이블 주위로 몰려들고 있었다.

집사와 하인, 하녀들을 지휘해 준비를 마친 오트라르크는 다시 한 번 주위를 훑어보고는 옷을 갈아입기 위해 건물 안으로 들어갔다. 조금 떨어진 곳에서 그 모습을 지켜보던 알은 곁에 있던 잔에게 입을 열었다.

"용병단을 통합하는 것도 갑작스러운 일이지만 더 신경 쓰이는 것은 케니가 오늘 묘하게 들떠 있다는 점이야. 꼭 무슨 음모를 꾸미는 것 같아."

"우리 아이들은 어디에 있지?"

"그렇지 않아도 블루 드래곤 용병단 소속 용병들의 움직임이 은근히 신경 쓰여 일단 요소요소에 배치해서 그들을 감시하도록 했네."

"잘했어. 그런데 무슨 꿍꿍이가 있긴 있는 모양인데 그게 뭔지는 잘 모르겠군."

"혹시… 케니란 녀석이 피온스라는 늙은이를 노리는 것은 아닐까?"

"케니가 피온스를?"

셀이 말에 반문을 하던 챤은 자신의 턱을 어루만지며 곰곰이 생각에 잠겼지만 생각은 그리 길지 않았다.

"하지만 어떤 방법으로 그 늙은이의 목숨을 노릴지 모르잖아? 게다가 그 늙은이의 재산을 어떤 방법으로 가로챈다는 것인지도…… 끄응~ 골치 아프군. 하여튼 지금부터는 그 늙은이의 목숨까지 보호해야 하니 머리가 지끈거리는군."

하지만 챤의 얼굴은 그의 말처럼 어둡지는 않았다. 근처에 자신을 쫓아왔던 용병을 불러 귓속말로 뭔가를 지시했고, 용병은 곧 어딘가로 사라졌다.

"잘하면 오늘 모든 것이 끝날 수도 있겠군."

"뭐?"

챤의 느닷없는 말에 알과 셀의 눈이 휘둥그레졌다.

"설명을 할 수도, 또 어떤 방법일지도 모르지만 내가 생각하기에도 알의 말처럼 케니가 오늘 피온스의 목숨을 반드시 노릴 것 같아. 만약 불의의 사태가 발생하면 알은 케니를, 셀은 피온스를 맡도록 해. 나는 케니의 형인 제론이나 어쎄신을 맡을 테니까."

챤의 말에 셀과 알은 금방이라도 무슨 일이 벌어질 것 같은 팽팽한 긴장감이 느껴졌다. 그러는 사이 정원에는 사방에서 몰려든 방문객들로 발 디딜 틈도 없어 보였다.

가장 상석에 마련되어 있던 테이블에는 피둥피둥한 체격의 노인이 앉아 있었다.

감은 것인지 뜬 것인지 알 수 없는 가는 눈매나 축 늘어진 볼 살, 두

툼한 입술, 돼지를 연상케 하는 뚱뚱한 몸매… 정말 완벽하게 보는 사람으로 하여금 가슴을 답답하게 만드는 인물이었다.

곁에 앉아 있던 쟌은 노골적으로 인상을 쓴 채 고개를 돌리고 있었고, 그 곁으로 알과 셀이 앉아 있었다. 반대 편에는 케니와 제론이 앉아 있었고, 정원 곳곳에 놓인 테이블에 조금의 빈틈도 없이 많은 방문객들이 앉아 이 파티의 주빈인 뚱보노인의 눈치를 보고 있었고, 또 주인인 오트라르크가 빨리 나타나기를 기다렸다.

하인과 하녀들은 미리 음식을 준비한 채 식지 않도록 살피고 있었고, 한쪽에 앉아 있던 악사들은 악기를 조율하면서 오트라르크가 나타나기만을 기다리고 있었다.

얼마나 지났을까?

오트라르크를 기다리던 사람들이 조금씩 지쳐 갈 때 갑자기 연주가 시작되었고, 사람들의 시선은 거의 동시에 상석으로 향했다.

그는 평소 입던 수수한 복장과는 다르게 꽤나 화려한 복장을 하고서 있었다. 얇고 흰 린넨으로 만든 셔츠와 역시 흰색의 브리치스, 화려하게 금으로 치장된 흰색의 짧은 가죽 재킷, 등 뒤에 늘어뜨린 흰색 망토와 흰머리가 어울려 의외로 중후한 멋을 풍기고 있었다.

자신을 맞이하는 사람들에게는 눈길도 주지 않은 채 뚱보노인에게 다가간 오트라르크는 정중하게 허리를 숙였다.

"피에로 행정 감독관께서 이렇게 참석해 주시니 무상의 영광입니다."

"허허허, 별말씀을. 다른 사람도 아니고 피온스 씨의 초청인데 내 어찌 오지 않을 수 있겠소? 이렇게 불러줘서 고맙소이다."

"아닙니다, 폴렌 시에서 사업을 하는 사람으로서 피에로 행정 감독관을 초청하는 것은 당연한 도리지요. 잠시만 앉아서 기다려 주십시오."

오트라르크의 인사말에 고개를 끄덕인 마렌코프가 자리에 앉자 연주도 어느새 멈춰져 있었다. 자신의 자리 앞에 선 오트라르크는 자신의 입이 열리기만을 기다리는 사람들을 조금은 거만한 시선으로 바라보며 흡족한 미소를 지었다.

이 자리에 모인 사람들이야말로 폴렌 시를 대표하는 사람들이었고, 또한 자신이 가진 힘에 경배를 올리고 있는 사람들이며, 자신의 힘에 굴복한 부하이자 동반자들이었다.

물론 자신에 대한 거부감을 가진 자들이 이들 가운데에 있음을 모를 오트라르크가 아니었다. 하지만 자신이 힘을 가지고 있는 동안 그들은 기꺼이 자신에게 아첨할 것이며, 아부와 충성, 그리고 미소를 보낼 것임을 잘 알고 있었다.

"오늘 초청에 응해주신 여러분께 진심으로 감사를 드리는 바이오. 이렇게 여러분을 초청한 이유는 지난 몇 달간 본인에게 있었던 불미스러운 일이 완전히 종결되었음을 알려 드리기 위해서입니다."

오트라르크의 말에 그 자리에 모였던 사람들은 일제히 놀란 표정을 지으며 웅성거리기 시작했다.

쟌 역시 설마 오트라르크가 그런 말을 꺼낼 줄은 몰랐기에 의외라는 표정으로 그를 바라보다가 의미심장한 미소를 짓고 있는 케니의 얼굴을 발견하고는 눈을 가늘게 떴다.

확실히 오늘 무슨 일이 벌어지기는 벌어질 것 같다는 느낌이 들었다.

"트레슈나 제국에서 비밀리에 초청한 특급 해결사들이 어제저녁

'죽음의 저격범'으로 추정되는 사내를 사로잡아 지금 심문하는 중이오."

"축하드립니다, 피온스 씨."

"정말 잘된 일입니다."

"죽음의 저격범을 잡다니… 그 해결사들의 실력이 대단한 모양이군요."

"그 빌어먹을 녀석이 언제 잡히나 걱정을 했었는데 정말 잘된 일입니다."

사람들이 잠잠해지기를 잠시 기다린 오트라르크는 자신만만한 음성으로 입을 열었다.

"실제 죽음의 저격범 때문에 적지 않은 타격을 입은 것은 사실이지만, 그 정도 손해는 나에게는 극히 미미한 손해일 뿐이오. 여러분은 모르겠지만 이미 제2왕자이신 헤르난님께 상당한 군자금이 전달되었고, 또 그분께 상당히 긍정적인 대답도 들었소이다. 이제 남은 것은 새롭게 상회를 재건해 다시 문을 여는 일만 남았소."

사람들이 놀란 얼굴로 자신을 바라보는 모습을 보며 오트라르크는 득의만면한 표정을 지었다.

특히 마렌코프와 제론 형제의 놀라움은 상당한 것이었다.

만약 오트라르크가 지금 거짓말을 하는 것이 아니라면 그가 자신들도 모르게 모종의 일을 진행시켰다는 것이 아닌가? 두 사람의 얼굴에 노골적인 불만스러움이 어렸다.

제론의 경우에는 한낱 상인 주제에 헤르난의 최측근이라고 할 수 있는 자신에게는 알리지도 않고 비밀리에 헤르난을 만났다는 것 자체가 마음에 들지 않았던 것이다. 하지만 케니는 자신도 모르게 일을 진행시켰다는 오트라르크의 말을 전혀 믿을 수 없었다. 자신의 부하들로 하여금 그를 감시하게 했고, 또 자신도 그에게서 잠시도 감시의 눈길을 떼지 않았다. 그런데 언제 연락을 했단 말인가?

설사 그렇다고 하더라도 이젠 상관없는 일이다. 오늘이면 모든 것이 끝날 테니까.

그런 케니의 속셈을 아는지 모르는지 오트라르크는 여전히 거만한 표정으로 말을 이었다.

"오늘 여러분들을 이렇게 초청한 이유는 블루 드래곤 상회가 며칠 후 열리게 됨을 알리기 위함이며, 또한 이전 용병단에서 뛰어난 용병들을 더욱 확충해 블루 드래곤 상회의 새로운 수호신으로 태어나게 된 블루 드래곤 용병단을 기념하기 위해서요. 앞으로 우리 블루 드래곤 상회가 제국 제1의 상회가 될 수 있도록 축복해 주시길 바라오."

만과 함께 오트라르크가 자신 앞에 놓여 있던 술잔을 치켜들자 미렌코프도 어쩔 수 없이 일어서며 술잔을 쳐들어야 했다. 두 사람이 일어서자 테이블에 앉아 있던 사람들은 하나같이 자리에서 일어나 술잔을 치켜들었다.

역시 술잔을 든 케니는 여전히 의미를 알 수 없는 미소를 짓고 있었다. 한 걸음 앞으로 나선 케니는 커다란 음성으로 입을 열었다.

"여러분, 블루 드래곤 상회의 무궁한 발전을 위해 우리 모두 건배합시다! 무궁한 발전을 위하여!"

"발전을 위하여!"

케니의 선창에 사람들은 자신도 모르게 술잔을 치켜들며 그의 구호를 따라 말했다. 케니의 행동이 마음에 드는지 오트라르크는 그에게 미소를 보내며 술잔을 치켜들었다.

오트라르크를 지켜보고 있던 쟌은 케니의 미소를 발견하는 순간 머리가 쭈뼛 설 정도로 팽팽한 긴장감을 갑자기 느꼈다. 자신도 모르게 주위를 두리번거리던 쟌은 검은 점 하나가 파티장을 향해 빠르게 날아오는 것을 발견하고는 거의 본능적으로 앞에 음식이 담겨 있던 커다란 쟁반을 들어 오트라르크의 앞을 가렸다.

챙~

"크윽!"

날카로운 금속음과 함께 검은 화살 하나가 쟁반을 뚫고 오트라르크의 왼쪽 가슴에 틀어박혔다. 그 모습을 확인하자마자 쟌은 화살이 날아온 방향을 향해 그대로 달려갔다.

너무나 순식간에 일어난 사태에 사람들은 그저 눈을 휘둥그레 뜰 뿐 얼어붙은 듯 그 자리에서 꼼짝도 하지 못했다.

"저격이다! 블루 드래곤 용병단은 즉시 주위를 경계하고, 움직이는 자가 있으면 모조리 용의자로 간주하고 당장 체포해라. 또 반항을 하는 자는 부상을 입혀도 좋지만 반드시 생포하라!"

케니의 외침이 떨어지자마자 기다렸다는 듯이 중무장을 한 용병들이 일제히 파티장 안으로 난입해서는 방문객들에게 갖가지 무기를 겨누고 있었다. 누구든 움직이면 금세라도 난도질할 듯 살벌하기 이를 데 없었다.

갑작스런 사태에 방문객들이 어리둥절한 표정을 감추지 못하고 있자 케니가 새로운 명령을 내렸다.

"블루 드래곤 용병단을 제외하고 무기를 소지한 사람들은 지금 즉시 무장을 해제하라. 만약 내 말에 불응하는 자가 있으면 저격범의 동료라 간주하고 무조건 살수를 쓰겠다. 알 카펜터 용병단도 지금 즉시 무장을 해제하기 바란다!"

케니의 득의만면한 말에 알은 그제야 케니가 노리는 것이 무엇인지 어슴푸레하게 깨달을 수 있었다. 분노를 참지 못하고 알이 어금니를 깨물고 있을 때 이미 그의 곁으로 다가온 케니의 부하들이 알의 롱 소드를 빼앗고 있었다.

애써 분노를 삭이며 케니가 눈치 채지 못하도록 조심하면서 셀을 찾아봤지만 그녀는 오트라르크의 시신과 함께 어느새 사라지고 없었다. 케니가 그것을 눈치 채지 못하도록 알은 재빨리 그에게 말을 걸었다.

"자네가 노린 것이 바로 이것이었나?"

"노리다니? 그게 무슨 소리지?"

"형이 데리고 온 어쎄신으로 하여금 피온스 씨를 노리게 하고, 그 죄는 나에게 뒤집어씌운다. 그게 자네의 계획 아니었나? 아주 훌륭한 계획이야. 뭔가 꿍꿍이가 있을 거라고 생각은 했지만 설마 이런 식으로 해치울 줄은 상상도 못했군. 그런데 피에로 행정 감독관의 입은 어떻게 막을 생각이지?"

알은 케니에게 말을 건네는 동안 슬쩍 주위를 둘러봤다. 다행히도 미리 대비를 하고 있던 부하들이 블루 드래곤 용병단의 용병들을 맞이해 팽팽한 접전을 벌리고 있었다.

안도의 한숨을 쉬면서도 알은 케니의 형인 제론이 언제 이 싸움에 끼어들지 몰라 전전긍긍하지 않을 수 없었다. 그가 끼어들게 되면 자신들에게 불리할 것이 분명했기 때문이다. 또 그러면서 쟌이 어디로 사라졌는지도 신경이 쓰였다.

"행정 감독관님의 입을 막다니? 난 자네가 지금 무슨 소리를 하는지 모르겠군. 행정 감독관님, 제가 무슨 실례라도 저질렀습니까?"

"아니, 그렇지 않네. 자네는 뜻밖의 상황을 맞았지만 신속하고 정확하게 사태를 파악해 지시를 내렸고, 블루 드래곤 용병단의 단장으로서 마땅히 해야 할 도리를 했네. 폴렌 시의 행정을 책임지고 있는 나로서는 샤겔스 단장의 신속한 대처에 지극히 만족하고 있네. 오히려 난 화살이 날아들자마자 도주한 검정 머리 청년의 정체가 더 의심스럽군. 폴렌 시의 행정 감독관으로서 샤겔스 단장의 지시에 따라 자네와 자네 부하들은 지금 즉시 무장 해제할 것을 명령하겠네."

"후후후, 능력이 대단하군. 설마 행정 감독관까지 미리 구워삶았으리라곤 예상도 못했군. 휴우~ 정말 대단해."

긴 한숨을 토해내던 알은 곁에 있던 용병들과의 거리를 재빨리 확인하고는 말을 이었다.

"형에게 거론했던 막대한 군자금을 설마 이런 식으로 충당할 줄은 몰랐군. 후후후, 훌륭한 동생을 둬서 당신은 좋겠소."

알의 말에 케니는 찔끔하며 자신도 모르게 제론에게로 고개를 돌렸고, 알은 그 틈을 놓치지 않고 근처에 있던 용병의 손에 들려 있던 자신의 검을 회수했다. 그리고는 지체없이 검을 뽑아 들었다.

챙!

"이대로 잡혀줄 수 없는 일이라 미안하군."

알의 말에 고개를 돌린 케니는 알이 무장 상태인 것을 확인하고는 입맛을 다셨다. 그리고 그제야 화살을 맞은 오트라르크와 셸의 모습이 감쪽같이 사라진 것을 깨달을 수 있었다.

시뻘겋게 달아오른 얼굴로 케니는 주위를 향해 외쳤다.

"카펜터 용병단의 셀레니온느 쥬벨이라는 금발 머리 엘프가 피온스 씨를 납치했다! 멀리 가지 못했을 것이다. 피온스 씨의 생명이 위험할지도 모르니 즉시 수색해라!"

케니의 명령에 블루 드래곤 용병단의 용병들은 일제히 주위로 흩어졌고, 그들 가운데 몇 명은 알을 향해 달려들었다.

용병들과 드잡이질을 벌이면서도 알은 대체 쟌이 어디로 사라졌는지 궁금해했다.

한편 화살이 날아온 방향으로 달려가던 쟌은 파티장에서 약 70미터쯤 떨어진 3층짜리 건물 위 옥상에서 움직이는 사내들을 곧 발견할 수 있었다.

쟌은 달려가던 탄력을 이용해 왼팔을 힘껏 휘둘렀고, 무서운 속도로 뻗어 나간 유성추는 간단히 건물 벽을 파고들었다. 건물 밑까지 달려간 쟌은 유성추와 연결되었던 쇠사슬을 지체없이 힘껏 잡아당겼다. 그러자 그의 몸은 무서운 속도로 허공으로 치솟았다.

3층의 발코니를 박찬 쟌은 눈 깜빡할 사이에 건물의 옥상에 사뿐히 내려앉았다. 그러자 희희낙락한 표정으로 자신들끼리 웃음을 터뜨리고 있는 용병 복장의 사내 여섯 명을 발견할 수 있었다. 그리고 그들 가운데 한 명의 손에 롱 보우가 들려 있는 것을 확인할 수 있었다.

"피온스 늙은이를 저격한 놈이 네놈이냐?"

음산한 쟌의 음성에 희희낙락하던 사내들은 그야말로 영혼이 날아갈 정도로 깜짝 놀랐다.

"너, 넌 누구냐?"

"웬 놈이냐?"

옥상의 난간에서 내려선 쟌은 재빨리 유성추를 왼팔에 감고는 사내들을 향해 걸음을 옮기기 시작했다. 그 기세가 얼마나 살벌했던지 그의 전신에서 소름 끼치도록 차가운 냉풍이 뿜어져 나오는 듯했다.

상황이 심상치 않다고 느꼈는지 사내들도 즉시 자신의 무기를 뽑아 들었다. 그리고 재빨리 주위로 흩어져서는 쟌을 포위했다. 하지만 쟌은 그런 사내들의 행동에는 아랑곳하지 않은 채 롱 보우를 들고 있던 중년 사내를 향해 걸음을 옮겼다.

비록 목검을 들고 있긴 하지만 무시무시한 쟌의 기세 때문에 사내들은 쉽사리 공격하지 못했다.

쟌의 주위를 몇 바퀴나 돌던 사내들 가운데 눈매가 꽤 날카로운 사내가 그대로 지면을 박차며 쟌을 향해 롱 소드를 휘둘렀다.

마치 조각상처럼 우뚝 서 있던 쟌은 마치 뒤에도 눈이 달린 것처럼 옆으로 한 걸음을 내딛는 것만으로 상대의 공격을 피했다. 그리고 왼손에 들고 있던 목검의 한 부분을 엄지손가락으로 눌렀다.

철컥~

둔중한 쇳소리와 함께 손잡이가 조금 올라왔다.

쟌의 오른손이 목검의 손잡이를 잡는 순간 그의 움직임이 급속히 빨라졌다.

번쩍!

목검 속에 감춰져 있던 진검이 모습을 드러내는 순간 쟌은 검신(劍身)에 햇빛을 반사시켰고, 햇빛에 직격당한 사내들은 적과의 결투에서 결코 해서는 안 될 금기 중의 금기인, 눈을 감고 말았다.

스스슥.

미약한 소리와 함께 뭔가 차가운 것이 자신의 발목을 스치고 지나간다는 감촉을 느끼는 순간 지독한 뜨거움을 느끼며 자신도 모르게 비명을 질렀다.

"으악!"

"큭!"

털썩~ 털썩~

극한의 통증을 이기지 못해 그 자리에 쓰러진 사내들은 그제야 쓰러진 사람이 자신뿐만이 아니라는 것을 깨달을 수 있었다. 또한 자신뿐만이 아니라 동료들의 발목 뒤쪽에서 꽤나 많은 양의 선혈이 흐르는 것을 발견할 수 있었다.

그 사실을 깨닫는 순간 사내들의 몸은 떨려오기 시작했다.

'이, 이럴 수가! 움직이는 모습은 보지도 못했는데 어떻게 포위한 우리 여섯 명의 아킬레스건을 자를 수 있는 거지?

롱 소드에 의지해 겨우 자리에서 일어선 사내는 레이피어보다 조금 넓은 검신을 늘어뜨린 채 서 있는 쟌의 모습을 곧 발견할 수 있었다.

"피오스를 저격하라고 지시한 놈이 누구냐? 케니냐?"

쟌의 음성을 듣는 순간 사내는 마치 누군가가 자신의 등에 얼음물을 들이부은 것처럼 소름이 오싹 돋는 것을 느껴야만 했다. 더구나 끝도 알 수 없는 무저갱(無低坑)에서 흘러나오는 듯 들리는 음산한 쟌의 음성에 사내는 자신도 모르게 뒤로 물러서려다 그대로 넘어지고 말았다.

털썩.

쟌의 시선이 자신에게로 향하자 사내는 그의 시선에서 벗어나려고 손으로 지면을 밀며 뒤로 물러섰다. 그런 그의 눈에 쟌의 등 뒤에서 쓰러져 있던 동료가 몇 자루의 대거를 뽑아 드는 모습이 들어왔다. 그리고 그의 손이 올라가는 것을 봤다.

번쩍!

"크아악~"

처절한 비명 소리가 터져 나옴과 동시에 쓰러져 있던 다른 사내의 눈이 찢어질 듯이 부릅떠졌다.

도저히 믿을 수 없는 광경이 그들 앞에 펼쳐졌기 때문이었다. 자신들의 동료가 쟌을 암습하기 위해 대거를 뽑아 드는 모습을 모두들 숨을 죽인 채 지켜보고 있었다. 역시 어쎄신답게 그의 동작은 조금의 소음도 나지 않았다. 그렇기에 동료들은 암습이 성공할 것을 믿어 의심치 않았다.

그러나 현실은 냉혹했다. 조금 전 번뜩였던 빛은 동료의 팔을 간단히 잘라 버렸고, 지금 자신들 눈앞에서 꿈틀거리고 있는 잘려진 팔이 바로 그 증거였다. 하지만 쟌의 태도는 조금 전과 조금도 달라진 점이 없었다.

그가 들고 있는 검의 검신을 타고 흘러내리는 선혈만 없었다면 동료의 팔이 저절로 잘렸다고 느낄 만큼 쟌의 움직임은 상상을 초월할 정도로 빨랐다.

설사 대비를 하고 있더라도 결코 그의 공격을 막아낼 수 없다는 것을 깨달은 어쎄신들은 사색이 된 채 일제히 달아났다. 아니, 달아나려 했다. 하지만 아킬레스건이 잘린 그들은 일어나는 것조차 쉽지 않았다.

막 달아나려고 몸을 돌렸던 어쎄신 두 명의 뒷머리로 반짝이는 두 개의 물체가 파고들었다. 순간 어쎄신들은 격렬하게 몸을 떨다가는 곧 축 늘어지며 지면에 고개를 떨구었다. 그런 그들의 뒷머리에는 쟌이 뿌린 유엽비도가 겨우 끝 부분만 보인 채 햇볕에 반짝이며 자신의 존재를 과시하고 있었다.

팔이 잘린 어쎄신과 곁에 있던 어쎄신은 그 틈을 노려 그대로 옥상에서 뛰어내렸다. 하지만 그걸 놓칠 쟌이 아니었다.

그의 왼손이 뻗어지는 순간 무서운 속도로 풀려 나간 유성추는 막 옥상을 벗어나던 한 어쎄신의 목을 휘감았고, 유성추의 쇠사슬이 가볍게 당겨지는 순간 어쎄신의 목은 그대로 잘려 허공으로 솟구쳐 오르며 사방으로 비릿한 선혈을 뿌렸다.

잘린 팔을 움켜잡은 채 지면에 어렵사리 내려선 어쎄신은 그대로 지면을 박찼다.

"컥!"

외마디 소리를 내뱉은 어쎄신은 그대로 지면에 나뒹굴었고, 그런 그의 머리를 한 발의 짧은 쿼럴이 꿰뚫고 있었다.

잠시 그 모습을 바라보던 쟌은 무표정한 얼굴로 고개를 돌려 그때까지 멍한 표정을 감추지 못하고 있던 두 사람에게로 걸음을 옮겼다. 그리고는 두 사람의 무장을 해제시키기 시작했다. 아예 두 사람의 저항은 무시하기로 한 것처럼 말이다.

쟌의 너무나도 빠르고 강렬한 살인 수법에 넋이 빠져 있던 두 어쎄신은 쟌이 자신들의 손을 묶는 것을 느끼고서야 겨우 정신을 차릴 수 있었다.

사람을 죽이는 것이 직업인 자신들로서도 불가능할 정도로 신속, 정확, 간결한 쟌의 살인 방법에 전율을 느끼지 않을 수 없었다. 그런 그들의 반응에 아랑곳하지 않은 채 쟌은 방금 무장을 해제시키면서 나온 대거를 집어서는 그대로 두 어쎄신의 오른쪽 허벅지에 찔러 넣었다.

"헉! 컥!"

두 어쎄신의 눈이 찢어질듯이 부릅떠졌지만 쟌의 표정에는 털끝만큼의 변화도 없었다.

"일어서."

자신의 말에도 어쎄신들이 대거의 손잡이를 잡은 채 바닥을 뒹굴고 있자 쟌은 다짜고짜 허벅지에 박혀 있던 대거를 걷어찼다. 어쎄신들은 목청이 찢어져라 비명을 질렀지만 쟌의 표정은 얼음으로 조각한 조각상처럼 조금의 변화도 없었다.

"일어서."

지독하게 무감정한 어투였고, 듣는 사람이 소름 돋을 만큼 고저장단이 전혀 없는 어조였다.

허벅지로부터 전해지는 지독한 통증에 이를 악물며 두 어쎄신은 대거를 뽑지 않은 채 검집을 지팡이 삼아 그 자리에서 일어섰다. 당장이라도 대거를 뽑고 싶었지만 지혈제나 힐링 포션도 없는 지금 미련하게 대거를 뽑다가 출혈과다로 죽고 싶은 생각은 없기에 그냥 놔둔 것이다.

혈관 바로 아래에 찔러 넣어진 대거를 조금이라도 잘못 건드렸다가는 당장 출혈과다로 죽을 수밖에 없는, 쟌은 정말 놀랍게도 절묘한 솜씨로 대거를 찔러 넣은 것이었다. 그 솜씨만 봐도 자신들보다 쟌이 더욱 뛰어난 실력을 가지고 있다는 것을 인정하지 않을 수 없었다.

"지금부터 피온스 늙은이의 집으로 간다. 도주하려고 눈동자만 움직여도 사지 가운데 하나씩 잘려 나간다. 걸어라."

여전히 귀를 쥐어뜯고 싶을 정도로 무감정한 음성이었다.

그들이 있는 옥상에서 오트라르크의 저택까지는 불과 100미터도 안 되는 거리였지만 두 명의 어쎄신들에게는 지옥보다 더 멀게만 느껴졌다. 오른쪽 발이 지면을 스칠 때마다 허벅지에 박힌 대거가 신경을 건드리는지 지독한 통증을 일으켰던 것이다. 그들의 얼굴은 식은땀투성이였지만 잠시도 발걸음을 멈출 수 없었다.

그들 세 사람이 오트라르크의 저택에 도착했을 땐 상당히 어수선한 분위기였다. 파티장은 아수라장으로 변한 지 오래였고, 아직도 곳곳에서 용병들의 싸움이 이어지고 있었다.

알은 케니를 맞아 혈전을 벌이고 있었고, 조나단과 엘튼도 몇 명의 용병들을 맞이해 힘겨운 싸움을 계속하고 있었다.

수적으로는 카펜터 용병단이 블루 드래곤 용병단의 절반에 불과했지만 전력으로는 약간 앞서 비교적 팽팽한 접전이 이어지고 있었다. 파티에 참석한 방문객들은 용병들의 싸움을 피해 그 자리를 벗어나려고 했지만 워낙 넓은 지역에서 혈전이 벌어지고 있어 도망갈 곳도 마땅치 않아 부들부들 떨고 있었다.

"모두 멈춰!"

인간의 음성이라고는 도저히 믿을 수 없는 커다란 음성이 쟌의 입에서 튀어나왔다. 근처에 있던 사람들의 몸이 부르르 떨릴 정도로 정말로 웅장한 음성이었다.

대부분의 용병들은 쟌의 외침을 듣는 순간 싸움을 멈췄지만 몇몇 용병들은 싸움을 계속하고 있었다. 시선을 그들에게 향하는 순간 쟌의 얼굴에선 무표정함을 넘어서 마치 시체처럼 무생물에게서만 느낄 수 있는 서늘함을 풍기고 있었다.

쟌의 오른발이 들리는 순간 두 어쎄신의 오금을 사정없이 걷어찼고, 어쎄신들은 힘없이 그 자리에 주저앉았다. 그리고는 고개도 돌리지 않은 채 말을 내뱉었다.

"잡히지 않을 자신이 있으면 도망쳐도 좋다. 그렇지만 잡힌다면 머리를 제외한 팔다리를 모두 잘라 버릴 테니 알아서 하도록."

말을 마친 잔은 그때까지 싸움을 멈추지 않고 있던 용병들에게로 걸음을 옮겼다. 그런 그의 손에는 다시 하나로 결합된 목검이 들려 있었다.

퍼퍽!

둔탁한 소리와 함께 방금까지 서로의 목숨을 노리던 두 용병이 비명도 남기지 못하고 기절한 채 쓰러졌다. 정신을 잃긴 했지만 전신에 경련을 일으키고 있는 것으로 봐서는 목숨을 잃지는 않은 것 같았다. 하지만 어찌 보면 그 광경이 더 공포스러웠다.

잔의 발걸음은 곧 싸움을 그치지 않고 있던 다른 용병들에게로 향했고, 그들 역시 비명도 남기지 못한 채 지면으로 쓰러져야만 했다.

순식간에 10여 명이 그렇게 지면으로 쓰러지자 장내는 쥐 죽은 듯 조용하게 변했고, 움직이는 사람은 아무도 없게 되었었다.

그때까지 무릎을 꿇고 있던 두 어쎄신의 뒷덜미를 낚아챈 잔은 그대로 그들을 질질 끌고는 파티장의 중앙으로 걸음을 옮겼다. 사람들의 시선이 자신에게로 향한 것을 확인한 잔은 팔짱을 낀 채 자신을 쳐다보고 있던 제론에게 입을 열었다.

"제론 디 샤겔스, 귀하는 지금부터 일어나는 모든 일에 대해서 증인이 되어줄 수 있겠소?"

"증인이라니? 그게 무슨 말인가?"

"지켜보면 알게 될 거요. 그리고 무엇보다 먼저 귀하의 동생을 제압해야겠으니 이해해 주었으면 고맙겠소."

미처 제론이 입을 열 사이도 없이 지면을 박찬 잔은 롱 소드를 늘어뜨리고 있는 케니를 향해 달려갔다.

갑자기 쟌이 자신에게 달려들자 당황한 케니는 그에게 롱 소드를 휘둘렀지만 쟌은 그저 상체를 숙이는 것만으로 그의 공격을 가볍게 피했다. 그리고는 달려가던 탄력을 이용해 그대로 그의 복부에 주먹을 날렸다.

퍽!

둔탁한 소리와 함께 케니의 몸은 절반으로 꺾였고, 그런 케니의 뒷덜미를 향해 쟌은 가볍게 수도를 휘둘렀다. 머리에 전해진 충격을 견디지 못하고 케니가 롱 소드를 떨어뜨리자 그의 양쪽 팔을 뒤로 꺾고는 재빨리 가죽끈으로 손을 묶었다.

겨우 정신을 차린 케니는 당연히 발버둥을 쳤다. 하지만 쟌은 꿈쩍도 하지 않았다.

"이게 무슨 짓이야! 빨리 풀어! 풀란 말이야!"

"내 말이 끝나기 전끼지는 가만히 입 닥치고 있어. 아니면 넌 오늘 죽어."

너무나 나직하고 음산한 쟌의 말에 찔끔한 케니는 재빨리 근처에 있던 형 제론에게 구원의 눈길을 보냈다. 하지만 뜻밖에 제론은 딱딱하게 인상을 굳힐 뿐 케니를 구하려는 어떤 행동도 하지 않았다.

"왜 내 동생을 제압해야 했는지 이유를 설명하기 바란다. 만약 그 이유가 정당하지 못하다면…… 자네를 그냥 두지 않겠다."

"어차피 알게 될 일이니 잠시만 기다리시오. 셸! 셸!"

"잠깐만."

짧은 대답과 함께 셸이 모습을 드러냈다. 그리고 그녀는 파리한 안색을 한 채 위태로운 자세로 서 있는 오트라르크를 부축하고 있었다.

뜻밖에 오트라르크가 멀쩡히 살아 있자 방문객들은 일부는 안도의 한숨을 쉬었지만 대부분은 실망한 표정을 지었다. 하지만 그런 그들의 얼굴은 순식간에 바뀌었고, 곧 오트라르크에게 안부를 묻고 있었다.

"올리비에!"

"부르시기를 기다리고 있었습니다, 마스터."

굵은 음성과 함께 올리비에가 모습을 드러냈다. 그런 그의 곁에는 지팡이를 짚고 있는 카비렌과 그를 부축하고 있는 사브리나, 영문을 몰라 사브리나 곁에 바싹 붙어 있는 안나가 서 있었다. 또 조금 떨어진 곳에는 자루를 뒤집어쓴 자를 두 명의 사내가 붙잡고 있는 모습이 보였다.

그들의 모습을 확인한 쟌은 천천히 몸을 돌려서는 거만한 표정을 지은 채 그 모든 것을 지켜보던 마렌코프에게로 걸음을 옮겼다. 섬뜩하게만 느껴지는 쟌이 자신에게로 다가오자 마렌코프는 속으로 불안한 마음이 들긴 했지만 애써 태연한 표정을 지으며 입을 열었다.

"보아하니 대단한 솜씨를 가진……."

"입 닥쳐, 돼지. 죽고 싶지 않으면."

쟌의 음성을 듣는 순간 귀에 고드름이 생기는 것 같았다. 또한 새파랗게 어린 쟌에게 모욕을 당한 수치심에 온몸이 부들부들 떨려왔지만 애써 태연한 표정으로 입을 열었다.

"자, 자네는 내가 누군지 모르는 모양인데, 난……."

"말로 해선 알아듣지 못하는 돼지군."

말을 마친 쟌은 갑자기 검지 하나를 꼿꼿이 세웠다. 그리고는 비계 투성이인 마렌코프의 명치에 정확하게 찔러 넣었다.

"컥! 컥!"

마렌코프가 가슴을 움켜쥐며 쓰러지자 뒷덜미를 움켜쥐고는 질질 끌어 무릎을 꿇고 있던 케니 곁에 집어 던졌다.

쿵!

마렌코프는 쓰러지고 난 후에도 한동안 숨을 몰아쉬며 괴로워했고, 연이어 오트라르크와 자루를 뒤집어쓰고 있던 사내까지 마렌코프 곁에 집어 던지고야 쟌의 행동이 끝났다.

장내에 있는 사람들은 쟌의 이 황당하고도 어이없는 행동에 소름이 다 끼칠 지경이었다. 감히 제국에서 파견된 행정 감독관에게 폭행을 한 것으로도 모자라 쓰레기 다루듯 집어 던져 버리다니……

방금 자신들의 눈으로 직접 보고도 정말 믿을 수 없는 광경이었다. 하지만 정작 그런 만행을 저지른 쟌은 자신이 한 짓에 대해서는 신경 도 쓰지 않는 것 같았다.

"지금으로부터 1년 전의 일이었소. 여기 있는 벨파스 씨는 어느 날 친한 친구의 방문을 받게 되었소. 그러나 그 친구는 결코 지나가다 들 른 것이 아니었소. 용병이었던 그 친구는……."

쟌의 이야기가 이어질수록 카비렌과 오트라르크, 마렌코프, 그리고 자루를 뒤집어쓰고 있던 자는 몸을 부르르 떨었다.

"…그렇게 해서 벨파스 씨는 목숨을 잃었다고 알려진 친구의 보증 을 섰다는 이유로 모든 재산을 하루아침에 날려야만 했소. 하지만 그 가 배상해야 할 배상금은 상상을 초월해 그의 전부라고 할 수 있는 상 회를 넘기고 반수불수의 몸이 된 것으로도 모자라 딸까지 피온스의 노 리개로 넘겨야만 할 처지가 되었소. 하지만 이 모든 것은 이 짐승만도 못한 것들의 음모였소."

쟌의 이야기가 계속될수록 사람들은 그의 이야기에 빠져들었고, 카비렌이 망하게 된 내막을 알게 될수록 그에 대한 동정을 금할 수 없었다.

"그, 그렇지 않다! 당시 나는 분명 귀중한 물건을 맡겼는데 불행하게도……."

"내가 조사했을 땐 분명 블랙 팔콘단의 기습으로……!"

쟌의 말에 오트라르크와 마렌코프가 거의 동시에 외치듯 입을 열었다.

짜악! 짝!

"늙은이라 따귀로 대신하는 줄 알아라. 블랙 팔콘단의 두목이었던 올리비에 렌죠가 바로 나다, 이 빌어먹을 놈들아! 내가 누굴 죽이고 무엇을 강탈했다고? 네놈들을 당장이라도 찢어 죽이고 싶지만 마스터 앞이라 참는 줄이나 알아라."

설마 올리비에의 정체가 블랙 팔콘단의 두목이었을 줄은 상상도 못했기에 그들의 놀라움은 한계를 넘어선 것이었다. 하지만 이대로 있으면 모든 잘못을 자신이 뒤집어써야 할지도 모른다는 생각에 황급히 변명을 늘어놓아야만 했다.

"블랙 팔콘단의 짓이 아니라면…… 그, 그렇다! 당시의 운송 책임자였던 카네런 도렐, 바로 그자가 물건을 가지고 도주를 한 것이 틀림없다! 나는 분명히 고가의 귀중품을……."

"그, 그렇다면… 블랙 팔콘단에 당했다는 소문은 그 도렐이라는 놈이 낸 것이 틀림없다! 내가 사건을 조사할 때는 분명히 부서진 마차와……."

짝! 짝!

"에라, 이 빌어먹을 늙은이들아! 똑똑히 봐라. 이놈이 누군지 말이다!"

두 사람의 따귀를 다시 한 번 어루만져 준 올리비에는 곁에 있던 자의 자루를 단숨에 벗겼다.

그 모습을 지켜보던 사람들은 자루를 뒤집어쓰고 있던 자의 정체를 알 수 없었지만 오트라르크와 마렌코프의 입에서 흘러나온 말을 듣고는 곧 깨닫게 되었다.

"너, 너는……!"

"카네런… 도렐……."

카네런의 얼굴이 드러나는 순간 카비렌은 현기증을 느끼며 순간적으로 중심을 잃었다. 재빨리 쓰러지는 카비렌을 부축한 쟌은 그를 의자에 앉혔다. 그리고는 다시 그들 앞에 섰다.

"도렐, 당시 운송하던 물건 가운데 귀중품이 있었나?"

"어, 없었습니다. 귀중품은 하나도 없었습니다. 당시 제가 가지고 갔던 것은 옷 나부랭이뿐이었습니다."

쟌의 질문에 카네런은 몸서리를 치며 황급히 입을 열었다.

"그 일은 네가 꾸민 일이냐?"

"아닙니다! 절대 그렇지 않습니다! 저는 그저 피온스 씨가 시키는 대로……."

"빌어먹을 놈! 네놈이 먼저……."

퍼퍽!

쟌의 오른발이 두 사람의 복부를 걷어차는 소리가 둔탁하게 들렸다. 두 사람은 극한의 고통을 느끼며 뱃속의 모든 것을 게워내야만 했다.

"이보게. 자네도 들었다시피 나와는 아무런 상관도 없는 일 아닌가? 그러니 나는……."

"아닙니다! 저 돼지 같은 늙은이는 사건을 무마시키는 조건으로 카비렌, 저 친구의 재산에서 100만 코렌을 받기로 했고, 그 돈을 받는 것을 제 눈으로 똑똑히 봤습니다."

"이, 이런 죽일 놈⋯⋯."

카네런의 고백의 마렌코프의 볼 살이 푸들푸들 떨렸다. 그리고 그의 비만한 복부에 쟌의 발이 꽂힌 것은 거의 동시였다. 세 사람이 토해낸 토사물 때문에 주위에는 고약한 냄새가 풍겼지만 주위에 있던 사람들은 매서운 눈길로 세 사람을 노려보고 있었다.

묵묵히 그 광경을 지켜보고 있던 제론이 묵직한 음성으로 입을 열었다.

"자네의 말대로 벨파스 씨에게 일어났던 모든 일이 음모임을 알겠네. 하지만 내 동생이 왜 저런 모습으로 묶여 있어야 하는지 아직 그 이유를 설명하지 않았네. 이제 그 이유를 설명해 주겠나?"

제론의 질문에 사람들의 시선이 일제히 쟌에게로 쏠렸다.

그때까지 카비렌은 정신을 차리지 못하고 있었고, 사브리나와 안나는 그를 간호하기에 여념이 없었다. 잠시 그들의 모습을 지켜보던 쟌은 다시 고개를 돌려 잔뜩 겁에 질려 있는 케니를 쳐다봤다.

"귀하는 한낱 용병에 불과한 동생이 막대한 군자금 운운하는 소리를 듣고도 이상한 생각이 들지 않았소?"

"무슨 말을 하고 싶은 건가?"

반문을 하는 제론의 얼굴은 딱딱하게 굳어져 있었다. 그도 겁에 질려 있는 동생의 모습과 자신이 데리고 오긴 했지만 이곳에 도착한 이후 만난 적이 없던 어쎄신들이 허벅지에 대거를 꽂은 채 무릎을 꿇고 있는 모습을 지켜보며 느껴지는 것이 있었다. 그러나 다시 한 번 확인을 해야 했기에 쟌에게 되물은 것이었다.

"귀하의 동생은 여기 있는 이 돼지와 짜고 이 피온스를 암살한 다음 그의 재산을 가로챌 작정이었소."

"거짓말이다! 내가 왜 피온스 씨를 암살한단 말이냐? 그리고 설사 내가 피온스 씨를 암살한다고 하더라도 그것이 어떻게 내 재산이 될 수 있다는 말이냐?"

"그거야 이 돼지가 인정하면 간단하게 될 일. 게다가 이 늙은이에게 는 자식이 없으니 저 돼지가 귀하의 동생을 늙은이의 양자라고 한마디 만 증언하면 재산을 가로채는 것쯤은 아주 간단한 일 아닌가?"

쟌의 말에 마렌코프와 케니의 얼굴은 새하얗게 질려 버렸다.

"즈, 증거가 없지 않느냐?"

"증거?"

쟌은 조금의 망설임도 없이 무릎을 꿇고 있던 이쎄신의 허벅지를 걷어찼다.

픅! 하는 둔탁한 소리와 함께 어쎄신들은 처절한 비명을 지르며 바닥을 뒹굴었는데 그 모습이 얼마나 애처로웠던지 지켜보던 사람들은 자신도 모르게 가슴을 쓸어내리며 그들에게 동정이 가득 실린 눈길을 보내고 있었다.

"말해."

"우, 우리는 샤겔스 단장의 지시로 피온스 씨를 암살하려고 했소. 단지 그 지시 외에는 다른 지시는 들은 것이 없소. 정말이오, 믿어주시오."

"이 돼지는 알아, 몰라?"

"알고 있소. 오늘 일이 성공하면 우리의 죄를 묻지 않겠다는 약속을 분명히 우리에게 했소이다."

"거짓말 마라! 난 결코 네놈들을 알지 못한다. 감히 누구를 모함하려고⋯⋯."

그러나 마렌코프는 외마디 소리를 지르며 쓰러져 다시 한 번 그 자리에서 뒹굴어야만 했다.

"묻지 않았는데 입 열지 마, 짜증나니까."

위압적인 쟌의 카리스마에 장내에 있던 사람들은 아무런 말도 못하고 있었다.

"케니 샤겔스, 네 죄를 인정하겠나?"

쟌의 반문에 케니는 아무런 말도 못한 채 고개를 숙이고 있을 뿐이었다. 그 모습만 봐도 사건의 전모를 충분히 짐작할 만했다.

가만히 고개를 흔들던 제론은 복잡한 머리를 정리하려고 필사적으로 노력했지만 별다른 방법이 없었다. 잠시 고심하던 제론은 스스로의 죄를 인정하는 듯 고개를 숙이는 동생의 모습을 망연히 바라보았다.

"정말 네가 피온스 씨를 암살하려고 했느냐?"

"형, 사실은 그게 아니라⋯⋯."

"난 지금 네게 피온스 씨를 암살하려고 했느냐고 물었다."

제론의 음성이 무거워진 것을 확인한 케니는 두려운 표정을 지으며 입을 열었다.

"형, 나는 헤르난 전하께 군자금을 받치기 위해⋯⋯."

"마지막으로 묻겠다. 내가 데려온 어쎄신에게 피온스 씨를 암살하라고 명령한 사람이 너냐?"

냉랭한 제론의 질문에 뭔가 할 말이 있는 듯 고개를 들었던 케니는 곧 절망적인 표정을 지으며 고개를 떨구었다.

"그래, 나야. 하지만 절대 내 욕심만 챙기기 위해……."

"입 다물어라."

㉕장
새로운 출발

싸늘하게 케니의 입을 막은 제론은 여전히 무표정한 모습으로 서 있는 쟌에게로 시선을 돌렸다.

"귀하가 지켜본 것처럼 여기 있는 벨파스 씨의 경우는 오트라르크 피온스가 행정 감독관인 마렌코프 피에로와 결탁한 후 벨파스 씨의 친구인 카네런 도렐을 고용해 그의 재산을 강탈하려고 했소. 또 케니 샤젤스의 경우는 행정 감독관인 마렌코프와 결탁해 어쎄신으로 하여금 오트라르크 피온스를 살해하고 그의 재산을 가로채려고 했소."

"그래서 내가 어떻게 해주길 원하나?"

"일전에 귀하는 스스로 제국의 제2왕자인 헤르난 왕자의 아주 가까운 측근이라고 했는데 내 말이 맞소?"

"그렇다고 할 수 있네."

"그렇다면 공정하고 청렴결백한 행정 감독관을 이곳 폴렌 시에 다시 파견해 이번 사건을 원만하게 처리해서 벨파스 씨가 빼앗겼던 재산을 찾을 수 있게 해주었으면 하오."

"으음~"

자신의 모든 비리가 밝혀진 것에 망연자실하고 있는 마렌코프나 케니가 자신을 죽이려 했다는 사실에 아무 말도 못하고 있는 오트라르크, 또 다른 사람도 아닌 형에게 자신의 잘못이 발각되었다는 사실에 케니는 아무 말도 못하고 그저 고개를 숙이고 있을 뿐이었다.

오트라르크를 축하하기 위해 방문했던 사람들은 자신이 알지 못했던 사실이 밝혀짐에 따라 놀라면서도 이 문제가 어떻게 처리될 것인지에 지대한 관심을 드러냈다. 하지만 쟌은 그런 사람들의 반응에는 관심도 없었다.

몸을 돌린 쟌우 그때까지도 친구의 얼굴에서 눈을 떼지 못하고 있던 카비렌에게 질문을 했다.

"어떻게 하시겠습니까? 만약 직접 복수를 하시겠다면 제가 돕겠습니다."

챙!

쟌은 지체없이 목검에서 칼을 뽑아 들었다. 날카로운 금속성에 흠칫 놀란 카비렌은 그제야 자신 앞에 내밀어진 검을 발견할 수 있었다.

"방금… 뭐라고 했나?"

"복수를 원하시냐고 물었습니다. 그리고 복수를 하시겠다면 제가 돕겠다고 했습니다."

쟌의 말에 카비렌이 공포에 질려 있는 친구 카네런에게로 고개로 돌렸을 때 그의 얼굴은 싸늘하게 굳어져 있었다. 쟌이 건넨 검을 움켜잡은 카비렌은 지팡이를 짚지도 않은 채 카네런의 앞으로 걸음을 옮겼다.

그동안 자신이 당한 일은 참을 수 있었다. 제대로 된 친구를 사귀지 못한 것은 분명 자신의 잘못이기 때문이다. 하지만 딸 사브리나는 아니었다.

사건이 있기 전까지 고생이라고는 모르고 지냈던 사브리나가 그동안 고생해 온 것을 생각하면 자신을 배신한 카네런을 도저히 용서할 수가 없었다.

그가 치미는 분노를 참지 못해 검을 쳐들었을 때 카네런은 다급한 음성으로 입을 열었다.

"카비렌, 제발… 제발 날 용서하게. 이번 한 번만 용서한다면 자네에게 저지른 배신은 살아가며 어떤 식으로든 반드시 보답을 하겠네. 그러니 제발 한 번만 날 살려주게. 제발…… 흑흑흑."

카네런은 카비렌의 다리를 부둥켜 안고는 하염없이 눈물을 쏟았다.

몇 번이나 극심한 갈등을 일으키던 카비렌은 결국 치켜들었던 팔을 떨어뜨리고야 말았다. 하지만 결코 카네런을 용서할 생각은 없는 듯 자신의 다리를 부둥켜 안고 있던 카네런을 매정하게 떨쳐 내고는 몸을 돌렸다.

"친구를 배신한 네놈을 죽이지 않는 것은 널 용서했기 때문이 아니다. 앞으로 죽는 날까지 절대 내 앞에 나타나지 마라. 내가 알고 있는 넌 이미 수백 번도 더 죽었으니까."

매몰차게 돌아선 카네런은 쟌에게 검을 내밀었는데 검을 받아 든 쟌은 검집에 넣을 생각을 하지 않은 채 다시 사브리나에게 검을 내밀었다.

"레이디 사브리나, 복수를 하고 싶으면 하시오. 어느 누구도 그대의 행동을 방해하지 못할 것이오."

쟌의 말에 사브리나는 서늘한 눈으로 카네런을 쳐다보았다.

솔직히 이곳에 와서 사건의 모든 내막을 듣기 전까지만 하더라도 아버지와 자신을 나락으로 떨어뜨린 원흉을 만나면 자신의 손으로 죽여 버리겠다고 생각했었다. 하지만 막상 카네런을 보고, 쟌이 내민 검을 보니 가슴 한구석이 떨려왔다.

"사양하겠어요. 아버지가 저자를 처벌하길 원하지 않으신다면 아버지의 뜻을 따르겠어요. 그리고…… 아버지의 억울함을 밝혀주셔서 정말 고마워요. 어떻게 보답을 해야 좋을지 모르겠군요. 가이야 씨에게 베푼 작은 도움에 대한 보답으로 이렇게 큰 은혜를 받아도 되는지 모르겠군요."

"정말 이 정도로 만족을 하시겠습니까?"

"아버지께서는 어떤지 모르겠지만 저는 저들의 음모를 밝힌 것만으로 충분히 만족해요."

"알겠습니다, 레이디 사브리나."

철컥!

사브리나의 대답에 쟌은 곧바로 검을 회수했다. 그리고는 잔뜩 굳어 있는 제론을 바라봤다.

"만약 도움이나 묻고 싶은 것이 있다면 언제든지 내가 묵고 있는 여관인 '고향의 언덕' 으로 사람을 보내시오. 최대한 협조를 하겠소."

말을 마친 쟌은 카비렌과 사브리나에게 가볍게 고개를 숙여 인사하고는 그대로 그곳을 벗어났다. 갑작스런 행동에 셸과 알, 그리고 조나단, 엘튼, 올리비에와 용병들도 황급히 쟌의 뒤를 따랐다.

지난 이틀 동안 폴렌 시는 일명 피에로 사건이라고 불리는 사건 때문에 도시 전체가 몹시도 시끌벅적했다.

첫 번째 사건은 폴렌 시의 행정 감독관인 마렌코프가 바리타스 왕국에 널리 알려진 거상인 오트라르크와 공모해 상인 벨파스의 재산을 부당한 방법으로 탈취한 사건이었다. 게다가 이 사건이 알려지자 자신도 오트라르크에게 재산을 빼앗겼다고 주장하는 사람들이 속속 나타나 피해자는 순식간에 20여 명으로 늘어났다.

두 번째 사건은 역시 행정 감독관인 마렌코프가 오트라르크의 사설 용병단 단장인 케니와 공모해 오트라르크를 암살하고 그의 재산을 가로채려고 한 사건이었다. 다행히도 그 자리에 있던 쟌이라는 청년의 도움으로 목숨을 건질 수는 있었지만 화살이 박힌 곳이 심장 근처라 그의 목숨을 살리기 위해 프리스트가 여럿 초청되었다는 소문도 들렸다.

하지만 정작 사건을 해결한 쟌은 지난 이틀 동안 마치 마법에 걸린 사람처럼 정신없이 잠만 잤다. 이해할 수 없는 쟌의 기행에 일행은 그저 그가 깨어나기만을 기다렸다.

3일째 되던 날 아침 일행이 투숙하고 있는 여관으로 쟌을 찾아온 사람들이 있었다.

여관 주인인 빅터는 그날도 아침 일찍 일어나 장사할 준비를 하기 위해 테이블을 닦고 있었다. 그가 막 테이블 청소를 마쳤을 때 하품을 하며 셸이 아래층으로 내려왔다.

"벌써 일어나셨습니까, 레이디 셸."

"아함~ 빅터도 잘 잤어?"

별로 우아하지 않은 모습으로 하품을 한 셸은 텅 빈 식당을 보고는 커다란 눈을 몇 번 깜빡였다.

"아직 아무도 일어나지 않은 모양이네."

"예, 아직 아무도 나오지 않으셨습니다."

"애들은?"

"예?"

자신도 모르게 반문하던 빅터는 셀이 거론한 '애 들이 바로 쟌의 제자들을 가리키는 말이라는 것을 알고는 속으로 쓴웃음을 지었지만 재빨리 대답을 했다.

"아마 지금쯤이면 공터에서 아침 훈련을 하고 있을 겁니다."

"그래? 그건 그렇고… 목이 말라서 그러는데 뭐 마실 것 좀 없어?"

"잠시만 기다리십시오. 그렇지 않아도 조금 전에 과일 가게에서 보내온 신선한 과일이 있습니다. 곧 과일 주스를 만들어 드리겠습니다."

"그럼 나도 한 잔 부탁하겠소."

"캡틴도 일어나셨군. 알겠습니다, 잠시만 기다리십시오."

빅터가 주방으로 들어간 후 테이블에 마주 앉은 셀과 알은 잠시 서로 얼굴을 바라보다가 거의 동시에 입을 열었다.

"혹시 쟌이……."

"쟌은 아직도……."

"내가 먼저 말할게. 새벽에 잠깐 쟌이 어떤지 실프를 보냈었거든. 그런데 실프의 말이 계속 자고 있다는 거야."

"나도 걱정이 돼서 몰래 방문 앞에서 숨소리를 들어봤는데 깊게 잠에 빠진 사람처럼 고른 숨소리가 들릴 뿐 다른 소리는 전혀 들리지 않았소."

"깊은 잠이라…… 아무리 사람이 피곤하다고 하더라도 어떻게 이틀 동안을 내리 잘 수가 있는 거지?"

"글쎄, 나도 영문을 모르겠소."

알의 대답에 셸은 답답함을 느끼지 않을 수 없었다.

"아침 식사 할 때까지 안 일어나면 강제로라도 깨워야겠어. 신경이 쓰여서 이젠 내가 견딜 수가 없어."

"걱정되기는 나도 마찬가지요."

셸의 말에 알도 고개를 끄덕였다. 사실 자신도 슬슬 불안한 생각이 들기 시작했기 때문에 아침 식사 후에 쟌을 깨워볼 생각을 하고 있었다.

"누굴 깨우는데 아침부터 이 난리야?"

위쪽에서 들려온 너무나도 귀에 익은 음성에 두 사람은 누가 먼저라고 할 것도 없이 고개를 돌렸다.

"쟌!"

"쟌, 자네……."

"뭘 그렇게 눈을 동그랗게 뜨고 쳐다보는 거야?"

쟌이 너무나 태연한 얼굴로 대꾸를 하자 두 사람은 멍한 표정으로 그저 그의 얼굴을 바라볼 뿐이었다. 주방에서 막 과일 주스를 내오던 빅터도 쟌을 발견하고는 반색했다.

"마스터, 드디어 일어나셨군요."

"나참, 왜들 이러는 거야?"

"쟌, 네가 이틀 동안 내리 자는 통에 다른 사람들이 얼마나 걱정했는지 알아?"

셸이 조금은 앙칼진 목소리로 따지자 쟌은 고개를 갸우뚱거렸다.

"내가 자기 전에 며칠 푹 잘 거라고 했잖아."

"그것도 어느 정도지, 이틀 동안이나 계속 잘 거라는 말은 안 했잖

아. 게다가 잘 때 자더라도 식사라도 하면서 잤으면 걱정이라도 안 하지."

"알았어, 알았다고. 너희들이 걱정하는지도 모르고 계속 잠만 자서 정말 미안하게 생각한다. 사과했으니 이젠 됐지? 빅터, 그게 뭐야?"

"과일 주스입니다, 마스터."

"과일 주스? 난 그거 절반에다 두라이언 절반을 섞어서 한 잔 갖다 줘."

"아침부터 술을 드시려고요?"

"괜찮으니까 얘기한 대로 빨리 가지고 와."

쟌의 말에 짜증스러움이 묻어 있는 것을 직감적으로 깨달은 빅터는 황급히 주방으로 뛰어들어 갔다. 그 모습을 지켜보던 쟌은 알에게로 고개를 돌렸다.

"일은 어떻게 처리되고 있나?"

"응? 아~ 벨파스 씨 일 말인가?"

"그래."

"일단 제론이 사건을 맡고 있는데 조나단 부하들의 도움을 받아 사건에 관련된 사람을 감옥에 가두어두고 현재 추가 조사를 하고 있네. 그런데 피온스에게 당한 사람들이 의외로 많은 모양이야. 게다가 행정 감독관인 피에로에게 억울한 판결을 받았던 사람들도 꽤 있었는지 항의를 하기 위해 찾아오는 사람들이 엄청나게 많다더군."

"그것보다 새로운 행정 감독관은 언제 온대?"

"글쎄? 연락을 했다고 하니까 곧 오지 않겠어?"

고개를 끄덕이고 있는 쟌의 얼굴을 빤히 쳐다보고 있던 셀이 조금은 은근한 음성으로 물었다.

"쟌, 물어볼게 있는데 말이야."

"뭔데?"

"이틀 동안 뭐 했어?"

"뭘 하다니?"

"이틀 동안 계속 잠만 잔 건 아닐 것 아니야. 보통 사람이라면 배가 고파서라도 몇 번이나 잠을 깼을 거야. 게다가 쟌은 보통 사람보다 훨씬 예민한 감각을 가진 사람인데 계속 잠만 잤다는 것은 이해가 안 돼. 내 생각에는 뭔가 생각할 것이 있어서 이틀이라는 시간이 필요했던 게 아닌가 하는 생각이 들거든. 그러니 솔직히 말해 봐. 뭐 했어?"

셀의 말이 끝났을 때 빅터는 쟌 앞에 과일 주스에 두라이언을 넣은 술을 내려놨고, 쟌은 천천히 한 모금을 마시고는 테이블에 잔을 내려놓았다.

잠시 생각을 하던 쟌은 곧 대수롭지 않은 듯 입을 열었다. 하지만 그의 얼굴은 평소와는 달리 약간 굳어져 있었다.

"사실 그날 사람을 죽였거든."

"제론이 데려왔다는 어쎄신을 말하는 것인가?"

"그래."

"알려진 것으로는 죽은 네 명의 신원이 어쎄신이라고 하더군. 동료 어쎄신들의 증언이니 틀림없겠지."

"문제는……."

말꼬리를 흐리던 쟌은 곧 말을 이었다. 그런 쟌의 태도가 셀이나 알에겐 좀처럼 이해가 되지 않았다.

아마도 살인을 했다는 것 때문에 쟌이 그런 행동을 한 모양인데 그게 무엇이 문제가 되는지 이해할 수 없었던 모양이다. 물론 두 사람도 피치 못할 상황에서 살인을 해본 적이 있었다. 게다가 남들보다 잔인한 행동을 서슴지 않았던 쟌이 겨우 그런 문제 때문에 고민을 했으리라고는 상상도 못했다. 하지만 쟌의 대답은 두 사람의 예상과는 전혀 달랐다.

"문제는 내가 난생처음 사람을 죽인 것 같은데도 불구하고 아무런 감정도 느끼지 못했다는 거야. 지금까지 사람들을 죽도로 팬 적은 있지만 단 한 번도 상대를 죽일 생각은 해본 적이 없었거든. 그런데 이틀 전 피온스 늙은이가 저격을 당하는 순간 상대가 누구든 죽이겠다는 생각을 했고, 그때 어쎄신들을 발견한 후 그들을 죽였는데…… 조금의 망설임도 없었다는 거야. 마치 오랜 세월 동안 살인을 해왔던 사람처럼 너무나 익숙하게 말이야."

다시 목을 축인 쟌이 말을 이었다.

"당시에는 사건의 원흉이었던 피온스가 혹시 죽을지도 모른다는 생각에 아무 생각도 없이 그들을 끌고 왔지만 여관으로 돌아와 자기 위해 누웠을 때 갑자기 과거의 내가 어떤 인간인지는 몰라도 적지 않은 살인을 한 것 같다는 느낌이 드는 거야. 내가 생각해도 어쎄신들을 죽일 당시의 나는 상당히 숙련된 동작으로 그들을 죽였거든. 강력하고 간결하지만 치명적인 살수를 너무나도 익숙하게, 또 자연스럽게 썼단 말이야."

자신의 손을 바라보는 쟌의 얼굴에는 어두움이 드리워져 있었다. 그때였다.

"누가 여기 주인인가?"

"예, 예, 잠시만 기다리십시오, 손님."

앞치마에 손을 닦으며 황급히 날려나온 빅터는 상대가 걸친 의복이 제국의 관리들이나 입는 옷이라는 것을 발견하고는 더욱 허리를 숙였다.

"제가 이 여관의 주인인 빅터란 놈입니다만……."

50대나 됐을까?

각이 진 얼굴에 잘 다듬어진 콧수염, 검붉은 얼굴 색, 날카로운 눈매를 보면 꽤나 거친 성격의 소유자 같았다. 그리고 그런 사내의 뒤에는 하드 레더를 걸친 청년 둘이 그를 보호하듯 서 있었다.

"여기 쟌 가이야란 청년이 투숙하고 있는가?"

"예, 그렇습니다만……."

"그를 불러라."

"실례지만 누구신지?"

빅터가 조심스럽게 되묻자 장년인 뒤에 서 있던 청년 가운데 좀 더 근육질의 몸매를 가진 청년이 거만한 표정을 지으며 입을 열었다.

"이분은 제국에서 새로 행정 감독관으로 파견되신 오티스 찰스렌님이시다. 당장 그 쟌인가 뭔가 하는 놈을 빨리 부르도록 하란 말이다."

픽!

"이런 싸가지없는 놈이 감히 누구에게 함부로 놈이란 단어를 쓰는 거야?"

갑자기 들린 음성에 모두들 깜짝 놀라며 고개를 돌렸을 땐 입을 열었던 청년이 거품을 문 채 기절한 모습과 그 청년을 걷어차고 있는 쟌의 모습을 발견할 수 있었다.

정말 눈이 부실 정도로 빠른 몸놀림이었지만 정작 일행을 놀라게 한 것은 이미 기절한 청년을 사정없이 걷어차는 쟌의 무자비한 행동이었다.

"자, 잠깐 멈춰라!"

"나참, 싸가지없는 놈들이 왜 이렇게 많지?"

픽!

남은 청년 역시 말 한마디 잘못한 죄로 쟌의 주먹 한 방에 기절하는 신세가 돼버렸다. 그리고 그 역시 동료와 마찬가지로 쟌의 무자비한 발길질에 당해야만 했다.

잠시 당황하던 표정을 짓던 장년인 오티스가 입을 열었다.

"잠깐 멈추게."

오티스의 말에 발길질을 멈춘 쟌은 눈매를 가늘게 떴다. 적어도 겉모습만 보면 당장이라도 오티스를 두들겨 팰 듯 보였다. 하지만 경로우대인지 아니면 처음부터 때릴 생각이 없었던 것인지 그를 그저 바라보고만 있었다. 그러나 그렇게 째려보는 것이 오히려 맞는 것보다 상대를 더 기분 나쁘게 한다는 것을 쟌은 미처 깨닫지 못하고 있었다.

"무슨 일로 날 찾았소?"

쟌의 질문에 오티스는 눈앞의 이 기분 나쁘게 생긴 청년이 자신이 찾아온 쟌 가이야란 사실을 깨달을 수 있었다.

"자네가 쟌 가이야란 청년인가?"

"그렇소."

"사건의 전모에 대해서는 연락을 보낸 제론 샤겔스에게서 이미 자세히 들었네. 우선 두 사건을 해결하는 데 결정적인 역할을 한 자네에게 제국 행정부를 대신해 감사하다는 인사를 하겠네. 또한 어쎄신 네 명을 살해한 것은 정당방위로 간주하고 없었던 일로 처리했네."

"내가 알고 싶은 것은 그런 것이 아니오. 벨파스 씨가 피온스에게 새산을 빼앗긴 것은 어떻게 처리됐소?"

"도착한 지가 얼마 되지 않아 자세한 사정은 알 수 없지만 억울한 사람이 생기지 않도록 최대한 조치를 취하겠네. 내가 이곳에 온 이유는 사건을 해결하는 데 결정적인 역할을 했다는 청년이 어떤 사람인지 보고 싶었기 때문이네."

"후후후. 그래, 직접 보니 어떻소?"

"후후후, 보통 청년은 아닌 것 같군."

두 사람의 입가에 묘하게도 비슷해 보이는 미소가 떠올라 있었다.

"만약 벨파스 씨의 일이 원만하게 처리되지 않으면 내가 다시 개입하게 될 것이고, 그땐 이번처럼 조용히 해결되지 않을 것이라는 것을 미리 알아두는 것이 좋을 거요. 얼마 남지 않은 인내심이 이번 일을 통해 이젠 바닥이 난 것 같으니까."

입가에는 여전히 미소가 지어져 있었고 말투 또한 상당히 평온했다. 하지만 오티스는 쟌의 말에서 끈적끈적한 피 냄새를 진하게 맡을 수 있었다.

"신경 쓰도록 하지."

"같이 아침 식사라도 하겠소?"

"아니, 자네가 벌여놓은 일이 너무 많아 완전히 해결하려면 상당한 시일이 걸릴 것 같네. 오늘은 자네를 만난 것으로 충분하네. 기회가 닿는다면 다음에 같이 식사를 하도록 하지. 그리고 이들이 깨어나면 시청으로 좀 보내주겠나?"

"그렇게 하겠소. 그럼 다음에 봅시다."

건방지게 그저 고개만 까닥이는 쟌의 태도에도 오티스는 그저 미소만 짓고는 그대로 여관을 빠져나갔다.

"자아~ 그럼 아침 식사나 시작해 볼까?"

너무나도 태연한 쟌의 태도에 사람들은 그가 원래의 그로 되돌아온 것에 안도의 한숨을 쉬면서도 대책없는 그의 행동에는 그저 한숨만 나올 뿐이었다.

　잠시 후 아침 식사를 한 후 일행과 잠시 담소를 나누던 쟌은 곧 자리에서 일어났다. 셸과 알은 비록 묻지는 않았지만 그가 어디에 가기 위해 자리에서 일어난 것인지 충분히 짐작할 수 있었다.

　여관에서 나온 지 얼마 되지 않아 세 사람은 사브리나의 집에 도착했다. 사브리나의 집 주위엔 네 명의 용병들이 휴식이라도 취하는 듯 모여 앉아 있었다. 그러다 쟌을 발견하고는 깜짝 놀란 얼굴로 그 자리에서 벌떡 일어났다.

　“오, 오셨습니까, 마스터.”

　“자식들이 왜 겁을 먹고 지랄들이야.”

　쟌의 퉁명스러운 말에 용병들의 얼굴에는 더욱 긴장감이 흘렀다. 그런 그들의 이마에는 식은땀까지 맺혀 있었다.

　“아침 식사는 했냐?”

　“예? 아, 아직……”

　“가서 먹고 와.”

　“괜찮습니다, 마스터.”

　“내가 있을 테니까 가서 먹고 와.”

　“조금 있으면 동료들이 교대를 하러 올 겁니다. 그러니 저희들은……”

　“어쭈? 이 자식들이 이젠 내 말을 씹어? 한번 날을 잡아 특훈을 해야 정신 차릴……”

　쟌이 얼굴을 일그러뜨리자 네 용병은 더욱 긴장하며 어쩔 줄 몰라

했다. 그런 그들의 모습에 쓴웃음을 짓던 알이 그들에게 말을 건넸다.

"여기는 우리가 있을 테니 걱정하지 말고 그만 가서 식사를 하고 오도록 하게."

알까지 거들고 나서자 네 용병은 쭈뼛거리며 슬금슬금 그 자리를 벗어났다. 잠시 그 모습을 바라보던 쟌이 셸에게 질문을 던졌다.

"오늘도 안 들어갈 거야?"

"내가 안 들어가면 불편해?"

"편치는 않아."

"알았어, 그러면 들어가지. 하지만 말은 안 할 테니까 그렇게 알아."

"알았어."

똑똑똑~

"누구세요?"

삐죽 문이 열리고 나타난 사람은 사브리나의 유모인 안나였다. 쟌을 발견한 안나는 깜짝 놀란 얼굴로 몇 걸음이나 뒤로 물러섰다. 그녀의 얼굴은 악마를 본 사람처럼 창백하게 변했다. 하지만 이전처럼 비명을 지르거나 악담을 퍼붓지는 않았다.

"벨파스 씨를 만나러 왔소."

"기, 기다리세요."

그 말만을 남긴 채 안나를 사라졌고, 쟌과 일행은 어쩔 수 없이 현관에서 기다릴 수밖에 없었다. 집 안으로 사라졌던 안나가 곧 모습을 나타냈다.

"주인님이 기다리고 계세요. 들어오세요."

"그럼 실례하겠소."

가볍게 목례를 한 쟌은 곧 안으로 들어섰고, 좁은 거실에 앉아 있던 카비렌의 모습을 발견할 수 있었다.

"어서 오게. 그렇지 않아도 기다리고 있었네."

카비렌이 지팡이도 없이 자리에서 일어서 자신을 반기자 쟌은 눈을 휘둥그렇게 떴다.

"아니, 지팡이는 어떻게……?"

"후후후, 언제까지 지팡이를 짚고 다닐 수는 없지 않은가? 앞으로 해야 할 일도 많은데 말이네. 그래서 어제부터 지팡이를 사용하지 않고 있다네."

"괜찮으십니까?"

"쉽지는 않지만 어차피 이건 내가 감수해야만 할 일 아닌가? 하지만 침대에서만 생활할 수밖에 없었던 지난날을 생각하면 이렇게 걸어 다닐 수 있는 것만 해도 나는 눈물이 날 정도로 자네에게 고마움을 느끼고 있다네."

"지금은 조금 불편할지 모르지만 운동을 꾸준히 하신다면 곧 예전의 건강을 되찾으실 수 있을 겁니다."

미소를 띤 쟌의 말에 카비렌은 그의 손을 덥석 잡으며 아무런 말도 못했다.

"이런~ 손님들을 모셔놓고 내가 지금 뭘 하는 짓이람. 어서 자리에 앉게. 거기 두 분도 누추하기는 하지만 자리에 앉길 바라오."

자신의 말에 세 사람이 자리에 앉자마자 카비렌은 사브리나에게 손님에게 대접할 차를 내오도록 지시했다. 하지만 곧 나타난 사브리나의 얼굴은 난처함이 가득했다.

"아버지, 집에는……."

"벨퍼스 씨, 제기 이렇게 찾아온 것은 벨퍼스 씨에게 드릴 말씀이 있기 때문입니다."

"그래? 무슨 말이든 해보게. 제국에서 새로운 행정 감독관이 빠른 시간 내에 재산을 찾을 수 있도록 조치해 준다고 하더군. 그러면 자네에게도 보답할 수 있을 것이네."

"벨파스 씨, 전 보답을 바라고 한 일이 아닙니다."

"내가 왜 자네의 마음을 모르겠는가? 하지만 어떻게든 자네에게 보답하고 싶은 내 마음도 알아주기 바라네. 그래, 무슨 말을 하려고 날 찾아왔는가?"

"이만 폴렌 시를 떠날까 합니다."

쟌의 말에 카비렌은 깜짝 놀란 표정을 지으며 쟌의 얼굴을 빤히 쳐다봤다. 근처에 서 있던 사브라나 역시 깜짝 놀란 표정을 지었다.

"그게 무슨 소린가? 떠나다니?"

"사실 전 개인적인 일 때문에 제국으로 가던 길이었습니다. 만약 벨파스 씨께 별일이 없었다면 그냥 제국으로 향했겠지만 우연히 이번 일을 알게 되어 개입하게 된 겁니다. 다행히도 일이 잘 해결되었고, 벨파스 씨에게 도움이 되어 저도 기쁩니다만 이젠 그만 떠나야 할 것 같습니다."

쟌의 갑작스러운 말에 카비렌은 순간적으로 무슨 말을 해야 좋을지 입을 열 수가 없었다. 가만히 쟌의 얼굴을 보니 담담한 것이 이미 결심을 한 표정이었다.

"자네 얼굴을 보니 이미 결심이 선 모양이군."

"그렇습니다."

"무슨 일 때문에 제국으로 가는 것인지 그 이유를 물어도 되겠는가?"

"잃어버린 기억을 찾기 위해섭니다."

쟌의 말에 카비렌과 사브리나는 자신들이 왜 그 일을 까맣게 잊고 있었는지 스스로의 기억을 탓하지 않을 수 없었다.

"그래, 제국으로 가면 기억을 찾을 수 있을 것 같은가?"

"모르겠습니다. 그래도 트레슈나 제국에는 이 대륙 모든 나라의 사람들이 모여들지 않습니까? 왠지 제국으로 가면 기억을 되찾거나 잃어버린 기억을 되찾을 수 있는 단서를 찾을 수 있을 것 같아 가려는 겁니다."

"그렇다면 자네를 말릴 수도 없겠군. 하지만 며칠쯤은 기다려 줄 수 있겠지?"

"무슨 일 있습니까?"

"그게 아니라 새로 온 행정 감독관이 내 재산을 찾아주면 자네에게 작은 보답이라도……."

"아닙니다, 그럴 필요 없습니다."

"하지만 이럴 수는 없네. 자네는 내 재산을 되찾아준 사람이 아닌가? 아니, 그보다 내 억울함을 풀어준 은인일세. 그런 자네를 어찌 그냥 보낼 수 있겠나. 그러니 조금만 더 기다려 주게. 그러면……."

"주인님, 손님이 찾아오셨습니다."

순간 들려온 안나의 말에 카비렌의 얼굴에 의아스러운 빛이 가득했다.

"손님이라니? 나에게 말인가?"

"아닙니다. 저기 있는 가이야 씨를 찾아온 손님입니다."

"저에게 말입니까?"

쟌 역시 어리둥절한 표정을 지었다.

"여기 쟌 가이야라는 청년이 있소?"

"귀하는 혹시 이젤 트루프?"

자신의 이름을 부르며 들어서는 사람을 확인하니 웨스펀 시에서 만난 적이 있던 사내였다.

"거기 있었구려."

"여긴 무슨 일인지……?"

"내가 당신을 찾아왔을 때는 당연히 빚진 돈을 갚기 위해서가 아니겠소?"

태연한 이젤의 말에 쟌의 눈매가 조금 가늘어졌다.

"나에게 줄 돈이 벌써 준비됐소? 아직 약속한 날짜까지는 며칠 남은 것으로 아는데."

"그렇소이다. 한동안 고생하기는 했지만 다행히도 귀하에게 줄 돈이 마련되었기에 서둘러 이렇게 왔소. 누군가에게 빚을 지면 찜찜해서 말이오. 애들아, 가지고 들어오너라."

이젤의 말에 근육질의 사내들이 커다란 철궤를 힘겹게 들고 들어왔다. 그런데 내려놓는 철궤가 하나가 아니었다.

"식당에서 당신의 부하들을 만났는데 저 철궤를 이곳으로 운반한다고 하기에 같이 가지고 왔소."

이젤의 말에 쟌은 그가 내려놓은 철궤를 가리키며 카비렌에게 입을 열었다.

"이건 제가 벨파스 씨와 레이디 사브리나에게 마지막으로 드리는 작은 선물입니다. 벨파스 씨께서 재건하시는 모습까지 보고 떠나는 것이 도리겠지만 기억을 되찾고 싶은 조급한 마음에 이렇게 떠나는 것을 용서해 주십시오."

"이렇게 갈 수는 없는 일이네. 자네에게 아무런 보답도 못했는데 오히려 선물이라니……. 이럴 수는 없네."

"제가 마음 편히 떠날 수 있도록 그냥 받아주십시오."

말을 마친 쟌은 자리에서 벌떡 일어섰고, 셀과 알도 따라서 일어났다. 쟌이 셀과 서둘러 그 자리를 떠나려 하자 알이 머뭇거리며 입을 열었다.

"미안하지만 나는 이곳에 한동안 있어야 할 것 같아."

얼굴을 붉히는 알과 역시 얼굴을 붉히며 고개를 숙이고 있는 사브리나의 모습을 본 쟌은 씨익 미소를 지었다.

"자네가 그래 준다면 오히려 내가 더 고맙지. 자네가 이곳에 남을 생각을 했다면 차라리 조나단과 그의 부하들을 용병단으로 만드는 것은 어떻겠나? 조금만 더 훈련시키면 쓸 만한 용병단이 될 것 같은데 말이야."

"과연 그들이 내 밑에 있으려고 할까?"

알의 말에 쟌은 주먹을 불끈 쥐고는 미소를 지었다.

"예로부터 법은 멀고 주먹은 가깝다고 했잖아. 까불면 적당히 주물러 줘. 하지만 이젠 어느 정도 체계가 잡혀 있으니 그렇게 힘든 일은 없을 거야."

"이렇게 헤어지려니 섭섭하군."

"만난 사람은 헤어지고 또 헤어진 사람은 만나는 것이 인생 아닌가? 난 자네가 벨파스 씨와 레이디 사브리나의 든든한 울타리가 되어주었으면 고맙겠네. 언젠가 또 만날 날이 있겠지. 그때 술이나 한잔하자고."

"잘 가게, 친구."

작별 인사와 함께 알은 손을 내밀었고, 쟌 역시 조금의 망설임도 없이 알의 손을 잡았다.

"잘 있게, 친구. 벨파스 씨, 레이디 사브리나, 다음 기회에 다시 만나길 기대하겠습니다."

인사를 마친 쟌은 셀과 함께 누가 뭐라고 할 사이도 없이 서둘러 그 자리를 떠나 버렸다. 마치 태풍이 휩쓸고 지나간 것처럼 남아 있던 사람들은 정신을 차릴 수가 없었다.

"아직 그분께 감사하다는 인사도 못했는데……."

사브리나의 작은 음성에 정신을 차린 카비렌은 그제야 서둘러 자리에서 일어나 현관으로 달려가려고 했다. 하지만 알의 제지로 그 자리에 멈춰야만 했다.

"그 친구는 이미 멀리 갔을 겁니다."

"그래도 이렇게 보낼 수는……."

"부끄러움이 많은 친구거든요, 내가 아는 쟌은."

알의 대답에 사람들의 시선이 그에게로 쏠렸다.

"제가 알고 있는 쟌 가이야는 사람을 사귀거나 대하는 것이 상당히 서툽니다. 자신에게 피해를 입힌 사람에게는 잔인할 정도로 응징을 하지만, 은혜를 베푼 사람에게는 도가 지나치게 보은을 하는 사람이 바로 그 친굽니다."

그리고는 나란히 놓여 있는 두 개의 철궤를 가리켰다.

"이게 뭔 줄 아십니까? 쟌이 벨파스 가문을 떠난 후 그가 번 돈입니다. 뭐, 정상적인 방법으로 벌었다고 볼 수는 없지만 그렇다고 나쁜 짓을 해서 번 돈도 아닙니다. 쟌이 조금 전 작은 선물이라고 말한 것은 무려 150만 코렌이 넘는 엄청난 거금입니다. 그는 그런 친굽니다. 그를 알게 된 것이 정말 저에게도 커다란 행운이었지만, 또한 벨파스 가문에도 축복이라고 하지 않을 수 없을 겁니다."

"허어~ 세상에 그런 사람이 정말 있을 줄이야……."

이젤이 감탄을 터뜨리고 있는 동안에도 카비렌과 사브리나는 아무 말도 못하고 서 있었다.

"우리가 무슨 죄를 지었다고 이렇게 도망치듯 떠나야만 하는 거야?"

"조용해서 좋잖아. 그동안 사람들이 너무 많아서 골치가 지끈거렸는데 이렇게 단둘이니 얼마나 좋아? 왜, 셸은 나랑 둘이 있는 게 싫어?"

쟌의 노골적인 질문에 셸의 얼굴이 조금 붉어졌다.

"누가 싫대? 다만 이렇게 도망치듯 폴렌 시를 떠나는 것이 마음에 들지 않는다는 거지."

셸의 대답에 쟌은 짓궂은 미소를 지으며 말을 몰아 셸의 곁으로 다가갔다. 하지만 미소가 지어졌던 쟌의 얼굴은 어디선가 들려온 음성 때문에 곧 엉망으로 일그러졌다.

"마스터, 스승님, 사부님~ 같이 가요~"

히히히힝~

잠시 후 말의 투레질 소리와 함께 두 사람에게 다가온 사람은 다름 아닌 올리비에였다. 게다가 혼자가 아니었다. 그의 곁에는 제론이 따라오고 있었다.

"넌 왜 따라온 거냐?"

"마스터, 너무하시는 것 아닙니까? 어떻게 제자인 절 버리고 갈 수가 있는 겁니까?"

"자식아! 버리기는 누가 버렸다는 기야? 네 시청들과 함께 폴렌 시에서 훈련이라도 하고 있으라고 남겨둔 거지."

20대 초반인 쟌이 30대 후반으로 보이는 올리비에를 어린애 다루듯 하자 뒤이어 따라오던 제론은 기가 막힌 듯 한마디도 하지 못했다. 더욱 기가 막힌 것은 올리비에가 마치 어린아이라도 된 것처럼 투정을 부리며 말하는 모습이 정말 엽기적이라는 것이었다.

온몸에 돋은 소름을 대패로 벗겨내고 싶은 것을 억지로 참으며 제론이 질문을 했다.

"저 친구가 정말 제자가 틀림없는가?"

"그렇소. 그런데 그건 왜 묻는 거요?"

"믿을 수가 없기 때문이네. 체격을 봐서는 오히려 자네가 저 친구의 제자처럼 보여서 말이네."

제론의 말에 쟌은 심드렁한 표정을 짓다가 올리비에에게 시선을 돌렸다.

"너, 죽어도 따라와야겠냐?"

"그야 당연한 것 아닙니까? 제가 마스터를 따라다니기로 결심한 것은 오로지 강해지기 위해서입니다. 그런데 그걸 중간에 그만두라는 것을 어떻게 받아들이란 말입니까?"

"내가 엄청 심하게 훈련을 시킬 텐데도?"

쟌의 말에 잠시 찔끔하던 올리비에는 곧 결심을 했는지 망설임없이 대답했다.

"그래도 마스터를 따라갈 겁니다."

"식사니 뭐니 네가 몽땅 책임져야 할 텐데도?"

"아무리 마스터가 저를 떼어놓으려고 하셔도 소용없습니다. 저는 무슨 일이 있어도 마스터를 따라갈 겁니다!"

"휴우~ 내가 제자를 받아들일 때 조금 더 신중했어야 했는데 어쩌다 이런 진드기를 만나 가지고 이 고생을 자초한 것인지… 지지리 복도 없는 놈."

"후후후, 그러기에 순간의 선택이 평생을 간다고 하지 않습니까? 하지만 반대로 말하자면 후회를 깨닫는 시간이 늦으면 늦을수록 행복할 수도 있다는 것임을 잊지 마십시오, 마스터."

"젠장. 이젠 아예 날 가르쳐라, 가르쳐."

득의양양해하는 올리비에와 인상을 쓰는 쟌, 어느 장단에 박자를 맞춰야 할지 제론은 머리가 복잡하기만 했다. 머리를 흔들며 정신을 차린 제론은 쟌에게 뭔가를 내밀었다.

"받게."

"이게 뭐요?"

"자네 물건이네."

제론이 내민 물건을 받고 보니 핸드보우용 짧은 퀴럴 하나와 두 개의 유엽비도였다.

"어쎄신들의 시신에서 내가 수습한 것이네. 상당히 독특한 무기이기도 했지만 자네의 솜씨는 정말 소름 끼칠 정도였어. 정확히 일격에 상대의 숨통을 끊어놨더군. 또 팔이 잘린 어쎄신이나 목이 잘린 어쎄신의 상처를 보니 잘린 상처의 면이 상당히 매끄러웠어. 절대 평범한 용병 따위가 가질 수 있는 솜씨가 아니었단 말이네."

"무슨 말을 하려고 그렇게 사람을 띄우는 거요?"

쟌의 퉁명스러운 대꾸에 제론은 차분하게 가라앉은 눈으로 상대를 바라봤다.

정확한 실력을 알 수는 없지만 만약 이 청년을 자신이 모시고 있는 헤르난의 진영으로 끌어들일 수만 있다면 상당한 전력이 될 것 같기도 했다. 하지만 신원도 모르는 자를 함부로 포섭했다가 문제가 생긴다면 자신 목숨 하나로 끝날 일이 아니기에 걱정이 없는 것도 아니었다.

치명적인 결과를 초래할 수도 있지만 반대로 곤란에 처한 헤르난 진영에 활기를 불어넣을 수도 있는 일이기에 잠시 고민하지 않을 수 없었다. 결국 망설이긴 했지만 제론은 스스로의 눈을 믿기로 했다. 잠시 쟌의 얼굴을 쳐다보다가 곧 신중한 음성으로 입을 열었다.

"자네에게 물을 것이 있네."

"뭐요?"

"혹시 나와 함께 헤르난 전하를 모셔볼 생각은 없나?"

제론의 제의에 쟌은 말을 멈추고는 제론의 얼굴을 빤히 쳐다보았다.

익히 알고 있는 것처럼 쟌의 눈꼬리는 치켜 올라간 모양을 하고 있어 그냥 쳐다봐도 상대는 불쾌한 기분을 느끼고 만다. 게다가 지금처럼 키가 큰 상대를 만나게 되면 쟌의 눈은 자연 더욱 치켜떠져 더욱 강력한 위력을 발휘해 상대에게 무지막지한 불쾌감을 선사하게 된다.

제론 역시 그런 면에서는 다른 사람과 다를 바가 전혀 없었다. 오히려 자신의 힘이나 능력에 자신이 있는 사람들의 경우에는 쟌의 모습에 더 더욱 불쾌감을 느끼게 된다. 가슴 밑바닥에서 뭔가가 심층을 뚫고 치솟아오르는 것을 억지로, 또 필사적으로 눌러 참아야만 했다.

"허엄~ 그런 눈으로 사람을 보지 말게."

"귀하의 그 말은 내가 헤르난 왕자를 도와 그가 황제가 되는 데 일조를 하기 바란다는, 뭐 그런 말이오?"

"그렇네. 만약 그분께서 황제가 되신다면 자네는 원하는 모든 것을 손에 쥘 수 있을 것이네."

"내가 원하는 것? 후후후, 푸하하하!"

쟌이 갑자기 폭소를 터뜨리자 근처에 있던 세 사람은 영문을 몰라 그저 그의 얼굴만 바라보고 있었다.

"내가 원하는 것이 뭔지 귀하는 아시오?"

"황금, 권력, 여자, 영지…… 자네가 원하는 것은 그게 뭐든 헤르난 왕자님께서 보답을 하실 거네. 물론 그에 합당한 활약을 해야겠지만 말이야."

"글쎄, 과연 그가 내게 해줄 수 있을 만한 것이 있을까 모르겠소."

"그게 무슨 말인가?"

"황금이야 내가 원하면 얼마든 가질 수 있고, 권력 같은 것은 내가 원하는 것이 아니오. 그리고 여자는……."

말꼬리를 흐리면서 근처에 있는 셸을 바라보는 쟌의 얼굴에는 짓궂은 미소가 지어져 있었다. 당사자인 셸의 얼굴이 새빨갛게 변한 것은 순식간의 일이었지만 제론은 영문을 몰라 어리둥절한 표정을 감추지 못했다.

"만약 내가 다른 여자에게 눈을 돌리는 척이라도 한다면 아마 여기 있는 셸이 날 가만히 두지 않을 거요."

"그, 그렇다면 이 아이가…… 설마 자네의 애인이라도 된다는 말인가?"

"말조심해. 나도 너만큼은 나이 먹었어."

셸의 앙칼진 말에 조금 눈을 크게 뜬 제론은 조심스럽게 셸의 모습을 살피며 질문을 했다.

"설마 그대는 하프 엘프인가?"

"그래."

"그럼 내가 실례를 했군. 사과하겠네. 하지만 그대는 여느 하프 엘프와는 다르게 생겼군."

"다르긴 뭐가 다르다는 거야?"

"다른 하프 엘프들은 하프 엘프라곤 하지만 외모는 거의 엘프와 흡사하게 생겼거든. 하지만 그대는 거의 인간처럼 생기지 않았나?"

"그건 그놈들이 이상하게 생긴 거야."

짜증스럽게 대꾸를 하던 셸은 신경질적으로 고개를 돌려 버렸다. 그 모습에 쓴웃음을 짓던 제론은 본론으로 돌아가 다시 쟌을 쳐다보았다.

"그렇다면 설마 자넨 원하는 것이 아무것도 없단 말인가?"

다시 말을 출발시킨 쟌은 고개를 들어 새파란 하늘에 흘러가는 구름을 쳐다보았다.

"귀하가 거론한 것에는 없지만 나도 원하는 것은 있소."

"그게 뭔가?"

"내 과거를 찾는 것."

"과거? 그럼 기억 상실증이라도 걸렸단 말인가?"

"그렇소."

쟌의 대답에 잠시 고심을 하던 제론은 곧 고개를 끄덕였다.

"자네가 그걸 원한다면 내가 헤르난 전하께 말씀드려 자네의 기억을 되찾을 수 있도록 도움을 줄 수 있네."

"과연 그럴 수 있을까?"

쟌은 그 대답을 마지막으로 입을 꾹 다물었다.

그렇게 네 사람은 트레슈나 제국을 향해 말을 몰고 있었다.

26장
셀의 각성

지난 며칠간 쟌 일행과 함께 여행을 한 제론은 옆에서 지켜보면 볼수록 쟌이 상당히 독특한 인물이라는 것을 새삼스럽게 깨닫고 있었다.

상당히 어린 나이임에도 마스터라고 불리는 쟌을 무시한 것은 아니지만 아무리 어린 나이부터 검술을 익히기 시작했다고 하더라도 그의 실력이 얼마나 뛰어나겠냐고 생각한 것도 솔직히 사실이었다. 그러나 올리비에를 훈련시키는 모습을 지켜보다가 놀란 적이 한두 번이 아니었다.

일반적으로 검술을 훈련할 때는 검술의 기본인 내려치기와 옆으로 휘두르기를 집중적으로 훈련한다. 발놀림을 경시하는 것은 아니지만 대부분 상체, 특히 팔의 근육을 늘리는 데 치중하는 것이 일반적이다. 하지만 올리비에의 훈련 방식의 독특함은 끊임없이 발을 움직이면서 모닝스타와 스콜피온 테일을 휘두른다는 데 있었다.

그런 훈련이 실전에서 얼마나 위력을 발휘할지는 모르겠지만 그의 팔이 휘둘러질 때마다 지면에서 흙먼지와 나뭇잎들이 하늘 높이 휘말려 올라가는 모습은 무시무시해 보였다.

만약 자신이라면 올리비에를 어떻게 상대할까 생각해 보았지만 쉽게 상대할 수 있다고 장담할 수는 없었다.

"허술해. 아래가 허술하단 말이야."

퍽! 쿵!

둔탁한 소리와 함께 올리비에의 거구가 허공에서 빙그르르 돌아 그대로 지면에 처박혔다.

"이 멍청한 자식아, 내가 상대의 팔에만 신경을 써서는 안 된다고 몇 번이나 가르쳤냐? 전체를 보란 말이야, 전체를!"

"알겠습니다, 마스터."

"알긴 개뿔을 알아? 기다려."

퉁명스럽게 말을 한 쟌은 근처에 있던 커다란 나무의 드리워진 가지를 향해 목검 속의 진검을 뽑아 눈부시게 빠른 속도로 휘둘렀다.

어른 팔뚝만한 나뭇가지 몇 개가 지면으로 떨어지자 쟌은 그 나뭇가지의 끝을 다듬었다. 그리고는 무질서하게 지면 이곳저곳에 가볍게 꽂았다. 또 늘어진 다른 나뭇가지에 끈을 늘어뜨려 길게 깎은 나무 토막을 묶었다. 그리고는 자신을 바라보고 있던 올리비에에게 지시를 내렸다.

"지금부터 나뭇가지에 매달린 나무 토막을 모두 부러뜨리는데, 만약 발 밑에 세워둔 나뭇가지를 하나라도 쓰러뜨리면 넌 오늘 내 손에 죽을 줄 알아. 알겠어?"

"명심하겠습니다, 마스터."

"대답은 잘해요. 준비됐으면 시작해."

쟌의 명령에 준비를 한 올리비에는 나무들이 서 있는 전면을 바라봤다. 폭이 3미터, 길이가 10미터쯤 되는 지면에 무질서하게 꽂혀 있는 나뭇가지와 나뭇가지에 매달려 바람이 흔드는 대로 흔들리고 있는 나무 토막을 바라봤다.

"뭐 해? 시작 안 할 거야?"

"흐흡~"

깊게 숨을 들이킨 올리비에는 나무들의 위치를 다시 한 번 확인하고는 들고 있던 모닝스타와 스콜피온 테일을 휘두르기 시작했다. 회전하는 속도가 점점 빨라지자 둔중한 소리가 주위에 울리기 시작했다.

위잉~ 위잉~

올리비에는 잔뜩 긴장한 얼굴로 조심스럽게 전진하기 시작했다. 하지만 아무리 눈을 크게 떠도 발 밑에 꽂아놓은 나뭇가지는 조금도 보이지도 않았다. 애써 불안한 마음을 진정시키며 한 걸음을 내딛는 순간 바람에 흔들리고 있는 나뭇가지가 눈에 들어왔다.

재빨리 스콜피온 테일을 든 팔을 뻗었다.

휘익! 퍽!

둔탁한 소리와 함께 흔들리고 있던 나뭇가지는 스콜피온 테일의 쇠뭉치와 부딪치는 순간 완전히 박살이 나 사방으로 날아갔다. 순간 올리비에의 왼발은 지면에 세워져 있던 나무 곁을 아슬아슬하게 스치며 내디뎠다.

무작위로 흔들리는 나무 토막을 박살 내는 것은 생각처럼 쉬운 일이 아니었다.

크기가 전부 달랐기 때문인지 바람의 영향을 받아 흔들리는 폭도 모두 제각각이었다. 게다가 나뭇가지를 부러뜨리려면 묶여 있는 나뭇가지가 흔들리는 방향과 거리를 정확하게 맞추어야만 하기 때문에 여간 신경 쓰이는 것이 아니었다.

하여간 고생고생해서 올리비에가 나무들을 통과한 것은 거의 30분이 지나서였다. 불과 10미터 거리를 통과하고 가쁜 숨을 몰아쉬던 올리비에의 눈에 한껏 비웃음을 짓고 있는 쟌의 얼굴이 보였다.

등줄기를 타고 식은땀이 흐르는 것을 느끼며 고개를 돌린 올리비에는 깊은 한숨과 함께 실망한 표정을 감추지 못했다.

나뭇가지에 묶여 있는 나무에만 신경을 쓴 탓인지는 몰라도 지면에 세워둔 나뭇가지 대부분이 쓰러져 있었다.

"발놀림이 그렇게 둔해서야…… 한마디만 하지. 만약 이곳이 암석지대였다면 넌 벌써 죽었어. 그것도 실력 발휘는 해보지도 못한 채 말이야."

쟌의 싸늘한 말에 올리비에는 아무 말도 못했다.

"오늘 훈련은 이만 끝내."

"아닙니다, 마스터. 조금만 더……."

"이 멍청한 놈아, 이미 근육이 피로해진 상태에서 하는 훈련은 피로만 가중시킬 뿐 안 하느니만 못하단 말이야. 내일은 훈련 안 할 거야?"

"알겠습니다."

풀이 죽은 음성으로 대답한 올리비에는 재빨리 주위를 정리하고는 식사 준비를 하기 시작했다.

그 모습을 잠시 바라보던 셸이 인상을 쓰고 있는 쟌에게 말을 건넸다.

"쟌, 할 말이 있는데……."

"할 말? 뭔데?"

"아마 며칠 안으로 나에게 어떤 변화가 생길 것 같아."

뜻 모를 셸의 말에 쟌은 어리둥절한 표정을 감추지 못한 채 그녀의 얼굴을 빤히 쳐다봤다.

"그게 무슨 말이야?"

"며칠 후에 마흔 살이 되는데, 아마 그날 나에게 신체상의 변화가 찾아올 것 같아."

"신체상의 변화?"

"응. 내가 살던 엘프 마을의 장로가 해준 말인데, 나처럼 엘프와 인간 사이에서 태어나는 하프 엘프의 경우에는 대략 두 가지 모습을 한다고 해. 엘프의 특성이 인간보다 강하기 때문에 태어날 때부터 엘프의 모습을 하고 있는 경우와 또 나처럼 인간의 모습을 하고 태어난 경우 말이야. 하지만 조금 전에 말한 것처럼 엘프의 특성이 강하기 때문에 대략 인간의 나이로 마흔 살쯤 됐을 때 엘프의 특성이 깨어나게 된대. 하지만 그게 어떤 식으로 나타날지는 아는 이가 거의 없다는 거야. 인간과의 사이에서 태어난 아이가 엘프 마을에서 자란 적이 없어서 말이야."

셸의 말에 쟌은 호기심을 감추지 못했다.

"그럼 이렇게 어린 소녀의 모습을 하고 있는 것도 방금 말한 그 엘프의 특성이 나타나지 않았기 때문이라는 거야?"

"그래. 대략 열두 살 때부터 이 모습을 하고 있었으니 거의 30년 가까이 이런 꼬맹이의 모습을 하고 살았어. 휴우~"

"가만, 엘프의 특성이 나타난다면 셸의 모습도 아름답게 변하는 것이 아닐까? 왜, 엘프들은 모두 아름다운 모습을 하고 있다고 하잖아."

"과연 나도 다른 엘프들처럼 그렇게 아름다운 모습으로 변할 수 있을까?"

조금은 걱정스러운 듯 셀의 음성이 미약해졌다.

셀을 골려주려고 했던 쟌은 그녀가 걱정하는 모습을 보고는 생각을 바꿔 곧 위로의 말을 건넸다.

"걱정하지 마. 셀은 틀림없이 눈부시게 아름다운 모습으로 바뀔 거야. 그리고 보니 나도 기대가 되는데?"

"참! 엉뚱한 이야기만 했네. 사실은 신체의 변화를 겪을 때 나는 약간의 자극만 받아도 치명상을 입을 수 있을 정도로 약해진대. 그래서 쟌이 그런 나를 지켜주었으면 해서 말이야."

"걱정하지 마. 어떤 놈도 얼씬하지 못하도록 내가 지켜줄 테니까 말이야."

자신만만한 쟌의 태도에 셀은 마음이 놓이는 것을 느끼면서도 의문이 생겼다.

"쟌, 물을 것이 있는데?"

"또 뭐야?"

"지금의 쟌의 모습이 원래 모습이야? 아니면 폴렌 시에서 벨파스 때 부녀를 대할 때가 진짜 모습이야?"

셀의 예상 밖의 질문에 잠시 멈칫하던 쟌은 곧 피식 미소를 짓고는 오히려 셀에게 되물었다.

"셀은 어떤 모습이 더 마음에 들어?"

"나야 당연히 지금의 모습이 더 마음에 들지. 벨파스 씨 부녀를 대할 때의 쟌은 떠올리기 싫을 정도로 소극적이고 왜소한 모습이었어. 그런 모습의 쟌은 다시는 보고 싶지 않아."

똑 부러질 정도로 분명한 셀의 대답에 쟌은 그저 쓴웃음만 지을 뿐이었다.

"원래의 내 모습이 어떤 것인지는 모르지만 될 수 있으면 그런 모습은 보이지 않도록 하지."

두 사람의 눈이 서로 마주치는 순간 누가 먼저라고 할 것도 없이 염화시중의 미소를 지었다. 하지만 그 미소는 곧 이어 들려온 무례한 음성에 의해 곧 사라져야 했다.

"마스터, 식사하십시오."

다이칸 산맥.

트레슈나 제국의 영토 가장 오른쪽에 위치한 산맥으로 수천 미터가 넘는 고봉이 즐비하게 늘어선 험준하기 이를 데 없는 산맥이었다. 위로는 히메네스 산맥과 이어져 있었고, 아래로는 도르프트 산맥, 키이네엘 산맥과 연결되어 있는 대륙 최대의 산맥이었다.

다이칸 산맥의 오른쪽은 대양(大洋)과 연결되어 있어 천연의 국경선이라고 할 수 있었다. 게다가 대륙에서 쫓겨난 수많은 몬스터들이 거주하면서부터 인간이 살 수 없는 지역으로 변하고 말았다. 더구나 몇몇 지역은 드래곤의 서식지로 알려져 더욱 인간의 발길을 멀어지게 만들었다.

쟌과 일행은 도르프트 산맥을 몇 킬로 옆에 둔 채 여행을 계속하고 있었다. 폴렌 시를 출발한 지 열흘 가까이 되었지만 실제 그들이 이동한 거리는 얼마 되지 않았다.

아침 늦게 출발해 어느 정도 이동하다가 점심 식사를 하고, 다시 얼마쯤 이동하다가 올리비에의 훈련을 핑계대고는 야영할 준비를 했다. 부지런히 움직였다면 하루면 충분할 거리를 열흘씩이나 걸려 이동하니 제론으로선 짜증이 나지 않을 수 없었다.

예전의 그였다면 벌써 혼자 갈 길을 갔겠지만 쟌의 실력을 확인한 후부터는 그럴 수도 없었다. 사실은 이틀 전 쟌의 실력이 궁금하다는 이유로 그와 잠시 겨루어보았다.

격투 과정은 서로 백중지세였다. 그러나 제론은 진검을 사용했지만 쟌은 시종일관 목검으로만 상대했다.

비록 눈에 보이는 패배는 아니었지만 결정적인 순간에서 쟌이 몇 번이나 손을 멈추는 것을 느꼈다. 자존심이 상하기는 했지만 상대에게 멈추라고 할 시간적인 여유조차 없었다.

장장 30분 동안을 정신없이 공격하고 또 방어했다. 그러다 갑자기 쟌이 뒤로 물러서더니 '무승부'를 선언했다. 그런 쟌의 선언에 곁에서 지켜보던 셀과 올리비에는 고개를 끄덕였지만 제론은 도저히 승복할 수 없는 결과였다.

그렇다고 자신의 입으로 대결에서 졌다고 할 수도 없는 일이기에 그냥 입을 다물고 있었지만, 설마 쟌과의 실력 차이가 이렇게 크게 날 줄은 상상도 못했다.

물론 쟌이 특이하게 생긴 쇠뭉치를 단 쇠사슬을 무기로 사용할 줄은 몰랐기에 당황한 점이 없지는 않았지만 그것을 패배의 이유로 대기엔 스스로의 자존심이 허락하지 않았다.

그래서 더욱 그를 헤르난의 진영으로 끌어들이고 싶었다.

트레슈나 제국과 바리타스 왕국 사이에는 그리 깊지 않은 숲이 형성

되어 국경선 역할을 대신하고 있었다. 마차 두 대가 나란히 지날 정도의 넓이를 가진 비포장도로가 하나 있을 뿐 도로를 지키는 병사도, 또한 임시 초소도 보이지 않았다.

비록 숲에 출몰하는 몬스터들이 20여 년 전 모조리 토벌당하긴 했지만 과거 몬스터가 출몰하던 시절 항상 20여 명씩 단체로 이동하던 것이 이제는 전통이 되다시피 했다.

짙은 녹음이 우거진 숲.

아직까지 짙푸른 몸매를 자랑하는 나뭇잎들이 나무마다 매달려 있었지만 나뭇잎들을 희롱하며 지나는 공기는 서늘하기만 했다. 출발하기 전 숲의 입구에 있던 간이 숙박 시설의 주인이 위험하다고 일행을 만류했지만 쟌 일행은 무시하고 그냥 출발했다.

50킬로미터에 달하는 숲길의 절반쯤을 지날 때 일행은 야영할 준비를 해야 했다. 날씨 탓인지 아니면 지형 탓인지는 모르지만 숲은 순식간에 어둠이 찾아왔다.

길 옆 작은 평지에서 야영을 하기로 한 일행은 모닥불을 피우고 일찍 저녁 식사를 마쳤다.

올리비에는 수련한다며 모닝스타와 스콜피온 테일을 휘두르기 시작했고, 쟌과 셀은 뭔 짓을 하는지 둘이 찰싹 달라붙어 밀어(?)를 나누기 시작했다.

혼자 남은 제론은 얼마 전에 산 두라이언을 멀뚱하게 혼자 홀짝거릴 수밖에 없었다. 원래 혼자 술을 마시는 사람은 아니었지만 달리 할 짓이 없었기에 방법이 없었다.

그가 몇 모금의 두라이언을 마셨을 때 갑자기 쟌과 셀이 숲 속으로 들어가는 것을 발견했다.

어둑어둑해진 숲 속으로 들어가는 두 남녀.

평소라면 별별 황당한 생각이 다 들었겠지만 두 남녀가 외형상 워낙 차이가 났기 때문인지 별로 이상한 생각은 들지 않았다. 다만 두 사람이 무엇 때문에 숲으로 들어갈까 하는 생각만 들 뿐이었다.

한편, 쟌은 부들부들 경련을 일으키는 셀을 부축해 숲으로 들어가면서 은근히 걱정되었다. 셀에게서 자신에게 일어날 이상에 대해 이야기를 들었다고는 하지만 경험해 본 적이 없는 일이라 신경이 쓰이는 것은 당연한 일이었다.

"여, 여기가 좋겠어."

셀이 가리킨 곳은 허리까지 오는 잡목과 들풀, 그리고 아름드리 나무들이 빽빽하게 늘어서 있는 곳이었다. 조심스럽게 셀을 그곳에 내려놓자 셀은 숨을 헐떡이며 다시 입을 열었다.

"나, 난 괜찮으니까 조금만 떨어져 있어줘."

셀의 말에 어쩔 수 없이 몇 미터 밖으로 물러선 쟌은 목검 속에서 진검을 뽑아 들고는 경계를 섰다. 그런 그의 왼손에는 벌써 10여 개의 유엽비도가 들려 있었다.

부스럭거리는 소리가 셀이 있는 곳에서 계속해서 들려왔다. 또한 근처의 잡목이 소리와 함께 움직이는 모습이 보였다.

얼마나 지났을까?

쟌은 갑자기 사방에서 셀이 있는 곳으로 바람이 몰려드는 것을 느낄 수 있었다. 마치 소용돌이가 치는 것처럼 셀이 있는 곳을 중심으로 사방에서 몰려오는 세찬 바람에 쟌은 순간적으로 어떻게 해야 좋을지 결론을 내릴 수가 없었다. 다만 셀이 별다른 말을 하지 않았기에 일단 지켜보기로 했다.

바람이 차차 잦아들자 걱정이 된 쟌은 셸이 있던 곳으로 조심스럽게 다가갔다. 그런 쟌이 발견한 것은 잡목과 덩굴, 갖가지 나뭇잎과 잡초들이 뭉쳐져 만들어진 커다란 고치처럼 보이는 괴상한 물체뿐이었다.

잠시 놀라기는 했지만 그 고치 속에서 들려오는 셸의 숨소리를 확인하고는 안도의 한숨을 쉴 수 있었다.

막 돌아서려는 순간 쟌의 귀에 부스럭거리는 소리가 들려왔다. 검의 손잡이를 힘껏 움켜쥔 쟌은 모든 신경을 귀로 집중한 채 주위를 훑었지만 자신이 있는 곳으로 다가오는 존재들이 하나둘이 아니라는 것을 알 수 있을 뿐 다가오는 존재들이 누군지, 또 얼마나 되는지 전혀 알 수가 없었다.

조바심이 생기기는 했지만 지금 당장 셸의 곁에서 떠날 수 없기에 더욱 답답한 생각이 들었다. 순간 무엇인가가 자신의 등 쪽으로 다가오는 것을 느끼고는 지체없이 돌아서서 진검을 휘둘렀다.

"헉! 마, 마스터!"

깜짝 놀라며 올리비에가 질겁하자 쟌은 신속하게 진검을 회수했다. 아마도 자신과 셸이 숲으로 들어간 지 오래되었음에도 나오지 않자 걱정이 되어 따라온 모양이었다.

올리비에와 제론이 자신을 쳐다보자 쟌은 셸이 있던 곳에 고치 모양의 뭉치를 가리키며 입을 열었다.

"지금 셸이 저곳에 있어. 충격을 주어서는 절대 안 된다고 했으니까 목숨을 걸고 지켜."

"알겠습니다, 마스터."

"귀하도 잠시 올리비에와 함께 이곳을 지켜주시오. 그리고 무슨 일이 있더라도 절대 이곳을 떠나지 마시오."

쟌의 말에 제론도 신중한 얼굴로 고개를 끄덕였다. 그의 귓전에도 그리 멀지 않은 곳에서 무엇인가가 풀숲을 헤치며 다가오는 소리가 들리고 있었다.

목을 몇 번 움직이며 긴장을 푼 쟌은 순식간에 사라졌다. 그렇지 않아도 쟌이 숲의 어둠 속으로 녹아드는 것 같은 착각이 들었다.

"공기가 축축해지는 것을 보니……."

"비가 올 것 같군."

거의 동시에 말을 한 두 사람은 잠시 서로의 얼굴을 보다가 곧 고치 모양의 덩굴 뭉치 양편에 갈라서 나무와 수풀 뒤로 몸을 감춘 채 주위를 경계하기 시작했다. 그리고 얼마 지나지 않아 두 사람이 예견한 것처럼 굵은 빗방울이 떨어지기 시작했다.

후두두둑.

굵은 빗방울이 떨어지는 것을 발견한 쟌은 마음이 조급해지는 것을 느끼지 않을 수 없었다. 최대한 숨을 죽인 채 30여 미터쯤 전진하던 쟌은 풀숲 뒤에 잔뜩 웅크리고 있는 검은 그림자들을 곧 발견할 수 있었다.

짙은 어둠 속이었지만 상대들의 체형이 인간에 비해 조금 작고 상당히 둥글둥글하다는 것을 분명히 눈으로 확인할 수 있었다.

숨을 죽인 채 다시 조금씩 이동한 쟌은 그들의 존재도 궁금했지만 무엇보다 그들이 들고 있는 무기에 유의해 살폈다.

번쩍이는 쇼트 소드와 커다란 날을 가진 글레이브, 그리고 조잡하게 만든 활과 화살이 어렴풋이 보였다.

'저게 오크란 몬스터인가? 이미 이 지역의 몬스터들은 모두 오래전에 토벌되었다고 들었는데? 젠장, 하필이면 지금……. 하지만 어떤 놈이든 접근하는 놈은 죽인다!'

그 순간이었다.

번쩍! 쿠르르르릉~

섬광이 번쩍인 후 온몸이 떨릴 정도로 엄청난 소리가 천공에서 들려왔다. 그리고 쟌은 섬광이 번쩍이는 순간 풀숲 뒤에 잔뜩 웅크리고 있는 10여 개의 돼지 머리를 분명히 확인할 수 있었다. 가만히 귀를 기울여 주위를 살피니 빗소리 사이로 이동하는 수십 개의 발자국 소리가 들렸다.

몇 방울씩 떨어지던 빗방울이 장대비로 변한 것은 눈 깜짝할 사이였다. 하늘을 가리고 있는 나뭇가지를 두드리는 빗소리에 귀가 따가울 정도였다.

대략 쟌이 확인한 오크들의 숫자는 40여 마리였다. 하지만 대충 상황을 보니 당장 공격하지는 않을 것 같았다. 오크들의 위치를 확인한 후 쟌은 소리도 없이 그 자리를 떠났다.

모닝스타와 스콜피온 테일을 들고 있던 올리비에는 자신의 감각을 자극하는 뭔가를 느끼며 잔뜩 인상을 쓰고 있었다. 살아 있는 생명체가 자신의 목숨을 노리고 있는 느낌에 올리비에는 불쾌감을 감출 수 없었다. 이전에 참여한 적이 있었던 몬스터 토벌전 때 경험했던 것과 거의 똑같은 느낌이었다.

그가 긴장감을 감추지 못하고 있는 그때 소리를 듣지도 못했고 보이지도 않았지만 누군가가 자신의 등 뒤로 다가서는 느낌이 들었다. 미리털이 쭈뼛 서는 것을 느끼면서 사정없이 모닝스타를 든 손을 휘둘렀다.

턱!

하지만 올리비에의 팔은 절반도 펴지기도 전 상대에 의해 제지를 받았다.

"나다."

"아! 마스터. 깜짝 놀랐습니다."

"그보다 물을 것이 있다."

"뭡니까, 마스터."

"돼지 머리를 하고 있는 것들이 오크라는 몬스터인가?"

쟌의 말에 올리비에는 지체없이 고개를 끄덕였다.

"예, 그렇습니다."

"오크들이 약 40여 마리쯤 몰려와서 주위를 포위하고 있어. 하는 꼴을 보니 건방지게 우리를 노리는 것 같아. 그것들은 내가 처리할 테니까 너와 제론은 무슨 일이 있어도 이 자리를 떠나지 말고 지켜. 알겠어?"

"오크가 40마리라면 적은 수가 아닌데… 마스터 혼자 그놈들을 상대할 수는 없습니다."

"잔말 말고 여기나 지키고 있어. 만약 셸에게 털끝만한 이상이라도 있으면 넌 내 손에 죽어. 명심해."

그 말을 마지막으로 쟌의 모습이 흐릿해지더니 순식간에 사라졌다. 올리비에는 쟌의 경탄할 만한 몸놀림에 감탄을 하면서도 근처를 감시하는 눈길에 더욱 신경을 집중시켰다.

다시 오크들의 후면으로 은밀히 이동한 쟌은 어떻게 하면 오크들을 소리도 없이 처치할 수 있을지에 대해 심각하게 고민하고 있었다. 만약 인간이었다면 한쪽 손으로 입을 틀어막고 반대 손에 든 대거로 경동맥이 있는 곳을 그어버렸겠지만, 워낙 구강 구조가 특이한 관계로 소리도 없이 그들을 해치우기에는 무리가 따랐다.

잠시 망설이던 쟌은 곧 표정을 굳히고는 어둠 속으로 모습을 감췄다. 은밀하게 이동하던 쟌은 잔뜩 몸을 웅크린 채 전면을 노려보고 있는 오크들의 뒤로 돌아갔다. 그리고는 목검에서 진검을 소리도 없이 뽑아 들었다.

오크들의 수가 얼마나 모르는 상황인데다 이미 저들 모두를 죽이겠다고 결심을 한 이상 최단시간 내에 오크들을 해치워야만 했다. 왼손에 유엽비도 다섯 개를 뽑아 들고 은밀하게 그들에게 접근할 때였다.

번쩍! 쿠르르르룽~

어두운 밤하늘은 다시 한 번 섬광과 함께 요란한 뇌성을 터뜨렸다. 그 소리에 찔끔하며 놀라던 어느 오크의 눈에 검을 늘어뜨린 채 다가오는 검은 옷의 사내가 보였다.

그가 막 입을 열려는 순간 사내의 왼손이 번쩍였고, 뭔가가 눈부신 속도로 날아와 눈과 목, 심장에 틀어박혔다. 비명을 지르려 했지만 목에 틀어박힌 유엽비도 때문에 단 한 마디도 내뱉을 수 없었다.

허망하게 몇 번이나 허공을 움켜쥐던 오크는 그대로 쓰러졌고, 재빨리 다가온 쟌은 쓰러지는 오크를 소리가 나지 않도록 부축해 곁에 있던 나무에 기대어놓았다. 그리고는 다시 무리와 떨어져 있는 오크를 향해 유령처럼 조용히 이동했다.

무리를 이끌고 온 데죠는 상대의 수가 겨우 넷밖에 되지 않는 것에 입맛을 다시고 있었다. 종족의 영토 확장을 위해 선발대로 나선 지 만 하루도 지나지 않았다. 이왕이면 대규모 상단이 걸리길 기대했지만 데 죠와 그의 부하들이 발견한 것은 말 네 마리뿐이었다. 아마도 말 주인들은 근처에 있는 모양이었다.

제국의 몬스터 토벌대에게 밀려 도르프트 산맥의 지류인 포스넌 산까지 쫓겨간지도 벌써 20여 년이 흘렀다. 10여 만 마리에 달하던 오크들은 제국의 토벌대에게 철저히 학살당해 겨우 천여 마리밖에 살아남지 못했다. 그러나 신이 오크란 종족에게 부여한 가장 큰 축복은 바로 엄청난 번식력이었다.

태어나 다섯 살이면 성년이 되고, 여섯 살부터 마흔 살까지 자식을 낳을 수 있다. 게다가 한 번에 태어나는 숫자도 최소 네 마리 이상이니 오크들의 번식력은 그야말로 엄청난 것이라 하지 않을 수 없다. 그런 오크들이 자그마치 20년 동안이나 인간들에게 알려지지 않은 곳에서 번식을 해왔으니 그 수가 얼마나 될지는 아무도 모르는 일이었다.

조심스럽게 전진을 하던 데죠의 눈에 롱 소드를 늘어뜨리고 있는 제론의 모습이 보였다. 혼자서 말을 네 마리나 끌고 왔을 리 만무하니 다른 사람들은 근처 어딘가에 흩어져 있는 것 같았다. 겨우 한 사람을 공격하는 데 자신까지 나설 필요는 없다는 생각에 자신의 왼쪽으로 전진해 있던 부하들에게 눈앞의 인간을 공격하라는 신호를 보냈다. 그러나 어둠에 싸인 숲은 조용하기만 했다.

데죠는 몇 번이나 신호를 보냈지만 역시 침묵만이 흘렀다.

이상한 생각에 오른쪽에 있는 부하들에게 공격 명령을 내렸다. 그러나 30여 마리나 되는 부하들이 모조리 땅으로 꺼졌는지 아무런 응답도 없었다.

들리는 것은 빗방울이 나뭇잎을 두드리는 소리뿐 숲은 괴괴한 침묵만이 흐르고 있었다.

들고 있던 글레이브를 힘껏 움켜잡은 데죠는 자신 주위에 있던 부하들에게 공격 명령을 내렸다.

"취익~ 공격!"

데죠의 우렁찬 명령 소리에 데죠 주위에 있던 오크들은 일제히 무기를 휘두르며 제론을 향해 달려들었다.

제론도 자신을 공격하는 존재가 오크라는 것을 알긴 했지만 설마 10마리가 넘을 줄은 몰랐기에 긴장하지 않을 수 없었다.

그런 제론의 눈에 기묘한 광경이 보였다.

무기를 휘두르며 달려들던 오크 서너 마리의 머리가 갑자기 허공으로 치솟으며 피를 분수처럼 뿜어내는 것이었다.

오크들 역시 그 모습에 깜짝 놀라며 자신들도 모르게 걸음을 멈췄다. 그런 오크들 사이로 검은 그림자 하나가 소리도 없이 떨어져 내렸다.

휙!

그의 손에 들려 있던 뭔가가 빠른 속도로 날아가 멍하니 서 있던 한 오크의 목에 휘감겼고, 검은 그림자의 손이 당겨지는 순간 오크의 목은 소리도 없이 떠올랐다 지면에 떨어졌다.

툭!

지면을 덮고 있는 잡초 때문인지 오크의 머리가 지면과 부딪치는 소리가 미약하게 들려왔다 하지만 주위에서 그 소리를 듣지 못한 이는 아무도 없었다. 또 악몽 같은 광경에 몸서리를 치지 않는 이 또한 아무도 없었다.

검은 그림자가 휘두른 채찍처럼 생긴 무기가 다시 한 오크의 목에 휘감기는 것을 발견한 데죠는 목이 터져라 외쳤다.

"공격! 공격! 쿵! 인간들을 모두 죽여라!"

그제야 정신을 차린 오크들은 동료를 구하기 위해 일제히 검은 그림자를 향해 달려들었지만 이미 오크의 머리는 지면을 뒹굴고 있었다. 폭우 속에서 10여 마리의 오크들이 달려드는 모습을 본 검은 그림자는 오크들을 향해 즉시 왼손을 뿌렸고, 갖가지 무기를 휘두르며 달려들던 오크들은 비명을 지르며 지면으로 나뒹굴었다.

검은 그림자가 오크들을 도륙하는 광경을 보고서야 정신을 차린 제론은 쟌을 돕기 위해 즉시 몇 걸음 앞으로 나섰다.

"그 자리를 지키란 말이야, 이 멍청아!"

쟌의 고함 소리에 깜짝 놀란 제론은 황급히 뒤로 물러섰다. 그러나 그의 얼굴에는 엷은 분노가 어려 있었다.

오크들을 도륙하던 쟌은 오크들의 공격이 자신에게만 향하도록 신경을 쓰면서 유성추와 검, 그리고 유엽비도를 사용해 잔인하다고 할 정도로 철저하게 오크들을 말살해 갔다.

이 정도 했으면 인간들이라면 도망을 갔어도 벌써 오래전에 도망갔을 텐데 이 오크란 녀석들은 어찌 된 녀석들인지 동료가 목숨을 잃는 데도 무기를 휘두르며 달려드는 것이었다. 물론 일행을 보호해야 하는 쟌의 입장에서는 고마운 일이지만 상대도 안 되는 오크들을 죽이는 것이 유쾌할 리 만무했다.

비록 오크들의 수가 40여 마리나 된다고는 하지만 상대와의 실력 차가 너무 커 불과 1시간도 되기 전 데죠를 제외한 다른 오크들은 단 한 마리도 살아남지 못했다.

쟌, 단 한 사람에 의해 모조리 도륙당해 버린 것이다.

데죠가 들고 있던 글레이브는 심하게 떨리고 있었다.

희망에 가득 차 출발했던 선발대의 여정이 불과 하루 만에, 게다가 이런 악몽으로 끝나게 될 줄은 상상도 못했었다. 자신과 함께 출발했던 70마리의 오크 중 살아남은 오크는 오직 자신뿐이었다. 이 믿을 수 없는 현실에 데죠는 태어나서 처음으로 공포라는 것을 느끼고 있었다.

물론 인간들 가운데 특별하게 검을 잘 쓰는 인간을 소드 마스터라고 부른다는 것은 나이 먹은 오크들에게 들어서 알고는 있었다. 하지만 제아무리 검을 잘 써봐야 이렇게 많은 자신들을 상대로 얼마나 버티겠느냐고 생각을 했었는데 눈앞의 이 인간은 자신의 상상을 벗어나도 너무나 벗어나는 존재였다.

"네가 마지막이다."

"그, 그렇다면 다른 동료들도 모두 네가?"

"네가 오기만 기다리고 있으니 이제 그만 가라."

휙!

쟌의 말이 끝나자마자 작고 검은 물체가 자신을 향해 날아드는 것을 발견했지만 데죠에게는 피하고 말고 할 시간적 여유도 없었다. 발견하는 순간 이마를 불로 지지는 듯한 통증이 느껴졌고, 자신의 두개골에 뭔가가 파고드는 느낌과 함께 시야가 순식간에 어두워졌다.

털썩!

둔탁한 소리와 함께 데죠가 쓰러지자 유성추를 거두어들이며 잠시 주위를 둘러보던 쟌은 곧 숲 속으로 사라졌다.

"주위에 다른 녀석들이 있는지 보고 올 테니까 그 자리에서 꼼짝히지 마."

나이도 어린 쟌이 꼬박꼬박 자신에게 반말을 하는데도 제론은 한마디 반박도 못했다.

방금 오크들을 해치울 때 쟌의 몸놀림은 그야말로 환상이었다. 멀리 있는 오크들은 유엽비도와 유성추로, 가까이 있는 오크들은 검과 유성추를 이용해 살육하는데 잠시의 멈춤도, 또 잠시의 망설임도 없이 무참히 죽인 것이다.

제론은 그 광경을 지켜보면서 온몸에서 전율이 일어나는 것을 느끼지 않을 수 없었다. 더욱 스스로의 눈을 의심하게 만든 것은 쟌이 오크들과 싸울 때 단 한 번도 오크들의 무기와 부딪친 적이 없다는 것이었다.

들린 소리라고는 쟌의 검이 오크들의 몸을 가를 때 들린 소음과 오크들이 죽어갈 때 지른 비명 소리뿐이었다. 게다가 절반가량은 비명도 남기지 못하고 죽어갔다.

제론이 몸서리를 치고 있을 때 올리비에도 제론과는 조금 다른 의미로 온몸을 떨고 있었다.

자신이 그렇게 간절히 추구하던 진정한 강함이 어떤 것인가 그 경지를 보았다는 생각이 들었기 때문이다.

눈부시게 빠른 발놀림과 몸놀림, 그리고 환상적인 손놀림.

평소 그에게 지도를 받으면서 쟌이 만약 진검을 들고 싸운다면 얼마나 강할까 하는 생각을 종종 했었다. 하지만 막상 보게 되니 쟌이 얼마나 강한 존재인지 이제야 분명히 깨달을 수 있었다.

동시에 자신은 언제 쟌과 같은 경지에 도달할 수 있을까 하는 생각이 뇌리를 스쳤다.

쟌의 무자비한 살육에 놀랐는지 심하게 내리던 비도 어느새 그쳐 있었다. 오크들의 몸에서 흘러내린 선혈로 지면은 붉게 물들어 있었고, 불어오는 바람에 비릿한 피 냄새 때문에 속이 다 울렁거릴 지경이었다. 두 사람이 잔뜩 인상을 쓰고 있을 때 숲에서 쟌이 걸어나왔다.

"주위에 다른 녀석들은 보이지 않지만 안심할 수는 없으니 긴장을 풀지 마. 그리고 조금 전에는 실례했소. 상황이 상황이니만큼 이해해 주었으면 좋겠소."

"괘, 괜찮네."

제론의 대답에 쟌은 셀이 들어 있는 고치 근처에 앉았다.

"아직 날이 밝으려면 멀었으니 눈이라도 붙이도록 하시오. 불침번은 내가 설 테니까."

"자네는 안 잘 건가?"

"난 잠이 올 것 같지 않소. 내 걱정은 말고 귀하나 쉬도록 하시오."

쟌의 말에 올리비에와 제론은 눈을 감기는 했지만 사방에서 풍겨오는 비릿한 피 냄새와 조금 전 쟌이 보여주었던 환상적인 모습 때문에 쉽게 잠을 이룰 수 없었다.

시간이 조금 지나자 두 사람의 규칙적인 숨소리와 나무에 묻어 있던 빗방울이 떨어지는 소리만 들릴 뿐 주위는 짙은 적막에 잠겨 있었다.

잠시 셀의 덤불 고치를 바라보다가는 조금은 멍한 시선으로 자신의 손을 내려다보았다.

셀을 보호하기 위해 오크들을 죽였다고는 하지만 분명히 살아 있는 생명체를 죽였음에도 불구하고 아무런 감흥도 느끼지 못하는 자신이 너무나 이상하게만 느껴졌다.

폴렌 시에서 처음으로 살인을 한 후에도 느꼈지만 너무나 익숙하고

치명적인 살인 수법과 이제는 친숙하게 느껴지는 피 냄새, 그리고 그 모든 것을 아무런 거부감 없이 받아들이는 자신이 너무나 이상했다.

이런 모습을 보면 기억을 잃어버리기 전 자신이 희대의 살인였다라고 해도 전혀 이상할 것이 없었다.

마음을 진정시키기 위해 깊게 숨을 들이킨 쟌은 싱그러운 풀 냄새와 비릿한 피 냄새, 축축한 비 냄새를 맡았다.

들이마시는 숨과 내쉬는 숨에 신경을 집중하자 자기 자신이 깊디깊은 심연으로 끌려 들어가는 느낌과 동시에 자신을 속박하던 모든 감정의 속박으로부터 점차 자유로워지는 것을 느꼈다. 조금 더 시간이 지나자 자신이 호흡을 하고 있다는 사실까지 잊어버린 쟌은 어느 순간 자신이 육체를 벗어나 허공을 날고 있다는 것을 깨달았다.

무한한 평온과 극한의 자유를 느끼며 숲을 날아다니던 쟌은 갑자기 동쪽 하늘이 붉게 물드는 것을 발견하고는 고개를 돌렸다. 시뻘건 태양이 세상을 붉게 물들이며 떠오르는 거대한 태양의 모습에서 쟌은 말로 표현할 수 없는 행복과 평온, 그리고 거역할 수 없는 무한한 힘을 느꼈다.

태양의 열기를 온몸으로 받아들이던 쟌의 눈에 그의 전신을 어루만지며 지나가는 바람이 보였다. 바람이 눈에 보일 리 만무하다고 생각하면서도 푸른색을 띤 바람이 자신의 몸을 훑고 지나가는 것을 분명히 보았다. 그리고 보니 푸른색의 바람뿐만이 아니었다.

붉은색을 띤 바람도 있었고, 검은색을 띤 바람이나 흰색을 띤 바람도 보였다. 신기한 생각에 계속해서 바람을 살피다 보니 바람마다 특성이 있다는 것을 곧 깨달을 수 있었다.

푸른색 바람은 차가운 기운을, 붉은색은 뜨거운 기운을, 검은색 바람은 거칠고 빠른 움직임을, 그리고 흰색은 부드럽고 느릿한 움직임을 가지고 있었다.

텅 빈 공간이라고 생각했던 허공은 갖가지 바람들이 뭉쳤다 흩어지며 흐르기도 했다가 치솟기도 하는 그야말로 바람의 향연장이었다.

혼란스러울 것 같았던 바람의 움직임은 다시 커다란 흐름을 가지고 있었다. 그 광경을 지켜보던 쟌은 자신도 모르게 바람의 움직임을 따라 몸을 움직이기 시작했다.

쟌의 움직임에 따라 잔잔하게 주위의 공기가 파동 치기 시작하더니 점점 더 진동의 폭이 커지기 시작했다. 하지만 쟌은 그런 사실을 아는지 모르는지 스스로의 움직임에 도취된 듯 지그시 눈을 감고 계속해서 몸을 움직이고 있었다.

종내에는 마치 바람의 신이라도 된 듯 쟌의 손과 발이 움직일 때마다 주위의 공기들이 무섭게 진동을 하며 순식간에 증폭해 폭풍으로 변하더니 주위를 휩쓸었다.

몸을 휘감은 바람의 힘이 강해지면 강해질수록 쟌은 신명이 나는지 몸놀림이 더욱 빨라졌다. 영원히 계속될 것 같은 쟌의 움직임이 어느 순간 갑자기 멈춰졌다. 마치 대지를 누르려는 듯 양손이 지면을 향하는 순간 미친 듯이 몰아치던 돌개바람은 미풍으로 변해 주위로 흩어졌다.

온몸을 따스하게 비추는 태양의 열기를 느끼며 쟌은 다시 자신의 몸으로 돌아왔다.

"후우~"

길게 숨을 내쉰 쟌은 천천히 눈을 떴다.

자신이 이렇게 호흡에만 신경을 쓴 채 보낸 시간이 얼마나 지났는지 이미 숲은 어슴푸레하게 밝아오고 있었다. 간간이 새들의 울음소리가 들려오는 것을 제외하고 숲은 여전히 깊은 적막에 잠겨 있었다.

쟌의 시선이 덤불 고치로 막 향하는 순간 고치에서 이상한 소리가 들리기 시작했다.

두둑! 우두둑!

마치 덩굴줄기가 끊어지는 듯한 소리가 고치 안에서 계속해서 들려왔다. 동시에 잦아들었던 바람이 고치를 중심으로 다시 불기 시작했다.

고치의 윗부분이 허물을 벗는 애벌레의 등처럼 갈라지는가 싶더니 곧 밝은 빛이 고치 안에서 터져 나왔다. 하지만 눈을 자극하는 빛이 아니었기에 쟌은 숨을 죽인 채 고치를 주시하고 있었다.

빛이 잦아든다고 느끼는 순간 상아색을 띤 물체가 서서히 모습을 드러냈다. 그 물체가 뭔지 잠시 쟌이 당황하는 사이 그 물체가 천천히 일어섰다. 그제야 자신이 봤던 그 부분이 어떤 물체의 등 부분이라는 것을 깨달은 쟌은 천천히 고개를 들어 셸의 상태를 확인했다.

금발이던 셸의 머리 색은 어느새 검은색에 가까운 진한 녹색을 띠고 있었고, 엉덩이까지 길게 늘어져 찰랑거리고 있었다. 무엇보다 눈에 띄는 것은 셸의 키가 170센티미터 가까이 될 정도로 훌쩍 커져 있다는 것이었다.

벌거벗은 셸은 손으로 가슴과 아래를 가리고는 푸른 눈동자로 멍하니 자신을 바라보고 있는 쟌에게 눈길을 주었다.

"쟌, 내 짐 속에서 옷을 가져다 주겠어요?"

하지만 쟌은 입을 쩌억 벌린 채 계속해서 눈앞의 존재를 바라보고 있을 뿐이었다. 쟌이 여전히 정신을 차리지 못하자 셸은 다시 한 번 말을 건넸다.

"쟌, 옷을 가져다 주세요."

"으응? 자, 잠깐만."

부드러운 셀의 음성에 그제야 정신을 차린 쟌은 황급히 셀의 짐을
가지러 달려갔다. 잠시 후 나타난 쟌의 손에는 셀의 짐이 들려 있었다.

쟌이 짐을 전해주면서도 여전히 눈을 돌릴 생각을 하지 않자 셀은
조금 곤란한 표정을 지었다.

"쟌, 미안하지만 옷을 입어야 하니까 잠시만 고개를 돌려주겠어요?"

"응? 미안."

셀의 말에 얼굴을 붉힌 쟌은 황급히 돌아섰다. 그런 쟌의 가슴은 금
방이라도 터질 듯 심하게 방망이질 치고 있었다. 스스로도 얼굴이 화
끈거리는 것을 느낄 수 있을 정도로 그의 얼굴은 붉어져 있었다.

"이제 됐어요, 쟌."

부드러운 음성에 고개를 돌린 쟌의 얼굴은 순간적으로 멍청하게 변
하고 말았다.

어슴푸레한 햇살을 받고 서 있는 셀의 모습은 너무나 신비스러워 숲
의 여신이라고 불러도 하나도 이상할 것이 없어 보였다.

그녀의 등 뒤에서 비치는 햇살은 마치 후광처럼 그녀를 감싸고 있었
다. 게다가 바람이 불 때마다 부드럽게 찰랑거리는 진녹색의 머리는
그녀의 모습을 더욱 신비스럽게 만들었다.

커다란 눈망울, 오뚝한 콧날, 조금은 작게 느껴지는 입술과 갸름한
얼굴과 길게 늘어뜨린 생머리는 보는 사람의 눈을 뗄 수 없게 만드는
아름다움과 신비로움이 깃들어 있었다.

쟌이 계속해서 자신의 얼굴을 빠히 쳐다보자 셀의 얼굴은 은은하게

붉어졌다.

"뭘 그렇게 보고 있는 거죠?"

"정말 셸 맞아?"

"왜, 변한 제 모습이 이상한가요?"

"아니, 절대로 이상하지 않아. 이전과는 비교할 수도 없을 정도로 아름답게 변했어. 정말 아름다워."

쟌의 말에 셸의 얼굴은 은은하게 붉어졌다.

"그럼 이전의 모습은 보기 싫었나요?"

"아, 아니, 절대 그렇지 않아! 뭐라고 해야 되지? 전에 모습을 귀엽다고 말한다면 지금 셸의 모습은 똑바로 쳐다보지도 못할 정도로 너무나 아름다워."

쟌의 칭찬이 마음이 드는지 미소를 짓던 셸은 그제야 주위에서 불어오는 바람에 비릿한 피 냄새가 섞여 있다는 것을 깨닫고는 자신도 모르게 가볍게 눈살을 찌푸렸다.

"밤새 무슨 일이 있었던 모양이군요."

"실은 갑자기 몬스터들이 근처로 몰려와서 잠깐 그 녀석들과 싸웠어."

대수롭지 않은 듯 말하는 쟌의 모습에 셸은 가볍게 손을 뻗었다. 그러자 미약한 바람이 불어와 그녀의 손 주위로 모여드는 것이 느껴졌다. 나직한 음성으로 셸이 뭔가를 이야기하자 그녀의 손 주위로 모였던 미풍은 다시 사방으로 흩어졌다.

"실프를 부른 거야?"

"쟌, 실프가 보이나요?"

"아니, 그냥 셸의 손 주위로 바람의 성질을 가진 뭔가가 모여드는 것 같아서 그냥 물어봤어."

"쟌도 혹시 바람의 친화력을 가지고 있는 것이 아닐까요?"

"정령의 친화력을 말하는 거야?"

"그래요. 바람의 기운을 예민하게 느낄 수 있다면 쟌도 바람의 정령과 계약을 맺을 수 있을 거예요."

셀의 말에 쟌은 곧 고개를 저었다.

"아직은 그러고 싶지 않아. 나중에 시간이 나면 한번 생각해 보지. 그건 그렇고… 왜 갑자기 존댓말이야?"

"불편한가요?"

"불편한 것보다 익숙하지가 않으니 어색해."

"글쎄요, 쟌만 괜찮다면 말투를 고치고 싶지 않군요."

셀의 말투는 여전히 부드러웠다.

물론 이전의 당찼던 셀과 비교하면 비슷한 점은 거의 없지만 부드럽게 변한 지금의 모습도 상당히 마음에 들었다.

그러는 사이 떠오른 태양이 숲을 비추었고, 숲도 서서히 깊은 잠에서 깨어났다.

조금 전 셀의 지시로 그녀의 곁을 떠났던 실프들이 돌아와 그녀에게 자신들이 본 것을 상세하게 보고를 했다. 보고를 듣는 셀의 얼굴이 어두워졌다.

이전까지의 그녀였다면 몰살한 오크 따위에겐 신경도 쓰지 않았을 것이다. 하지만 엘프로서 각성한 지금은 비록 원한 것은 아니지만 쟌에게 몰살당한 오크들에게 진한 연민을 느끼고 있었다.

"휴우~ 만약 어제가 각성하는 날만 아니었다면 오크들이 그렇게 몰살당하지 않아도 되었을 텐데 ……."

우울해하는 셸의 모습에서 이전의 셸과는 뭔가 다른 괴리감을 느끼며 쟌은 올리비에와 제론을 깨우기 위해 자리를 떠났다.

잠시 후 일행이 모두 일어나자 쟌은 오크들의 시체로 즐비한 곳에서 식사를 할 수는 없는 일이라 일단 그곳을 떠나기로 했다.

일행과 함께 야영하던 장소를 떠나던 셸은 지면이 시뻘겋게 오크들의 피로 물들어 있는 것을 보고는 그들을 위해 나직이 애도의 뜻을 보냈다.

"대지의 여신 가이아여, 저들의 죽음을 슬퍼하시고, 당신의 자식들 육신을 받아주소서."

셸의 작은 음성은 곧 숲의 적막 속으로 사라졌다.

27장
헤르난 폰 트레슈나

다들 입맛이 없는지 일행 가운데 누구도 식사를 하자고 먼저 입을 여는 사람이 없었다. 일행은 거의 숲을 빠져나와서야 늦은 아침 식사 준비를 했다.

올리비에나 조금 떨어진 곳에서 쟌과 셀을 바라보고 있던 제론에겐 하룻밤 사이 변해 버린 셀의 모습도 상당히 충격적이었지만 간밤에 쟌이 보여주었던 모습이 훨씬 더 충격이었다.

비록 잠을 자기는 했지만 두 사람 모두 롱 소드를 휘두르며 자신을 향해 달려드는 쟌 때문에 밤새 악몽에 시달리다 겨우 아침에야 눈을 뜰 수 있었다. 그런 탓인지 온몸이 뻐근한 것을 느끼고 있었다.

"식사 준비가 끝났습니다."

올리비에의 말에 다가온 셀이 조용히 입을 열었다.

"식사 준비를 하느라 매번 고생이 많아요. 앞으로는 제가 돕도록 하겠어요."

"아, 아닙니다."

셀의 부드러운 말에 올리비에는 엉겁결에 대답을 했지만 셀의 얼굴에서 잠시도 눈을 떼지 못하고 있었다. 어제의 그 조그만 소녀와 지금의 여신 같은 셀이 도저히 같은 사람(?)이라고 믿을 수 없었다.

늦은 식사를 마치고 일행이 숲 사이로 비친 햇살의 따사로움을 느끼며 잠시 휴식을 취하고 있을 때 근처를 지나는 일단의 무리가 있었다. 말을 탄 30여 명의 무장한 인원들이었는데 복장으로 보아 용병들로 보였다.

무슨 일이 있었는지 잔뜩 굳은 얼굴로 말을 몰던 용병들은 잠시 쉬고 있는 쟌 일행을 발견하고는 거의 동시에 말을 멈췄다.

"이게 누구신가? 제론 샤겔스 아닌가?"

누군가 자신을 알아보자 제론은 고개를 돌려 상대를 확인했다. 자신에게 말을 건넨 상대는 뺨에 긴 상처가 난 40대 중반쯤으로 보이는 우람한 덩치의 사내였다.

짙은 눈썹, 커다란 눈, 커다란 코, 커다란 입과 귀. 사내의 얼굴을 구성하는 것들의 생김새가 큼직큼직하기 때문인지 그의 얼굴은 상당히 시원시원해 보였다. 다만 미간 사이가 좁은 것이 꽤 급한 성격의 소유자로 보였다.

"이곳에서 잠시 휴식을 취하고 다시 출발한다!"

사내의 말에 용병들은 근처의 나뭇가지에 말고삐를 매고는 한곳에 모여 휴식을 취했다. 그 모습을 보니 꽤나 훈련이 잘된 용병들이었다.

"누군가 했더니 레이디 아샤였군."

제론의 대꾸에 사내의 얼굴은 치미는 수치심을 참지 못해 당장 붉어졌다. 우람한 덩치의 사내, 스켈린 아샤의 최대 약점은 바로 그의 여성스러운 이름이었다.

챙!

"닥쳐라, 샤겔스! 네놈이 죽고 싶어서 정말 환장을 했구나. 검을 뽑아라! 당장 네놈의 목을 예쁘게 잘라 잘난 네 형 디폰에게 선물로 보내주마."

스켈린의 말에 제론의 눈썹이 꿈틀했다.

제론에게도 한 가지 약점이 있었는데 그것은 자신을 형제 중 장남인 디폰과 연관시키는 것이었다. 어렸을 때부터 끊임없이 디폰과 비교를 당하며 살아왔던 제론으로서는 형의 이름을 듣기만 해도 온몸에서 경기가 일어날 정도로 싫어했다.

제론이 인상을 굳힌 채 일어나며 검을 뽑으려고 할 때였다.

"미안하지만 지금 저희 일행은 이곳에서 휴식을 취하고 있으니 소란을 일으키지 않아주셨으면 고맙겠군요."

갑자기 들린 음성에 제론의 얼굴이 미미하게 찌푸려졌다.

자신을 제지하는 목소리에 인상을 잔뜩 쓰며 고개를 돌리던 스켈린의 얼굴은 순식간에 멍청하게 변했다. 자신을 제지한 존재를 발견했기 때문이었다.

부드러운 햇볕에 싸인 채 긴 머리카락을 늘어뜨리고 있는 셀의 환상적인 모습은 스켈린으로서는 단 한 번도 본 적이 없는 극한의 아름다움이었다. 그래서인지 스켈린은 좀처럼 정신을 차리지 못하고 있었다.

"바, 방금 뭐라고 하셨소?"

"지금 저희 일행이 휴식을 취하고 있으니 조금만 조용히 해달라고 부탁을 드렸습니다."

"그, 그건 저놈이 약을 올려… 아니, 제 별명을…… 저 녀석은 제론이라는 놈인데… 내가 그런 게 아니라……."

한참을 두서없이 말하던 스켈린은 계속해서 자신을 뚫어져라 바라보고 있는 셸의 잔잔한 눈길을 이기지 못하고 들고 있던 바스타드 소드와 고개를 동시에 떨구었다.

"미, 미안하오. 하지만 절대 레이디를 불편하게 만들려고 한 행동은 아니었소. 불편을 끼쳤다면……."

"쉿! 제 일행이 조금 전에 잠들었거든요."

셸의 행동에 스켈린의 시선은 당연히 아래로 향했고, 셸이 허버지를 베고 잠이 들어 있는 쟌의 얼굴을 발견하고는 황당하다는 표정을 감추지 못했다. 떠받들고 모셔도 시원치 않을 셸을, 그것도 그녀의 허벅지를 건방지게 벤 채 잠을 청하는 빌어먹을 인간이 세상에 존재할 줄은 상상도 못했다.

쟌의 모습을 발견하는 순간부터 스켈린은 지독한 질투심에 몸서리를 쳐야만 했다. 감히 여신처럼 보이는 셸을 차지한 것으로도 모자라 그녀의 허벅지를 베고 잠을 청하다니, 쟌을 도저히 용서할 수 없다는 감정이 무럭무럭 솟아났다. 하지만 함부로 행동해서 셸의 미움을 받기는 싫었기에 그의 행동은 조심스러울 수밖에 없었다.

"실례지만 두 분의 이름을 알 수 있겠습니까?"

"저는 셸, 그리고 이 사람은 쟌이라고 해요."

"그렇습니까? 전 스켈린 아사라고 합니다. 보아하니 제국으로 가시는 것 같은데 다시 만나뵙기를 바랍니다."

"예, 저도 다시 만났으면 좋겠군요."

"그럼 전 이만……."

셸에게 잠시 고개를 숙여 인사를 한 스켈린은 다시 제론을 향해 입을 열었다.

"숲 속의 오크들을 그렇게 만든 것이 네놈과 네 일행의 솜씨인가?"

"그렇다고 해두지."

묘한 대답에 스켈린은 뭔가를 알아내려는 듯 제론의 얼굴을 유심히 살폈지만 그가 발견한 것은 제론의 입가에 걸린 쓴웃음뿐이었다.

"안 보는 사이 실력이 제법 는 모양이군. 아마 머지않아 만나게 될 거다. 그때는 오늘처럼 무사히 지나가지는 못할 것이다. 단단히 각오하는 게 좋을 거다. 흐흐흐."

의미심장한 웃음을 남긴 채 스켈린은 일행과 함께 그 자리를 떠났고, 그들의 발소리가 멀어지자마자 자는 줄 알았던 쟌의 눈이 바로 떠졌다. 그런 쟌의 얼굴에는 진한 불쾌감이 어려 있었다.

"왜 말린 거야?"

"일부러 소란을 일으킬 필요는 없지 않나요? 쟌이 아까 그 사람에게 뭐라고 말을 했으면 틀림없이 싸움이 벌어졌을 거에요. 그쪽 사람들의 수도 적지 않은데 그 사람들을 모두 다치게 할 수는 없잖아요."

빙그레 미소를 짓는 셸의 태도에 쟌은 퉁명스러운 표정을 지으며 자리에서 일어났다. 그러다 자신을 바라보고 있는 제론과 눈이 마주쳤다.

"뭐요? 내게 할 말이라도 있소?"

"일전에 내가 제의한 것이 있지 않은가? 자네가 헤르난 전하를 돕는다면 자네가 잃어버렸다는 기억을 되찾는 데 모든 노력을 아끼지 않을 것이네. 헤르난 전하께서 그렇게 해주실 것이란 것을 내 명예를 걸고 맹세하네."

제론의 말에 쟌은 쓴웃음을 지었다.

"후후후, 미안한 이야기지만 귀하는 지금껏 남에게 속아본 적이 한 번도 없을 거요. 게다가 귀하가 해줄 수 있는 일도 아닌 것을 가지고 맹세를 하다니⋯⋯."

쟌의 말에 제론의 얼굴에는 진한 불쾌감이 어렸다.

"귀하가 무슨 말을 하려는지 대충 짐작이 가오. 하지만 믿음을 배신하는 자들은 어디든지 있소. 귀하도 보지 않았소? 폴렌 시에서 카네런이란 인간이 무슨 짓을 했는지 말이오. 실현 가망성도 없는 일에 스스로의 행동에 도취되어 맹세를 한다는 것은 정말 멍청한 일이 아니오?"

쟌의 말에 제론의 얼굴에는 불쾌감이 진하게 어렸지만 쟌에게 별다른 대꾸를 하지 못했다.

불행인지 다행인지 아직까지는 남에게 속아본 적이 없었다. 그렇다고 앞으로도 영원히 남에게 속지 않을 것이라고는 생각하고 있지 않았다. 남에게 속고 싶은 생각도 없지만 남을 속이고 싶은 생각 또한 없었다. 또한 쟌을 끌어들이는 것이 아무리 급한 일이라고 하더라도 상황을 속여가면서 그를 끌어들이고 싶은 생각은 조금도 없었다.

"자네의 말처럼 내가 어리석고 조금은 세상을 잘못 살아온 사람인지는 모르네. 하지만 적어도 나는 지금까지 남들을 대할 때 진심으로 대해왔다고 생각하네."

"후후후, 그런 귀하를 이용하는 인간들이 없기만을 바라오."

쟌의 말에 제론의 얼굴에는 짜증스러움과 불안함이 서려 있었다. 하지만 애써 짜증스러움을 참으며 다시 한 번 질문을 던졌다.

"마지막으로 묻겠네. 나 역시 헤르난 전하께 복귀해야 할 시간이 며칠 남지 않았기에 더 이상은 자네와 함께 있기 힘든 상황이니 솔직하게 대답해 주었으면 고맙겠네."

"내 기억을 찾을 수 있을지 없을지 모르지만 귀하가 말한 노력을 헤르난 왕자가 나에게 해줄 생각이 있다면 귀하를 따라 헤르난이란 왕자를 만나볼 의사는 있소. 내가 그를 돕고 안 돕고는 그를 만나본 후에 결정을 하겠소. 어떻소?"

쟌의 말이 무슨 뜻인지 모를 제론은 아니었지만 다시 한 번 확인을 해야만 했다.

"나를 따라 정말 헤르난 전하를 만나뵙겠단 말인가?"

"그렇소."

"정말 생각 잘했네. 자넨 정말 탁월한 선택을 한 것이네."

"아직 결정된 것은 하나도 없소. 괜히 김칫국부터 마시지 마시오."

"김칫국? 그게 무슨 소린가?"

"김칫국을 모른단 말이오? 김칫국은……?"

무의식 중에 대답을 하려던 쟌은 갑자기 말문이 막히는 것을 느끼고는 당황하지 않을 수 없었다. 분명히 김칫국이란 단어에 대해 알고 있다고 생각을 했는데 설명을 하려니 갑자기 생각이 안 나는 것이었다.

당황해하는 쟌을 어리둥절한 표정으로 바라보던 제론은 그가 기억상실증에 걸렸다는 것을 떠올리고는 고개를 끄덕였다.

침울해 있던 쟌의 입이 열린 것은 잠시 후의 일이었다.

"제국에서 사람들이, 특히 무술을 익힌 사람들이 가장 많이 모이는 곳이 어디요?"

"용병이나 기사들이 많이 모이는 곳 말인가?"

"그렇소."

쟌의 실눈에 곰곰이 생각을 하던 세론은 곧 대답을 했다.

"아무래도 수도인 폰테인 시에 기사나 용병들이 많지 않겠나? 그리고 규모만 따지면 수도 폰테인 시의 두 배가 넘는 상업 도시 에라츠크 시도 용병들이 많기로 널리 알려진 곳이지. 또 검투(劍鬪)대회가 자주 열리는 라미바 시도 용병이나 검투사들이 많이 모이는 곳이지."

　"검투사는 또 뭐요?"

　뜻하지 않은 질문에 제론의 눈이 휘둥그레졌다.

　"자네, 정말 검투사가 뭔지 몰라서 묻는 건가?"

　"모르니까 묻지 알면 내가 왜 묻겠소."

　퉁명스러운 쟌의 대답에 제론은 고개를 저으면서도 차분한 음성으로 설명을 해주었다.

　"한마디로 검투사란 직업적으로 싸우는 사람들을 가리키는 말이네. 특별한 자격 요건이 필요한 것은 아니지만 싸울 때마다 자신의 목숨을 걸어야 할 정도로 위험한 일이지. 하지만 그로 인해 보통 사람은 상상할 수도 없을 정도로 많은 돈을 벌 수 있다네. 그래서 요즘 돈을 벌고 싶은 젊은이들은 검투사가 되길 원하고, 모험을 좋아하는 청년들은 용병이, 그리고 명예를 사랑하는 청년들은 기사가 되길 원하는 실정이라네."

　"검투사라…… 목숨 걸고 싸우는 것을 즐기는 인간들이 있다니 믿을 수 없는 일이군."

　나직하게 중얼거리던 쟌은 자신이 정작 묻고 싶었던 것을 질문했다.

　"혹시 귀하는 '비격(飛擊)'이라는 무술 이름을 들어본 적이 있소?"

　"비격? 어떤 무기를 사용하는 무술인가? 검술이라도 가문마다 특색이 있고, 또 특별한 무기를 사용하기도 하니 어떤 무기를 사용하는 줄 알면 그 무술을 사용하는 가문을 찾기도 쉬울 텐데……."

"비격은 맨손 무술이오."

"맨손 무술? 그럼 자네가 말한 비격이라는 것이 맨손 격투기란 말인가? 그리고 자네는 너클 파이터고?"

"그렇소. 혹시 짐작이 가는 가문이라도 있소?"

"글쎄……?"

말꼬리를 흐린 제론은 뭔가를 곰곰이 생각하다가 곧 입을 열었다.

"비격이 무슨 무술인지는 모르겠지만 그 무술이 맨손 격투기라면 판클라치온 대회에 참가하는 사람들 쪽을 조사해 보는 것이 좋을 것 같군."

"판클라치온 대회?"

"자네 설마 판클라치온 대회도 모르는 것은 아니겠지?"

"모르오. 설명해 주시오."

당연한 듯 답하는 쟌의 태도에 제론은 고개를 흔들었다. 그런 제론의 모습에 이번에 셀이 설명을 맡았다.

"트레슈나 제국에는 제국이 탄생한 것을 기념해 3년마다 커다란 대회를 열어요. 그 대회를 킬라우림이라고 부르는데, 킬라우림 대회에는 수많은 경기 종목이 있어요. 방금 샤겔스님이 말씀하신 판클라치온 대회도 킬라우림에서 열리는 경기 종목 가운데 하나로 유일하게 무기를 사용하지 않고 육체의 힘만을 겨루는 경기예요."

"무기를 사용하지 않는 대회라…… 그렇다면 경기 대회의 규모가 그리 크지 않겠군."

"왜 그렇게 생각하죠?"

판클라치온 대회에 대해 설명을 하는 셀의 얼굴이 푸근한 반면 쟌은 틀틀거리는 음성으로 대꾸를 했다.

"무술을 익혔다는 자들치고 검이나 무기를 사용하지 않는 자가 있나? 난 지금껏 상대에게 맨손으로 덤비는 자는 한 명도 보지 못했어. 굳이 유리함을 포기하고 불리함을 선택하기는 쉬운 일이 아니잖아."

"후후후, 하지만 이번엔 쟌의 생각이 틀렸어요. 판클라치온 대회에 참가하려는 사람도 엄청나게 많지만 사람들은 그 대회에 참가하는 것만으로 영광으로 생각할 정도로 사람들에게 각광을 받는 대회예요."

"그래? 그건 뜻밖이군. 그럼 그 대회에 참가하는 사람들 가운데 혹시 발을 사용하는 사람들도 있소?"

"발? 싸우는데 왜 발을 사용한단 말인가?"

눈을 휘둥그레 뜨는 제론의 태도에 쟌의 얼굴에는 엷은 실망감이 어렸다.

"발이 손보다 강한 타격을 줄 수 있는 것은 사실이지만 그렇게 느리고 부정확한 발에 누가 맞겠는가?"

제론의 말에 쟌은 가소롭다는 표정을 지었지만 굳이 입을 열지는 않았다.

"나도 지금껏 열 번 이상 킬라우림 대회에 참가하기도 했고 또 관전도 했지만, 판클라치온 대회에서 발을 사용하는 자는 단 한 번도 본 적이 없네."

단정적인 제론의 대답에 쟌의 안색이 조금 어두워졌다.

"헤르난 왕자는 지금 어디에 있소?"

"지금 전하께서는 폰테인 시에서 북쪽으로 약 50여 킬로미터쯤 떨어진 피오네 시에 있는 별궁에서 지내고 계시네."

"휴우~ 여기가 남쪽 국경이니 갈 길이 꽤나 멀구려."

"여행자용 이동 마법진을 이용하면 그리 오래 걸리지 않네. 돈이 좀

드는 것이 흠이긴 하지만."

"여행자들을 위한 이동 마법진이 따로 있단 말이오?"

쟌의 반문에 제론은 기가 막히다는 표정을 지었다.

"자넨 정말 아는 것이 하나도 없군. 벌써 100여 년 전부터 제국 전역에 여행자들을 위한 이동 마법진이 설치되어 있네. 비록 단거리 이동 마법진이긴 하지만 도시와 도시를 연결하는 이동 마법진을 이용하면 수도인 폰테인까지 이틀이면 충분히 갈 수 있지. 얼마 전에 폴렌 시의 새로운 행정 감독관이 불과 이틀 만에 오지 않았나?"

"맞아! 어쩐지 상당히 빨리 왔다 했더니 이동 마법진을 사용한 거군. 만약 그 이동 마법진을 이용하지 않으면 폰테인 시까지 얼마나 걸리오?"

"글쎄, 여기서 폰테인 시까지 직선 거리로 따지면 대충 2천 킬로미터쯤 되니까 말을 이용한다면 족히 두 달은 걸리지 않겠나?"

제론의 설명에 쟌은 트레슈나 제국이 얼마나 거대한 나라인지 어렴풋하게나마 짐작할 수 있었다. 생각을 하다 보니 갑자기 카타리나가 생각났다.

이런 제국의 손아귀에서 독립을 한다는 것이 과연 현실적으로 가능한 일일까 하는 생각이 들었다. 더불어 그녀의 앞길이 그리 평탄하지만은 않을 것이란 생각이 들었다.

"쉴 만큼 쉬었으면 그만 출발하도록 하세. 헤르난 전하가 계시는 흑장미성까지 가려면 시간이 꽤 걸릴 테니까."

제론의 말에 일행은 여장을 꾸려 출발 준비를 마쳤다.

"일단 여행자용 이동 마법진이 있는 스켈레 시까지 가도록 하세. 빨리 가도 오늘 저녁이나 도착하게 될 걸세."

제론이 앞장을 섰고, 나머지 일행은 그의 뒤를 따라 말을 몰았다.

*   *   *

넓은 내실.

창가 쪽에 마련된 의자에 호화로운 복장의 청년 하나가 따분한 표정으로 앉아 정원을 내려다보고 있었다. 그리고 조금 떨어진 곳에 근엄한 백발의 노인이 서서 청년에게 뭔가를 열심히 설명하고 있었다. 하지만 청년은 백발노인의 말을 듣는지 마는지 딴전만 피우고 있었다.

한참 동안 보고를 하던 백발노인의 얼굴이 딱딱하게 굳어지더니 나직한 음성으로 입을 열었다.

"전하, 제가 드리는 말을 듣고 계시는 겁니까?"

"예?"

백발노인의 말에 정신을 차린 금발청년은 그제야 대꾸를 하며 고개를 돌렸다.

"방금 뭐라고 하셨습니까, 외할아버지?"

"전하, 시간이 없습니다. 내년 초에 있을 킬라우림이 끝나면 본격적인 싸움이 시작될 것이옵니다. 지금부터 준비를 한다고 하더라도 다른 두 분 전하에 비하면 이미 많이 늦었습니다. 만약 전력의 보강이 신속하게 이루어지지 않는다면 내년에 있을 싸움은 해보나마나 일 겁니다."

"후후후, 할아버지. 파티는 아직 시작하지도 않았습니다. 그런데 파티에서 무슨 음식이 나올까 왜 벌써부터 걱정을 해야 합니까?"

너무나 태연한 금발청년의 대답에 백발노인은 순간적으로 할 말을 잃고 손자의 얼굴을 멍하니 쳐다보았다.

　이제 겨우 스물다섯밖에 안 된 청년의 입에서 나올 수 있는 대답이 아니었다. 게다가 지금껏 현재의 정세에 아무런 관심도 보이지 않던 손자의 말치곤 그냥 흘려듣기엔 너무 의미심장했다.

　백발노인은 트레슈나 제국의 두 번째 왕자인 헤르난의 외할아버지인 마리아노 조세프 후작이었다. 그의 딸인 일레나 조세프가 현 황제 퀘헤리건의 두 번째 황비가 되어 헤르난을 출산하면서부터 마리아노가 원하든 원치 않든 황제의 승계 전쟁에 낄 수밖에 없었다.

　외손자인 헤르난이 평소 황제의 계승에는 조금의 관심도 보이지 않아 걱정을 했었는데 지금 보니 나름대로 무슨 꿍꿍이속이 있는 모양이었다. 지금까지 그런 속내를 전혀 드러내지 않던 손자가 괘씸하게도 생각됐지만 이제야 손자가 한 사람의 확실한 성인이 되었다고 생각하니 흐뭇한 생각이 들기도 했다.

　"물론 전하께서 잘 알아서 처리하시겠지만 방심을 하시면 안 됩니다."

　"후후후, 제가 가만히 있으려고 해도 아쉬드 형이나 주네티 녀석은 날 가만히 두지 않겠죠?"

　"당연히 그럴 겁니다, 전하."

　마리아노의 대답에 헤르난은 쓴웃음을 지었다.

　"요즘 사람들은 우리들의 싸움을 가리켜 '장미의 전쟁'이라고 한다지요?"

　"묘하게도 외가가 되는 세 가문의 문장에 공통적으로 장미가 들어가는지라 그렇게 부르는 모양입니다."

　"하지만 아쉬드 형을 붉은 장미, 난 검은 장미, 주네티 녀석을 흰 장미로 부르는 것을 보면 우리의 성격에 꼭 맞게 지어진 별명 아닙니까? 하하하."

뭐가 그리도 재미있는지 헤르난은 말을 하면서도 웃음을 터뜨렸지만 마리아노는 그럴 수 없었다.

첫째 왕자인 아쉬드는 어떤 상황에서도 물러설 줄을 모르는 인물로 피를 봐야만 하는 상황에서도 결코 물러서는 법이 없어 피를 머금은 장미란 뜻으로 블러디 로즈라고 불리고 있었다. 그런 반면 둘째 왕자인 헤르난은 종잡을 수 없는 행동에 의미를 알 수 없는 웃음을 항상 짓는 것으로 유명했다. 그렇기에 사람들은 그의 속마음을 알 수 없어 어둠에 싸인 다크 로즈라 불렀고, 마지막으로 일곱째 왕자인 주네티는 수려한 용모에 학식도 뛰어나 주위 사람들을 항상 즐겁게 한다고 해서 샤이닝 로즈라 불린다는 것을 마리아노도 얼마 전부터 듣고 있었다.

헤르난을 손자로 둔 마리아노의 입장에서는 결코 듣기 좋은 말이라고 할 수 없었다.

고개를 흔들어 애써 머리 속을 정리하던 마리아노의 뇌리에 며칠 전 보고에서 빠졌던 내용이 스치고 지나갔다. 별로 중요한 일이 아니기에 덮어두었던 것인데 당사자가 조금 있으면 이곳을 방문할 예정이었기 때문에 헤르난에게 미리 알려두는 것이 좋을 것이란 생각이 들었다.

"그리고 전하, 조금 있으면 제론 샤겔스가 전하를 찾아뵐 겁니다."

"벌써요? 샤겔스 부단장은 볼일이 있다고 해서 어딘가로 가지 않았던가요?"

"집안일 때문에 잠시 자리를 비운다고 했습니다만 아마도 볼일이 다 끝난 모양입니다."

"그래요?"

대답하는 헤르난이나 보고를 하는 마리아노나 두 사람 모두 대수롭지 않게 생각했다. 쟌 일행을 만나기 전까지는 말이다.

그때 문밖에서 시종의 음성이 들렸다.

"전하, 샤겔스 부단장이 전하를 만나뵙기를 청합니다."

"안으로 들여보내라."

헤르난의 말에 소리없이 방문이 열렸고, 그 문을 통해 네 명의 사람들이 방 안으로 들어왔다. 한 사람은 자신도 잘 알고 있는 제론 샤겔스였지만 나머지 세 사람은 처음 보는 사람들이었다. 그리고 그 가운데 특히 한 사람은 헤르난의 눈길을 끌기에 충분했다.

"전하, 신 샤겔스 복귀했음을 보고드립니다."

"그래, 볼일이라는 것은 잘 해결되었소?"

"전하께서 신경 써주신 덕분에 잘 해결되었습니다."

"후후후, 샤겔스 부단장. 우리 마음에 없는 소리는 하지도 맙시다."

헤르난의 뜻지 않은 말에 제론은 잠시 당황한 표정을 지었지만 곧 원래 표정으로 돌아가 말을 이었다.

"여기 있는 세 사람은 이번 여행에서 만난 용병들로 대단한 실력을 가진 사람들입니다. 자신의 진로에 대해 전하를 만나뵙고 정하겠다고 해서 이곳까지 데려왔습니다."

제론의 말에 헤르난은 그들 셋을 훑어봤다.

한 사람은 잘 다듬어진 수염을 가진 근육질의 사내였는데, 상당한 장신에 강하다는 인상이 저절로 풍겨 나오는 정말 강철 같아 보이는 사내였다.

그런 반면 곁에 서 있는 여인은 모든 면에서 사내와는 정반대의 분위기를 가지고 있었다. 푸근하고 부드럽고, 그러면서도 너무나 아름다워 신비감을 느끼게 하기에 충분했다.

검은색으로 보였던 머리카락은 햇살이 비치자 푸른색으로 빛났고, 바다를 머금고 있는 듯 잔잔해 보이는 그녀의 눈빛은 보는 사람의 시선을 붙잡기에 충분했다.

한마디로 신비스러움 그 자체였다. 하지만 헤르난의 시선이 가장 길게 머무른 사람은 바로 쟌이었다.

보통 키에 보통 체격, 치켜 올라간 눈을 제외하면 아무런 특징도 없는 보통 얼굴, 게다가 진검도 아닌 목검을 차고 있는 모습을 보면 다른 사람들의 시선을 끌 만한 게 아무것도 없었다. 평소 같았으면 한 번 보고 스윽 지나갔을 정도로 평범한 용모를 가진 청년이었다.

헤르난의 시선이 자신에게 향한 것을 알았을까, 쟌의 시선도 그를 향했다. 이전에도 말한 바 있지만 쟌의 시선은 별로 고운 편이 아니었다. 특히 지금처럼 상대를 치켜뜨고 볼 때는 욕이 튀어나올 정도로 불쾌하고 재수없는 얼굴이었다.

일단 제론이 자신에게 별 볼일 없는 자를 소개했을 리는 만무하기에 뭔가 재주를 가지고 있긴 있는 것 같은데 그것이 무엇인지 전혀 짐작이 가지 않았다.

"이쪽부터 쟌 가이야, 셀레니온느 쥬벨, 올리비에 렌죠로 정말 대단한 실력을 가지고 있습니다."

"후후후, 샤켈스 부단장이 실력을 인정한다니까 일단 믿기로 하겠지만 나중에 실력을 검증받아야만 할 거요."

"물론입니다, 전하."

쟌의 얼굴이 일그러진 것은 제론의 대답을 듣자마자 곧바로였다.

"나참, 기가 막혀서 할 말이 없군."

그의 목소리가 그리 작지 않은 관계로 방 안에서 그의 음성을 듣지 못한 사람은 단 한 사람도 없었다. 제론의 안색이 허옇게 변했음은 말할 것도 없었고, 마리아노의 얼굴은 무섭게 느껴질 정도로 딱딱하게 굳어졌다.

빙그레 미소를 짓고 있던 헤르난의 얼굴에도 미소가 사라졌고, 올리비에의 얼굴에도 긴장감이 흘렀다. 표정이 바뀌지 않은 사람은 오직 셀뿐이었다.

"방금 뭐라고 했나?"

"난 귀하를 위해 일을 하겠다고 말한 적이 한 번도 없소. 조금 전 귀하를 만나보고 결정을 하겠다고 분명히 말을 했음에도 불구하고 귀하 멋대로 정하는 것을 보니 귀하 역시 쥐꼬리만한 권력을 휘두르지 않으면 못 견디는 인간이군."

"닥쳐라! 감히 전하께 무례를……!"

촤르르르~

미약한 소리와 함께 뭔가가 마리아노를 향해 날아갔고, 눈 깜짝할 사이에 차가운 쇠사슬이 그의 목을 휘감았다.

"할 말 다 하면 닥치지 말라고 해도 닥칠 테니까 좀 조용히 구경이나 하고 있으쇼."

쟌의 무례한 말에 마리아노는 치미는 분노를 참지 못해 금방이라도 터질 듯 붉게 얼굴이 물들었고, 반면에 제론은 자신의 목숨이 얼마 남지 않았음을 느끼며 얼굴이 더욱 창백하게 질려가고 있었다.

헤르난이 막 입을 열려고 할 때 쟌이 먼저 입을 열었다.

"숨어 있는 부하를 부를 생각이면 애저녁에 집어치우는 것이 좋을기요. 친강에 숨어 있는 부하들이 바다에 내려서기도 전에 귀하의 목은 하늘에서 춤을 출 것을 보장하겠소. 만약 시험하고 싶다면 얼마든 시험을 해도 좋소. 또한 서비스로 귀하의 목이 잘리는 순간 저 노인의 목 역시 잘려 나갈 거요. 아~ 내가 사건(?)을 저지르고 어떻게 탈출할 것인지 궁금할 테지만 영업상(?)의 비밀이라 밝히지 못하는 것을 이해하기 바라오. 그리고 귀하의 멍청한 부하들이 본인을 사로잡을 수 있을 것이라고는 꿈에서도 생각하지 않는 것이 좋을 거요. 그들에게는 절.대.로. 불가능한 일이니까."

비릿한 미소를 짓는 쟌의 말을 들은 헤르난은 쟌의 행동이 괘씸하기는 하지만 그의 말을 불신해 그를 공격하라는 명령을 내릴 수는 없었다.

눈 깜짝할 사이에 실내를 장악한 쟌의 실력에 깜짝 놀란 헤르난은 쟌의 얼굴을 유심히 살펴봤다. 하지만 기분 나쁜 눈초리나 태연한 얼굴 표정 모두 조금 전과 아무것도 변한 것이 없었다.

너무나 태연자약한 쟌의 태도에 헤르난은 은근히 열을 받기도 했지만 놀라운 쟌의 실력과 함께 그의 괴상한 성격에 호기심이 생기는 것 또한 느끼지 않을 수 없었다.

"후후후… 하하하…… 푸하하하!"

갑자기 웃음을 터뜨리기 시작한 헤르난.

돌연한 그의 행동에 사람들은 어리둥절해할 때 헤르난이 웃음을 그쳤다.

"재미있는 사람이군. 그렇지 않아도 따분해 죽을 것 같았는데 잘됐어. 쟌 가이야라고 했던가? 내가 쟌이라고 불러도 될까?"

"마음대로 하쇼."

"자네, 술 좋아하나?"

"싫어하지는 않소."

헤르난이 주도하는 상황이 마음에 들지 않는지 퉁명스럽게 대꾸하는 쟌의 태도는 교수형을 당한다 해도 할 말이 없을 정도로 건방지고 무례한 태도요, 행동이었다. 마리아노가 살기를 담은 눈초리로 노려보고 있었지만 쟌은 신경도 쓰지 않았다.

"일단 저분을 풀어주겠나? 저분은 내 할아버지시거든."

"나도 경로 사상은 투철한 놈이오."

"그러니……."

"벌써 풀어드렸소."

쟌의 말에 고개를 돌린 헤르난은 어느새 마리아노의 목을 휘감고 있던 유성추가 사라지고 없는 것을 발견하고는 경탄을 감추지 못했다.

"정말 대단한 솜씨로군!"

"괜히 칭찬할 필요는 없소. 잔재주에 불과한 것이니까."

뭐가 마음에 들지 않는지 계속 툴툴거리는 쟌의 태도를 지켜보던 헤르난은 갑자기 쟌이 자신의 귀여운 동생 같다는 생각이 들었다. 그래서인지 그의 얼굴에는 진심으로 흡족해하는 미소가 떠올라 있었다.

항상 웃는 그의 속마음을 짐작할 수 없다고 해서 다크 로즈라고 불린다는 것을 꺼림칙하게 생각해 왔던 마리아노는 그의 웃음이 평소와는 달리 보기 좋다는 생각이 갑자기 들었다.

"자네의 솜씨는 잘 봤네. 그런데 저 레이디는 어떤 능력이 있는지 자네가 설명해 주겠나?"

셀을 바라보는 헤르난의 시선에 신경이 거슬리는 것을 느낀 쟌은 그의 얼굴을 매섭게 노려봤다.

"셀은 내 여자니까 넘볼 생각은 아예 하시도 마쇼. 난순한 경고가 아닐 수도 있소."

"푸하하하! 알았네. 그렇게 하도록 하지. 푸하하하!"

뭐가 그리도 좋은지 헤르난은 터져 나오는 웃음을 참지 못해 계속 배를 움켜잡고 웃고 있었다. 마리아노는 시건방지기 이를 데 없는 쟌의 어디가 마음에 든다고 헤르난이 저렇게 좋아하는 것인지 이해할 수가 없었다. 하지만 헤르난이 기분 좋게 웃었다는 것 하나만으로도 쟌이 자신에게 저질렀던 무례는 모두 용서할 수 있는 마리아노였다.

"저는 바람의 정령과 마법, 그리고 검도 약간 사용할 줄도 압니다, 헤르난 전하."

"호~ 정령과 마법, 검 세 가지 모두를 익혔단 말이오? 정말 대단하구려."

"그리 대단치 않습니다, 전하."

조용하고 담담한 셸의 태도는 상대를 매혹시키기 충분했다. 헤르난 역시 피 끓는 젊은이였기에 셸의 마력적인 아름다움에 취하지 않을 리 만무했다. 게다가 너무나 차분한 그녀의 모습을 보면 자신의 마음까지 차분하고 평화스러워지는 것처럼 느껴졌다.

"정말 아름답구려, 레이디 쥬벨."

"감사합니다, 전하."

"조금만 일찍 만났더라면 당장 내 여자로 만들고 싶을 정도로 정말 너무나 아름답소이다."

그 말에 쟌의 눈썹이 꿈틀거렸다. 하지만 셸이 재빨리 그의 손을 잡아주자 눈썹은 정상(?)을 되찾았다. 그 모습을 본 헤르난은 속으로 입맛을 다시고는 곁에 있던 올리비에를 꼼꼼하게 살폈다.

역시 첫 느낌대로 강철같이 단단하다는 느낌을 주는 사내였다. 실내의 분위기에 적응하지 못하는지 표정이 다소 어색하기는 했지만 그것만 제외하고는 모든 것이 마음에 들었다.

"올리비에 렌죠라고 했던가?"

"그렇습니다, 전하."

"전사의 신 알바도네가 인간의 모습으로 현신한다면 틀림없이 그대 같은 모습을 하고 있을 것 같군. 그래, 저 두 사람은 그대와 동료인가?"

"말씀은 감사합니다. 하지만 저는 감히 마스터이신 쟌 가이야님과 동료라고 불릴 자격이 없습니다."

올리비에의 공손한 대답에 헤르난의 눈이 커졌다.

"쟌이 마스터라니? 그게 무슨 소리지?"

"가이야님은 제 스승이십니다."

"쟌이 그대의 스승이라…… 믿기 힘든 일이군."

헤르난이 말에도 올리비에의 태도에는 변화가 없었다.

곁에서 올리비에의 말을 들은 마리아노 역시 믿을 수 없다는 표정이 역력했다.

물론 올리비에가 말한 것처럼 검술이나 무술을 가르쳐 주는 사람을 가리켜 마스터라고 부르기도 한다. 그렇지만 좀 더 정확하게 말하자면 전사의 신인 알바도네를 믿고 따르는 교단의 최고 수준의 시험을 통과한 자들을 가리키거나 학문의 신인 이슐리트를 모시는 교단의 하이 프리스트들의 난해한 질문에 대답해 시험을 통과한 자들을 가리키는 말이다.

하지만 적어도 마스터라고 불릴 정도라면 최소 마흔 살은 지나야만 들을 수 있는 호칭이었으며, 그들 대부분을 세인들은 천재라고 인정하고 있었다. 그런데 이제 약관이 겨우 지났을 쟌을 마스터라고 부르는 것은 아마 쟌의 무술이 완벽의 경지에 달해서 마스터라 부르는 것이 아니라 단순히 자신에게 무술을 가르치는 선생이기에 존칭으로 마스터라 부르는 것 같았다.

"세 사람 모두 이곳까지 오느라 수고 많았소. 여러분의 숙소는 샤겔스 부단장이 마련해 줄 테니 일단은 쉬도록 하시오. 그사이 거취 여부를 결정하면 될 것이오."

"전하의 명대로 숙소를 마련해 주겠습니다."

제론의 대답은 들은 척도 하지 않은 채 헤르난은 세 사람을 유심히 쳐다봤다.

"이건 내 개인적인 생각이지만, 이왕이면 그대들이 날 도와주었으면 고맙겠소."

그의 말이 의외였는지 쟌은 그의 얼굴을 빤히 쳐다봤다.

"샤겔스 부단장, 이들을 숙소로 안내해 주게."

"알겠습니다, 조세프 후작님. 전하 이만 물러가겠습니다."

"편히 쉬도록 하시오."

헤르난의 인사를 들으며 방에서 나온 일행은 흑장미성의 후원에 마련되어 있던 훈련장으로 향했다. 말이 훈련장이지 그곳은 광장이라고 불러도 모자람이 없을 정도로 엄청난 넓이였다. 수백 명이 동시에 훈련을 해도 널널할 정도로 넓은 훈련장이었다.

"이곳은 헤르난 전하의 외가인 조세프 후작가의 소속 기사단인 흑장미기사단이 훈련하는 훈련장이라네."

"와~ 훈련장이 이 정도 넓이라면 500명은 충분히 훈련할 수 있겠는데요?"

"500명? 후후후, 흑장미기사단은 1,000명이 넘는 규모를 가진 기사단이라네. 게다가 시린 크로코다일 기사단과 싸운다고 하더라도 지지 않을 전력을 보유하고 있는 아주 막강한 기사단이지."

"그런 기사단을 보유하고도 쓸 수 없다니…… 꽤나 속이 쓰리겠군."

쟌은 엄청난 넓이의 훈련장을 보고도 별다른 감흥을 느끼지 못하는 듯 보였다.

"그보다 귀하의 부하들은 어디 있소?"

"내 부하?"

"귀하의 신분이 헤르난 왕자의 사설 용병단 부단장이라고 나에게 말했잖소?"

"그 말 때문에 오해를 한 것 같군. 물론 지금도 고용된 약 300여 명의 용병들이 이곳에 있긴 하지만 아직 그들이 용병단을 구성하고 있는 상태는 아니네. 현재는 조세프 후작 각하께서 고용하신 것으로 되어 있는 상태지."

"내가 듣기엔 정규 기사단이나 군부의 도움은 전혀 받을 수 없다고 들었는데, 그렇다면 용병들은 대체 얼마나 고용되는 거요? 게다가 헤르난 왕자와 황제의 자리를 놓고 겨룰 다른 왕자들의 재산은 얼마나 되오? 또 헤르난 왕자의 재산은 얼마나 되고? 그리고 헤르난 왕자 곁에 쓸 만한 인간들은 있소?"

시큰둥한 얼굴을 하고 있던 쟌이 갑자기 질문을 쏟아내자 제론은 어리둥절한 표정을 감추지 못했다. 하지만 쟌이 헤르난에게 관심을 보이는 것은 환영할 일이기에 제론은 재빨리 생각을 정리한 다음 설명해 주었다.

"설명해야 할 부분이 짧지 않으니 어디 앉아서 이야기를 하도록 하세나."

성곽의 그림자가 만들어놓은 그늘에 앉은 제론은 입을 열었다.

"자네가 뭘 모르는지 모르기 때문에 처음부터 설명해 주겠네. 그러니까 우리 트레슈나 제국이 건국한 것은 지금으로부터 거의 600년 전이었네. 당시 최대 라이벌이자 경쟁국이었던 테리노 왕국을 병탄하는데 성공하면서 국호를 레이튠 왕국에서 트레슈나 제국으로 바꾸어 지금에 이르게 된 거지. 그때부터 막강한 전력을 바탕으로 영토를 넓히기 시작했네. 그러다 보니 트레슈나 제국은 누구보다 강한 황제를 필요로 하게 되었지. 그래서 생기게 된 것이 현재의 계승 방식이네."

잠시 숨을 길게 내쉰 제론은 다시 말을 이었다.

"현재의 상황을 간단하게 설명하자면 황제 폐하의 첫째 아드님이신 아쉬드 전하와 둘째 아드님이신 헤르난 전하, 그리고 일곱째 아드님이신 주네티 전하께서 황제 위(位)를 두고 계승 자격을 얻기 위해 겨루시는 상황이네. 내년 5월에 열리는 킬라우림이 끝나는 시기부터 세 분은 치열한 전쟁을 치르게 되실 것이네."

"굳이 계승 싸움을 하는 시기를 내년이라고 못 박은 이유라도 있소?"

"그것은 황제의 승계 전쟁에 참가하는 왕자들의 수가 스무 명이 되어야 한다는 제국의 율법 때문이라네. 바로 내년 5월에 스무 번째 왕자님이 열일곱 번째 생일을 맞이하여 성년식을 치르고 성인이 되시네. 그때부터 본격적인 황제 승계 전쟁의 서막이 오르는 것이지. 조금 전 거론한 세 분 왕자님의 외가와 외가의 인척들이 모은 재산으로 용병들을 고용해 전쟁을 치르게 되는데, 다른 두 분의 왕자님들에 비해 헤르난 전하의 외가인 조세프 후작가는 재산이 그리 많지 않기에 솔직히 걱정이네. 그래서 케니 녀석이 군자금을 거론했을 때 내키지 않았지만 폴렌 시까지 갔던 것이지. 휴우~ 그것만 제대로 되었어도 전하께 약간의 도움이라도 되었을 텐데…… 아쉬운 일이야."

"그럼 헤르난 왕자와 싸울 첫째 왕자와 일곱째 왕자는 대체 얼마만한 용병을 고용할 재산이 있는 거요?"

쟌의 질문에 제론의 얼굴이 어두워졌다.

"정확한 것은 알려지지 않았지만 아쉬드 전하는 대략 5만, 그리고 주네티 전하는 약 4만 5천 정도의 용병을 고용할 것으로 예상되네."

"헤르난 왕자는?"

"글쎄, 지금 상태론 2만 명도 좀 버겁지 않을까 생각되네."

"현저하게 열세구려. 그런데 내가 헤르난 왕자의 진영에 참여할지 아닐지도 모르는 상황에 그런 사실까지 나에게 말해도 되는 거요?"

"후후후, 방금 내가 말한 것은 비밀도 아니라네. 제국의 국민들이라면 모르는 사람이 거의 없지. 문제는 고용하는 것으로 끝이 아니라는 것이네. 그들의 월급, 식량, 무기 지급, 거주지, 부상에 따른 치료, 사망에 대한 보상 등등 산재한 문제가 하나둘이 아니네. 조세프 후작께서 인척들을 설득하기 위해 노력은 하고 계시지만 아직까지는 별다른 진척이 없는 상태라네. 하긴 그들로서도 간단히 결정지을 수 있는 일이 아니지. 만약 헤르난 전하께서 승계 전쟁에서 지기라도 한다면 재산을 모두 탕진해 가문이 몰락하는 것은 그야말로 한순간의 일일 테니 그럴 만도 하겠지만 말이야."

"헤르난 왕자의 외가는 왜 그리 가난한 거요?"

힘없이 대꾸를 하던 제론은 쟌의 반문에 어이없다는 표정을 지으며 그의 얼굴을 쳐다보았다.

"무슨 소리를 하는 겐가?"

"방금 귀하가 말했지 않소? 헤르난 왕자는 용병을 2만 명도 채 고용하기 힘들다고."

"이 친구야, 그들을 고용해 단 한 번 싸우고 마는 것이 아니란 말이네. 장장 2년 동안 싸우는 것이란 말이야. 2만 명분의 2년간 월급과 소요될 식량, 무기, 치료, 보상을 유지하는 것이 그리 간단한 문제 같은가? 그야말로 천문학적인 돈을 쏟아 부어도 표시 안 나는 일이네. 게다가 전력의 손실이라도 발생하면 신속하게 병력을 보충해야 하는데 그게 어떻게 한두 사람의 힘으로 해결할 수 있는 문제란 말인가?"

"호오~ 듣고 보니 상당히 거창한 일이구려."

사람 맥 빠지게 만드는 쟌의 반응에 제론은 어이가 없었다.

제국의 황제가 되는 어마어마한 일을 대체 뭐라고 생각하고 있단 말인가?

"일단 들은 것만 따져도 동원되는 용병의 수가 10만이 넘는 것 같은데 제국에 있는 용병들이 그렇게 많소?"

"제국의 인구만 7천만 명이 넘네. 갖가지 이유로 용병이 된 자들이 꽤나 많지. 용병 길드에 정식으로 가입되어 있는 확인된 자만 해도 거의 50만이 넘지. 게다가 혼자 떠돌아다니면서 용병 일을 하는 자들이나 자신들끼리 파티를 결성해 돌아다니는 자들도 상당히 되니 용병들의 실질적인 수는 훨씬 더 많을 것이라 생각이 되네."

"그 많은 용병들이 전쟁을 벌인다면 무고한 사람들의 피해도 상당할 텐데 그건 어떻게 처리하오?"

"애꿎은 사람들이 피해를 보는 일도 빈번히 일어나는 사건 중의 하나지. 하지만 그들 모두를 구제할 수 있는 방법은 없네. 용병들이 싸움을 일으킨다면 그저 도망치는 수밖에. 목숨을 부지할 방법은 그 방법밖에 없네."

들으나마나 한 제론의 대답에 쟌은 기가 막히다는 듯 그의 얼굴을
빤히 쳐다봤다.

"쟌, 그렇지만 좋은 점도 있어요."

"좋은 점? 고래 싸움에 엉뚱한 새우 등이 터지는데 좋은 점은 무슨
좋은 점이 있다는 거지?"

"고래? 새우?"

셸은 쟌의 말이 이해 가지 않는지 고개를 갸우뚱거렸다.

"쟌, 그게 무슨 말이지요?"

"생각을 해봐. 고래 같은 큰 동물이 싸우면 새우처럼 작은 것들은 어떻게 되겠어? 잘못한 것도 없으면서 약하고 가진 것이 없다는 이유만으로 괜스레 남의 싸움에 휘말려 목숨을 잃어야만 하잖아. 내 말은 그런 상황을 빗대서 하는 말이지."

"인간들이 흔히 말하는 몬스터들은 이성적인 존재가 아니기 때문에 오로지 살기 위해서 남들을 해치지요. 또 인간과 유사한 이종족들은 다른 종족이 자신들이 사는 지역을 침범하지만 않으면 결코 싸우지 않아요. 하지만 인간만은 다르죠. 살기 위해 사냥을 하는 다른 동물이나 몬스터와는 달리 인간은 식량을 얻기 위해 사냥하기도 하지만 단지 즐기기 위해 사냥하기도 하죠. 또 살기 위해서가 아니라 단지 자신의 욕심을 채우기 위해서 동족에게 검을 겨누는 종족도 인간뿐이지요. 그것은 인간들의 역사가 증명하죠."

셀의 말에 제론의 얼굴에 희미한 수치스러움이 스치고 지나갔다.

"그런데 좋은 점이 있다는 것은 뭐지? 비록 2년 동안이지만 상당히 많은 용병들이 죽거나 병신이 되거나 할 텐데 말이야. 물론 황제가 되는 왕자야 좋겠지만 말이야."

"물론 겉으로 드러난 것만 보면 그렇게 보일 거에요. 하지만 세 왕자의 외가에서 풀린 재산은 용병들을 통해 국민에게로 돌아가요. 용병들이 먹고, 마시고, 치료받고, 무기를 만들고 하려면 엄청난 돈이 들어가야 하니까요. 실제로 지금까지 있었던 승계 전쟁의 경우 국민들은 큰돈을 벌 수 있는 기회가 되었던 적이 많았어요. 물론 승계 전쟁에 참가했던 귀족들은 재산을 모두 날려 파산해 버린 사람들도 적지 않지만요."

셀의 설명에 쟌은 비웃음 같은 미소를 잠시 지었다.

"그건 그렇고 아까 마지막 왕자가 내년에 열일곱 살……."

"내년에 성인식을 치르는 필립 전하는 그저 스무 번째 왕자이실 뿐 그분이 마지막 왕자님은 아니시네."

"나참, 뜻만 통하면 됐지 뭘 그리 꼬치꼬치 따지쇼? 그러니까 내가 하고 말은 헤르난 왕자를 따르는 왕자는 몇 명이나 되느냐 이걸 묻고 싶었던 거요."

쟌의 질문에 제론의 얼굴에 수심이 드리워졌다.

"솔직하게 말해 열여섯 번째 왕자이신 루이스 전하와 헤르난 전하의 친동생이신 필립 전하만 확실할 뿐 나머지 왕자님들은 대부분 아쉬드 전하와 주네티 전하를 따르는 것으로 보고 있네."

제론의 말에 쟌은 기가 막히지 않을 수 없었다.

"그러니까 뭐요. 가진 것도 없다, 도와줄 인원도 확보가 안 됐다, 따르는 왕자들도 없다. 대체 헤르난 왕자는 뭘 가지고 다른 왕자들과 싸우겠다는 거요?"

"현재 불리한 것은 사실이지만 상황은 앞으로 차차 나아질 것이네. 그리고 무슨 수를 쓰든 난 헤르난 전하를 황제의 자리를 계승하실 수 있도록 만들 것이네."

신념에 찬 제론의 말을 듣던 쟌은 한심하다는 표정을 감추지 않았다. 아니, 노골적으로 비웃는 듯한 얼굴로 제론을 쳐다보고 있었다.

제론으로서는 자신의 신념을 경멸하는 듯한 쟌의 시선에 불쾌한 생각이 들지 않을 수 없었다.

"왜 그런 표정으로 날 보는 건가? 심히 불쾌하군."

"귀하는 입으로 전쟁을 치를 거요? 그런 말은 세 살 먹은 애도 할 수 있소. 뭐 하나 가진 것도 없이 전쟁을 치르다가 만약 패하기라도 한다면 귀하가 나에게 보장했던 것은 무엇으로 해결해 줄 생각이오? 그것도 그냥 말로 때울 생각이오?"

신랄한 쟌의 말에 제론은 아무 말도 할 수 없었다.

"게다가 모든 것이 열세인 이런 상태로 이번 전쟁에서 승리할 가능성이 있다 생각하고 날 끌어들인 거요? 내가 생각할 때는 승계 전쟁이 시작되자마자 제일 먼저 공격을 받아 없어질 것 같은데, 귀하는 그렇게 생각하지 않소?"

아무리 옳은 말이고 바른 말이라고 해도 너무 직선적으로 이야기하면 듣기 싫은 법이다. 더더구나 별로 듣고 싶은 않은 이야기라면 더욱 싫을 것이 분명한데 쟌은 그런 사실을 아는지 모르는지 상대의 얼굴을 빤히 쳐다보면서 잔인할 정도로 직선적으로 묻는 것이었다.

곁에 있던 셀과 올리비에가 은연중에 제론의 얼굴을 살필 정도로 말이다.

잠시 동안 굳어 있던 제론의 얼굴이 시간이 지나자 곧 풀어져 예의 그 수심에 찬 얼굴로 되돌아갔다.

"자네의 말이 맞네. 지금 헤르난 전하께서 가장 불리하신 것도 사실이고, 이번 전쟁에서 패할 가능성이 가장 많으신 것도 사실이네. 자세한 속사정을 말해 주지 않은 채 이곳까지 데리고 와서 미안하군. 이만 일어나게. 내가 성밖까지 바래다 주겠네."

힘없이 자리에서 일어나는 제론의 모습을 보던 쟌은 가볍게 혀를 찼다.

"쯧쯧쯧. 어떻게든 나를 설득할 생각은 안 하고 불평 몇 마디 했다고 날 그냥 보낼 거요?"

쟌의 뜻하지 않은 말에 제론은 어리둥절함을 참을 수 없었다. 다시 자리에 앉은 제론은 따지듯 물었다.

"자네의 그 말뜻은 뭔가? 헤르난 전하를 돕겠다는 말인가? 아니면 날 희롱을 하는 것인가?"

"귀하를 희롱한다고 돈이 생기오, 아니면 먹을 것이 생기기라도 하오? 단도직입적으로 말해 시간을 두고 곰곰이 생각한 다음에 판단을 내려야겠소."

"생각은 뭐고, 판단은 또 뭔가?"

"이전의 조건은 헤르난 왕자를 돕는 대신 잃어버린 기억을 되찾는 것을 도와준다는 것이잖소. 하지만 지금은 상황이 달라졌으니 당연히 대가도 달라져야 하지 않겠소? 그것을 생각하고, 내가 얻을 수 있는 것이 무엇인지 판단을 내리겠다는 것이오."

이 검은 머리 청년이 남들과는 뭔가 다르다는 생각을 일찍부터 하고 있었지만 도무지 뭘 생각하고 있는 것인지 짐작도 되지 않았다.

분명 헤르난이 현재 처해 있는 상황을 말해 주었음에도 불구하고 조건이니 대가니 하는 말을 늘어놓고 있는 쟌의 머리 속에는 무슨 생각이 들어 있는지 정말 궁금했다.

"일단 우리를 숙소로 좀 안내해 주시겠소? 오늘부터 심각하게 고민해 봐야겠소."

하나도 고민스럽지 않은 얼굴을 하고 있는 쟌의 얼굴을 다시 한 번 훑어본 제론은 고개를 몇 번 젓고는 자리에서 일어나 걸음을 옮겼다. 그런 제론을 세 사람이 뒤따랐다.

쟌과 일행이 흑장미성에 도착한 지도 벌써 열흘 가까이 흘렀다.

심각하게 고민하겠다는 애초의 말과는 달리 열흘 동안 쟌이 한 일은 하루 종일 잠을 자거나 셀과 함께 근처에 있는 제국 최대의 담수호인 오슬록 호수를 찾아 산책을 핑계로 데이트를 한 것뿐이었다. 게다가 제론이 쟌을 흑장미성 가까이 있는 오슬록 호수로 안내했을 때 쟌이 한 말은 제론을 황당하게 만들기 충분했다.

"헤르난 왕자가 가진 것 중에 유일하게 쓸 만한 것은 이 호수밖에 없구나."

바다처럼 끝없이 펼쳐져 있는 호수를 발견하고 쟌이 기껏 내뱉은 말이었다. 그 말에 제론이 열받았음은 너무나 당연한 일이었다.

며칠 동안 쟌과 함께 지내면서 제론이 느낀 것은 될 수 있으면 그의 일에 관심을 보이지 않는 것이 장수하는 데 유리하다는 것이었다. 그러나 언제까지 쟌을 피할 수는 없는 일이었다.

흑장미성을 빠져나온 제론은 오슬록 호수를 향해 말을 몰았다.

4계절 내내 따스한 날씨가 계속되는 바리타스 왕국과는 달리 트레슈나 제국은 북쪽으로 올라갈수록 4계절이 분명한 편이었다. 11월 달도 며칠 남기지 않은 지금은 아침저녁으로 부는 찬바람에 옷깃을 저절로 여미게 되었다.

말을 달린 지 얼마 되지 않아 제론은 호수에 도착했고, 도착하자마자 말에서 내려 쟌의 종적부터 찾았지만 어디에 있는지 좀처럼 찾을 수 없었다. 한참을 두리번거리던 제론의 귀에 누군가가 자신을 부르는 음성이 들렸다.

"샤겔스 부단장께서 여긴 무슨 일이오?"

"어디 있는 것인가?"

"잠깐만 기다리시오."

대체 쟌의 음성이 어디서 들려온 것인지 제론은 그 위치조차 찾을 수 없었다.

잠시 시간이 흐르고 제론이 기다림에 지쳐 갈 때쯤 수평선에서 움직이는 검은 물체 하나가 나타났다. 눈을 잔뜩 찌푸려 살펴보니 작은 돛을 단 세네 명이 겨우 탈 만한 조각배였다.

수면 위를 날듯이 달려온 조각배는 눈 깜짝할 사이에 모래톱 위로 올라와서는 부드럽게 멈추었다. 동시에 배에서 쟌과 셀이 뛰어내렸다.

쟌은 평소와 마찬가지로 검은 옷에 이제는 길어진 검은 머리를 가죽 끈으로 질끈 동여매고 있었다. 하지만 흰옷을 입은 채 호수로부터 불어오는 바람에 옷자락과 긴 머리카락을 휘날리고 있는 셸의 모습은 무척이나 신비했다.

마치 물의 요정이 잠시 인간 세상으로 여행을 나온 것처럼 느껴졌다.

자신을 부르러 온 제론이 멍한 표정으로 셸만 바라보고 있자 쟌은 불편한 심기를 노골적으로 드러냈다.

"나참, 뭘 그렇게 보고 있는 거요?"

"응? 아~ 시, 실례했네. 레이디 쥬벨의 모습이 너무나 아름다워서 나도 모르게 무례를 저지르고 말았군."

"괜찮아요, 샤켈스님."

자신의 무례를 대수롭지 않은 듯 이해해 주는 것도 호감이 갔지만 무엇보다도 상냥하고 부드러운 그녀의 음성은 너무나 듣기 좋았다.

"전하께서 자네를 부르시네. 함께 가세."

"먼저 가시오. 난 셸과 함께 뒤따라가겠소."

"그게 무슨 말인가? 지금 전하께서 찾고 계시단 말이네. 그분께 무례를 저지르겠단 말인가?"

"나참, 빨리 가려고 해도 말이 없지 않소. 최대한 빨리 갈 테니 귀하나 먼저 가란 말이오."

그제야 자신이 너무 급하게 온 나머지 그들의 말을 끌고 오지 않았다는 사실이 생각났다.

"미안하게 됐네. 급히 나오느라 그대들의 말을 끌고 오지 못했네. 그럼 내 먼저 가서 전하께 말씀드릴 테니 한시라도 빨리 오도록 하게."

히히히힝~

요란한 말 울음소리와 함께 제론은 황급히 흑장미성으로 돌아갔고,

그가 일으킨 흙먼지는 고스란히 쟌에게로 몰려갔다.

쟌이 막 눈살을 찌푸리려는 순간 부드러운 바람 한줄기가 흙먼지를 흑장미성까지 이어진 길 양편에 있는 숲으로 날려 버렸다. 너무나 자연스러워서 때마침 바람이 분 것 같았지만 쟌은 바람 속에서 섞여 있는 은은한 마나를 느낄 수 있었다.

"고마워, 셀. 갈까?"

"예."

느긋한 발걸음으로 흑장미성을 향해 발을 떼어놓던 쟌의 모습을 바라보던 셀은 조용히 입을 열었다.

"쟌."

"응?"

"물어볼 것이 있어요."

"뭔데?"

"쟌은 헤르난 왕자를 도울 생각인가요?"

셀의 물음에 쟌은 잠시 걸음을 멈췄다가 다시 발걸음을 옮겼다.

"셀이 보기엔 내가 어떤 결정을 내렸을 것 같아?"

장난기가 조금 섞인 쟌의 말에 셀의 얼굴에는 부드러운 미소가 지어져 있었다.

"내가 아는 쟌이라면 당연히 헤르난 왕자를 도울 거예요."

"뭐? 당연히 돕다니? 내가 그 인간한테 뭐 빚진 것이라도 있는 줄 알아?"

"후후후, 괜히 그런 표정 짓지 말아요. 별로 부드러운 사람은 아니지만 지금껏 쟌이 자신에게 도움을 청한 사람을 뿌리친 적은 없잖아요. 그래서 난 이번에도 쟌이 헤르난 왕자의 요청을 기꺼이 받아들일 것이라고 생각해요."

작은 웃음소리와 함께 부드러운 음성으로 이야기하는 셸의 판단에 쟌은 잔뜩 골이 난 아이 같은 표정을 지었다.

"더 이야기해 봐."

"하지만 헤르난 왕자에게 쟌이 무엇을 요구할지는 저도 모르겠어요. 적은 것이 아니란 생각이 들긴 하지만 그게 무엇인지는 모르겠어요. 더구나 제가 보기엔 헤르난 왕자가 쟌을 단순히 한 사람의 용병으로 생각하는 것 같지는 않던 눈치였어요. 해서…… 결론은 '모르겠다'에 요."

셸의 대답에 잔뜩 골이 났던 쟌의 표정이 그제야 풀어졌다.

"후후후, 그걸 알 리 없지. 지금 말해 줄 수도 있지만 어차피 헤르난 녀석한테 말할 테니까 그때 같이 들어."

무슨 음흉한 계획이 있는지 실실 웃음을 흘리는 쟌의 모습은 영락없는 사기꾼의 얼굴이었다. 셸은 은근히 불안해지는 속마음을 감출 수밖에 없었다.

흑장미성으로 돌아온 두 사람은 즉시 헤르난의 방으로 향했다. 방에는 여전히 의미를 알 수 없는 미소를 짓고 있는 헤르난과 잔뜩 인상을 쓰고 있는 마리아노, 그리고 초조한 표정을 감추지 못하고 있는 제론 외에 한 사람이 더 쟌과 셸을 기다리고 있었다.

떡 벌어진 어깨와 하드 레더 밖으로 드러난 굵은 팔뚝, 그리고 눈이 아릴 정도로 붉은 머리가 가장 먼저 눈에 띄었다.

키는 그리 크지 않았지만 보통 사람보다 훨씬 넓은 가슴 탓인지 상대의 몸집이 상당히 크게 느껴졌다. 게다가 햇볕에 그을린 얼굴은 그의 인상을 더욱 강하게 보이게 만들었다.

용병들이 흔히 착용하는 복장을 하고 있었지만 왠지 그는 상당한 위압감과 함께 백전노장이라는 느낌이 물씬 풍겨 나오는 40대 중반의 사내였다.

"어서 오게. 전하와 후작 각하께서 한참을 기다리셨네. 그리고 이분은 헤르난 전하의 사설 용병단의 단장이신 로고스 크리스토퍼님이시네."

"만나서 반갑소. 난 쟌 가이야, 그리고 이쪽은 내 연. 인. 인 셀레니온느 쥬벨이오."

"그런가? 나 역시 자넬 만나게 되어 반갑네. 만나서 반갑소, 레이디 쥬벨."

"반갑습니다, 크리스토퍼님."

부드러운 셀의 인사를 마지막으로 실내에는 잠시 정적이 흘렀다.

"무슨 일로 날 부른 거요?"

"일전에 자네에게 거취 여부를 결정하라고 시간을 주었는데 어떻게 결론이 났는지 궁금해서 불렀네."

쟌의 건방진 태도는 아랑곳하지 않고 헤르난이 입을 열자 로고스의 눈에 잠시 이채가 흘렀다.

"그전에 묻고 싶은 것이 몇 가지 있소."

"그게 뭔가?"

"첫째, 만약에 승계 전쟁에서 다른 왕자들을 이겨 황제의 자리에 오른다면 다른 왕자들의 처리는 어떻게 할 거요?"

쟌의 뜻하지 않은 질문에 사람들은 어리둥절함을 참을 수 없었다.

"그건 이미 제국의 율법으로 정해놓은 것이네. 내가 어떻게 처리하고 말고 힐 부분이 아니네."

"그럼 잘못된 율법이라는 것을 알면서도 고치지 않겠다는 말이오?"

"잘못되다니, 뭐가 잘못되었다는 말인가?"

"만약 귀하가 승계 전쟁에서 저 조상들의 무덤을 지키는 신세가 되어 평생 동안 혼자 살아야 한다면 어떻게 하겠소? 기꺼이 그 상황을 받아들일 수 있겠소?"

쟌의 질문에 헤르난은 쓴웃음을 지었다.

"견디기 힘든 일이기는 하지만 율법으로 정한 일이니 받아들일 수밖에 없겠지."

"그렇다면 귀하는 무엇 때문에 황제가 되려는 거요? 단순히 할아버지나 어머니, 형제들이 황제가 되라고 하니까 한심하게 아무 생각도 없이 황제가 되려는 거요?"

쟌의 신랄한 질문에 헤르난의 얼굴에서 웃음이 사라졌다.

"제국의 율법이라는 것도 결국은 인간이 만든 것 아니오. 잘못되어 있다는 것을 알면서, 게다가 황제가 되었으면서도 제국의 율법이니까 그냥 두겠다는 것은 무슨 심보요? 나중에 귀하의 아들들이 태어나 서로 피 튀기게 싸우는 것을 보고 아무렇지도 않을 자신이 있는 거요?"

헤르난은 적지 않은 충격을 받은 표정을 짓고 있었다. 지금까지는 승계 전쟁에서 이기든 지든 자신이 책임지는 것으로 모든 것이 끝난다고만 생각해 왔었다. 하지만 자신이 만약 황제가 된다면 자신의 아들들 역시 자신과 똑같은 과정을 거쳐야 한다는 사실을 그제야 깨닫고는 커다란 충격을 받지 않을 수 없었다.

그런 헤르난의 얼굴을 유심히 살피던 쟌은 다시 질문을 이었다.

"좋소. 아직 생각해 보지 않은 모양인데 좀 더 심각하게 생각을 해봐야만 할 거요. 그리고 둘째, 만약 귀하에게 부족한 자금 문제를 해결해 줄 수 있는 사람이 있다면 그에게는 어떤 보답을 할 것이오?"

"자금 문제?"

심각해하는 헤르난을 걱정스럽게 바라보던 마리아노의 눈썹이 꿈틀 거렸다.

"그게 한두 푼이 드는 일인지 아는가? 자네 같은 용병은 상상도 못할……."

"조세프 후작나리, 그건 나도 알고 있으니 좀 조용히 입 닥치고 가만히 계시면 안 되겠소?"

"이, 이……!"

쟌의 말에 마리아노의 얼굴은 당시 토마토처럼 붉어졌다. 하지만 그런다고 마리아노에게 사과를 하거나 신경을 쓸 쟌이 아니었다.

자신을 빤히 쳐다보는 쟌의 태도에 헤르난은 대답을 해야겠다고 생각했지만 뭐라고 대답해야 할지 쉽게 결정을 내릴 수 없었다.

"군자금을 대겠다는 사람이 누군가?"

"미안하지만 그건 아직 밝힐 수 없소."

"우리에게 필요한 자금은 최소 8천만 코렌 이상 되네. 그만한 재산을 가진 사람이 있을까?"

"아마 그 정도 재산은 가지고 있을 거요."

쟌의 태연한 대답에 그 자리에 있던 사람들의 눈은 일제히 휘둥그레졌다.

말이 좋아 8천만 코렌이지 웬만한 거부들조차 현금으로 가지고 있는 돈은 100만 코렌을 넘지 못했다. 바리타스 왕국의 5대 거상 중 하나인 오트라르크 피온스가 가진 재산이 겨우 1천 3백만 코렌에 불과했고, 그 또한 그나마 流通업을 하고 있었기에 현금을 많이 보유하고 있는 편이었다. 하지만 현금은 그래도 3백만 코렌을 넘지 않았다.

그럼에도 불구하고 8천만 코렌을 군자금으로 지원할 수 있는 자가 있다니…… 그 정도 재산을 가지고 있는 사람이라면 당연히 제국 전체에 벌써 소문이 났을 것이다. 게다가 얼마나 재산이 많기에 그런 엄청난 거금을 군자금으로 내놓겠다는 말인가?

"정말 그만한 재산을 가진 사람이 있단 말인가?"

"그건 내가 알아서 할 문제니까 돈에 대해서는 걱정하지 말고 어떤 혜택을 줄 것인지만 말해 보시오."

"그가 원하는 혜택은 뭔가?"

"그건……."

말꼬리를 길게 뺀 쟌은 사람들의 시선이 자신에게 모두 쏠린 것을 확인한 후에야 입을 열었다.

"그것은 왕국의 독립이오."

"왕국의 독립?"

"독립이라니? 그게 무슨 소린가?"

"왕국이라니, 어떤 왕국을 가리키는 말이지?"

쟌의 말에 사람들은 의문이 가득한 얼굴로 쟌을 쳐다봤다.

"바리타스 왕국과 샤프란 왕국."

"할아버지, 그런 왕국도 있었습니까?"

"약 100여 년 전에 병탄했던 왕국들입니다. 이미 제국의 영토가 된 지 오랜데 설마 아직까지 왕국의 형태를 이어오고 있을 줄은 상상도 못했습니다, 전하."

마리아노의 대답에 헤르난은 자신과는 상관없다는 표정으로 딴전을 부리고 있는 쟌을 무심한 눈길로 쳐다보았다. 한번 사라진 웃음은 좀처럼 되돌아오지 않고 있었다.

"자네는 두 왕국에서 온 자인가?"

"아니오. 전혀 상관없다고 할 수는 없지만 대체적으로 관계가 없다고 할 수 있소."

"관계가 없다? 관계도 없는 사람이 과연 그렇게 엄청난 돈을 끌어들일 수 있을까?"

"그건 내가 알아서 할 일이니 귀하는 내 조건을 받아들일 것인지 말 것인지 그것만 결정하면 되오."

조금은 윽박지르는 듯한 쟌의 말에 헤르난은 눈살을 찌푸렸지만 입을 열지는 않았다.

"그리고 마지막으로 귀하도 황제가 되면 귀하의 조상들이 했던 대로 영토를 넓히기 위해 전쟁을 일으킬 거요?"

쟌의 질문을 들은 것인지 아니면 듣지 못한 것인지 헤르난은 여전히 눈살을 찌푸리고 있었다.

"자네의 질문에 대한 대답은 조금 있다 하기로 하고 자네가 원하는 조건은 뭔가?"

"내 조건은 두 왕국의 독립, 내 기억을 되찾아줄 것, 제국에서 가장 귀한 보물들을 한자리에 모아줄 것, 그리고 만약 전쟁을 하게 되면 나에게 한 100명 정도의 용병들을 맡겨줄 것. 내가 원하는 것은 이것뿐이오."

"우리끼리 잠시 상의할 일이 있으니 잠시만 옆방에서 기다려 주겠나?"

"알겠소."

쟌과 셸이 옆방으로 통하는 문을 열고 사라지자 빙에 있던 네 사람은 곧 심각하게 토론을 하기 시작했다.

한참 만에 토론을 마친 헤르난은 제론에게 지시를 내렸다.

"두 사람을 부르도록 하시오."

쟌과 셸이 들어와 자리에 앉자 헤르난이 입을 열었다.

"우리가 결정한 것을 알려주겠네. 우선 우리에게 군자금 지원한 것에 대한 혜택으로 두 왕국을 독립시키란 자네의 요구는 들어줄 수 없네."

헤르난의 말에 미리 그런 대답이 나올 것이라고 생각이라도 했는지 쟌의 얼굴에는 전혀 변화가 없었다.

"하지만 한시적으로 두 왕국에 자치권을 줄 수는 있네."

"그 한시적이란 것이 얼마 동안의 기간을 말하는 것이오?"

"최소 10년에서 최대 20년을 생각하고 있네."

헤르난의 대답에 쟌은 나름대로 만족한 듯 고개를 끄덕였다.

"다음 자네의 기억을 되찾아 달라는 말, 그에 대한 설명은 샤겔스 부단장에게 들었네. 각 교단의 교황이나 하이 프리스트, 또 고위 마법사에게 자네의 치료를 부탁할 수는 있겠지만 반드시 기억을 찾게 해주겠다는 말은 할 수 없네."

"좋소, 그 정도로도 충분하오."

"그리고……."

난처한 표정을 짓던 헤르난이 결국 입을 열었다.

"자네가 요구한 보물들을 한자리에 모아달라는 말은 이해가 안 되는데…… 그 이유를 설명해 줄 수 있겠나?"

"찾는 물건이 있기 때문이오."

"정확히 찾는 물건이 뭔가? 보석인가? 아니면 마법구?"

"엘프들의 보물을 숨겨놓은 곳을 표시한 지도요. 하지만 정확히 어떤 물건인지는 나도 모르오."

너무도 태연하게 쟌이 사실을 밝히자 셸은 깜짝 놀라며 연인의 얼굴을 쳐다봤다. 하지만 쟌은 헤르난의 얼굴을 바라보고 있을 뿐이었다.

그 말에 고민하던 헤르난은 셸의 얼굴을 바라보았다.

"샤젤스 부단장에게 들었는데 레이디 쥬벨은 하프 엘프라 들었소이다. 내 말이 맞소?"

"그렇습니다, 헤르난 전하."

"방금 가이야 군이 말한 엘프들의 보물이라는 것이 레이디 쥬벨의 물건이오?"

잠시 망설이던 셸은 곧 대답을 했다.

"정확히 제 물건은 아니에요. 하지만 저와 저의 부족은 지금 그 지도가 가리키는 곳에 있는 물건을 간절히 필요로 하고 있어요."

"그랬구려. 그럼 레이디 쥬벨은 그 물건이 정확히 어떤 물건들인지 알 수 있소?"

"저 역시 정확히는 모르고 있어요. 지금까지의 경험으로 보면 목걸이, 반지, 각종 마법구, 신상(神像), 아티펙트 등등 각종 물건에 지도의 일부가 숨겨져 있었어요. 숨겨져 있는 물건이 악용될 것을 염려해 지도를 나누어놓은 것인데 정작 문제가 생긴 지금 지도를 찾으려니 너무나 힘이 드는군요."

"그럼 레이디 쥬벨은 물건을 보면 알 수 있소?"

"그렇습니다, 전하."

대답을 한 셸은 덧붙여 설명했다.

"지도는 마법으로 물건 속에 공간을 만들어 숨겨놓은 것이기에 당연히 마법의 기운이 어려 있어요. 마법의 힘이 실려 있는 물건들을 집중적으로 찾아보면 틀림없이 찾을 수 있을 것이라 생각해요."

셀의 설명에 고개를 끄덕인 헤르난은 곧 대답했다.

"잘 알겠소. 레이디 쥬벨이 지도를 찾는 데 최대한 협조할 것을 약속하겠소이다."

"감사합니다, 전하. 저와 이트스 힐 지역의 엘프들은 전하의 은혜를 잊지 않을 겁니다."

셀이 정중하게 머리를 숙이자 헤르난도 고개를 숙여 답례했다.

"마지막으로 자네에게 용병 100명을 달라고 했는데 그건 무슨 이유에서인가?"

"특별한 이유는 없소. 심심해서 그들을 한번 가르쳐 볼까 해서요."

뜻하지 않은 대답에 사람들의 얼굴에는 일제히 황당하다는 표정이 떠올랐다. 그도 그럴 것이 이렇게 심각한 상황에서 단지 심심하기 때문이라니…….

그렇지 않아도 여러 가지 이유로 잔을 못마땅하게 생각하던 마리아노가 그 말을 듣고 그냥 지나칠 리 만무했다.

"심심해서라니! 그게 무슨 말이냐? 지금 상황이 얼마나 심각한 것인지 알고서 그 따위 말을 하는 것이냐?"

"상황을 아니까 이따위 말을 하는 거요, 후작나리. 정작 전쟁이 시작되면 무엇보다 헤르난 왕자에게 힘이 될 사람은 바로 용병들 아니오? 그런 용병들이 강해진다는 것은 다시 말해 헤르난 왕자의 전력이 올라간다는 것인데 왜 그리 목에 핏대를 세우는 거요?"

"그러니까 자네의 말은 용병들을 훈련시켜 전력을 높이자, 그런 말인가?"

그때까지 침묵을 지키고 있던 로고스가 표정이 없는 얼굴로 질문을 했다.

"당연한 것 아니오? 그럼 그냥 용병들이나 모집해서 전쟁을 치를 생각이었소?"

쟌의 말에 네 사람은 황당하다는 생각과 동시에 왜 자신들은 그 생각을 하지 못했는지 당황한 표정을 감추지 못했다.

제국이 건국된 이후로 수없이 많은 승계 전쟁을 치르면서 용병들을 본격적으로 훈련시켜 전쟁을 치른 경우는 단 한 번도 없었다. 승계 전쟁이 일어나기 전 6개월 동안 승계 전쟁에 참가할 왕자들은 어떻게 하든 많은 군자금을 끌어들여 더 많은 용병들을 고용할 생각만 했을 뿐 어느 누구도 용병들을 훈련시켜 전력을 높인다는 생각은 하지 못했던 것이다.

"하지만 왜 100명뿐인가?"

"능력이 그것밖에 안 되는 걸 어쩌란 말이오? 솔직히 난 100명도 버겁소."

쟌의 그 말을 마지막으로 실내는 잠시 깊은 정적에 싸였다.

정적을 깨고 입을 연 사람은 헤르난이었다.

"자네 덕분에 오늘 정말 많은 것을 배웠네. 여러 가지 생각을 했고, 또 내가 어떤 위치에 있는 사람인지 확실히 알게 되었네. 하지만 생각을 하다 보니 한 가지 의문이 생기더군. 자네가 조건으로 내건 사항을 가만히 따져 보면 과연 자네에게 무슨 득이 있을까 하는 생각이 들었네. 자네의 기억을 되찾는 일만 하더라도 확실하게 잃어버린 기억을 되찾을 수 있을지 아무런 확신도 없지 않은가? 또 내가 레이디 쥬벨에게 보물을 보여주겠다는 약속을 하기는 했지만 귀족들이 그런 물건을 숨겨놓은 채 없다고 한다면 나로서도 속수무책 아닌가? 결국 자네의 조건으로 실질적인 혜택을 받는 것은 바리타스 왕국과 샤프란 왕국, 그리고 나밖에 없지 않은가?"

"나와 셀은 엘프들의 지도를 찾는 일의 성공 가능성을 높일 수 있는 것만으로도 충분히 만족하오."

"정말 아무것도 원하는 것이 없나?"

헤르난이 다시 한 번 묻자 쟌의 눈매가 가늘어졌다.

"내가 지금부터 말하는 것 중에서 귀하의 능력으로 들어줄 수 있는 것이 무엇이 있는지 생각해 보시오. 나는 지금 따스한 봄 햇살을 원하며, 시원한 여름의 바람을 원하고, 가슴 터질 듯한 사랑을 원하오. 또한 행복을 원하고, 아이들의 웃음을 원하오. 전율할 만큼의 충족감을 원하고, 풍성한 가을을 원하며, 모든 사람들의 염원이 이뤄지기를 원하오. 어떻소? 이 가운데 귀하의 능력으로 해줄 수 있는 것이 있소?"

쟌의 말에 헤르난이나 나머지 세 사람은 꿀 먹은 벙어리마냥 아무런 말도 하지 못했다.

"어차피 인간들은 거기서 거기 아니오? 황제나 노예나 홀딱 벗고 강물에 뛰어들면 뭐가 차이가 나오? 또 두 사람이 깊은 산속에 있다면 맹수의 입장에서는 그저 맛있는 먹이로밖에 더 보이겠소? 난 그저 내가 하고 싶은 일만 하고 싶소. 그 일이 남에게 지탄받을 일이 아니라면 말이오."

헤르난의 입이 열린 것은 한참의 시간이 흐른 뒤였다.

"자네의 뜻은 잘 알았네. 일단 자네의 실력을 알아야 자네에게 합당한 지위를 맡길 수 있을 것 같아 지금부터 테스트를 하려고 하는데 불쾌하게 생각하지는 말게."

"전혀 불쾌하지 않소. 물건을 살 때 꼼꼼히 살펴보고 사는 것이 사람들의 심리잖소. 충분히 이해를 하오."

쟌이 너무나 순순히 응하자 오히려 이상한지 헤르난의 얼굴에 가벼운 실소가 흘렀다.

"왜 웃는 거요?"

"세상 사람들은 내가 세상에서 가장 속을 알 수 없는 사람이라고들 하지만 자네에게는 비교도 안 된다는 생각이 갑자기 들어서 그렇네. 자넨 정말 특이한 사람이야."

"칭찬으로 알겠소."

쟌의 대답을 마지막으로 사람들은 훈련장으로 향했다.

훈련장에 도착한 쟌은 목검을 뽑아 들며 입을 열었다.

"그런데 누가 내 실력을 테스트할 거요?"

"내가 할 거네."

"그럴 거라고 생각했소. 오시오."

"그런데 자네 목검으로 나와 싸울 생각인가?"

롱 소드를 뽑아 들며 로고스가 말을 꺼내자 쟌은 잠시 미소를 보이고는 목검을 들었다.

"내 몸에는 상당히 여러 가지 무기가 있소. 필요하다고 생각하면 꺼내 사용할 테니까 걱정하지 마쇼."

"그렇다면 다행이군."

말을 마친 로고스는 천천히 롱 소드를 쳐들고는 쟌을 노려보았다. 로고스의 자세를 살핀 쟌은 그가 공격할 의사가 전혀 없음을 눈치 챌 수 있었다.

피식 미소를 짓던 쟌은 로고스와의 거리를 제고는 천천히 발걸음을 떼어 로고스의 주위를 돌았다. 그러다가 지면을 박차고는 폭발적인 속도로 로고스를 향해 몸을 날렸다.

로고스도 쟌의 몸놀림이 자신의 예상보다 훨씬 빠른 것을 확인하고는 조금은 놀란 표정을 지었지만 곧 롱 소드를 들어 쟌의 목검을 막아냈다. 하지만 롱 소드와 부딪치기 직전에 목검을 회수한 쟌은 즉시 자세를 낮추고는 왼발을 축으로 오른발로 지면을 훑었다.

눈부시게 빠른 동작이었지만 로고스는 그런 쟌의 공격을 예상이라도 했는지 재빨리 뒤로 물러나며 쟌의 어깨를 향해 롱 소드를 휘둘렀다. 하지만 쟌 역시 뒤로 공중제비를 돌며 로고스의 공격을 피했다. 로고스의 공격은 빠르지는 않았지만 시기적절했고, 또한 상당한 힘이 실려 있었다.

"차앗! 산화!"

쟌의 기합 소리가 올린 후 순식간에 늘어난 10여 개의 팔이 로고스의 상체로 날아갔다. 난생처음 보는 괴상한 공격에 로고스는 잠시 당황했다. 그러나 곧 롱 소드를 휘둘러 쟌의 팔에 상처를 입히려 했지만 쟌의 주먹은 잔영만을 남긴 채 사라지고 없었다.

"차앗! 난격!"

로고스가 롱 소드를 회수하려 했을 때 느닷없이 쟌의 발이 날아들었다. 이번만큼은 로고스도 영혼이 날아갈 만큼 정말 깜짝 놀랐다. 황급히 몸을 뒤로 눕혀 가까스로 쟌의 공격을 피한 로고스는 재빨리 왼손으로 롱 소드를 바꿔 들고는 그대로 쟌의 가슴을 향해 힘껏 찔렀다.

몸놀림이 조금 둔할 것이라는 애초의 예상과는 달리 로고스는 상당히 빠르게 움직이고 있었다. 허공으로 치솟은 발을 그대로 내리꽂으면 로고스에게 상당한 부상을 입힐 수 있지만 자신 역시 로고스의 공격을 완전히 피할 수 없다는 것이 문제였다. 입맛을 다시고 뒤로 물러섬과 동시에 쟌은 왼손을 힘껏 뻗었다.

차르르르~

챙!

막 몸을 일으키려던 로고스의 상체로 유성추가 날아왔고, 로고스는 엉겁결에 롱 소드를 가슴 앞에 세워 간신히 막아낼 수 있었다.

윙~ 윙~ 휘리리릭~

쟌의 손끝에서 천천히 돌아가던 유성추가 날카로운 소리를 내며 돌아가더니 결국 잔영마저 완전히 사라졌다.

두 사람 사이에는 금방이라도 터질 듯이 보이는 활화산 같은 팽팽한 긴장감이 어려 있었다.

"그만! 이제 그만 하면 됐으니 손을 멈추시오."

헤르난의 제지에 두 사람은 비록 무기를 내리기는 했지만 상대에게서 눈을 떼지 않았다.

먼저 입을 연 사람은 천천히 롱 소드를 검집에 집어넣던 로고스였다.

"이렇게 일방적으로 상대에게 몰려보기는 젊었을 때를 제외하고는 처음이군. 젊은 친구가 대단하군."

"나 역시 이렇게 일방적으로 공격을 하고 조금의 이득도 얻어보지 못한 적은 오늘이 처음이오. 나이 먹은 양반이 정말 대단하오."

로고스의 칭찬에 쟌도 그의 말투를 흉내를 내 상대를 칭찬했다. 하지만 그의 얼굴에 장난기가 어려 있지 않은 것을 보면 상대를 놀릴 의사는 없어 보였다.

두 사람이 더 이상 싸울 생각이 없는 듯 보이자 그제야 마음을 놓은 사람들이 그들에게 다가왔다.

"정말 대단하오. 비록 상대에게 공격을 성공시키지는 못했지만 소름 끼치는 공격에 눈부신 방어였소. 게다가 격식에 얽매이지 않은 가이야 군의 공격은 나로서도 처음 보는 광경이었소. 두 사람 모두 수고 많았소."

헤르난의 말에 사람들은 고개를 끄덕였다.

대체 어떻게 공격하고 어떻게 방어를 한 것인지 제대로 보지는 못했지만 두 사람 모두 흔히 볼 수 있는 사람들이 아니라는 것에는 모두들 공감하고 있었다.

"불의 용병왕이자 소드 마스터인 크리스토퍼 경과 호각을 이룰 줄은 상상도 못했소이다. 물론 그가 불의 정령을 소환했다면 대결 결과가……."

"아닙니다, 전하. 미처 샐라임을 소환할 시간도 없었습니다. 만약 조금만 더 공격을 받았으면 낭패를 당할 뻔했습니다."

"괜히 칭찬할 필요 없소. 섣불리 공격했다가 저 세상으로 갈 뻔했소. 설마 검기까지 사용할 줄 아는 사람이라고는 상상도 못했소."

쟌의 통명스러운 말에 로고스의 눈에 잠시 이채가 흘렀다.

자신이 불의 상급 정령 샐라임을 소환하지 않았다지만 쟌 역시 소매 속에 감추고 있는 핸드 보우나 또 그가 소유하고 있다는 다른 무기는 사용하지 않았다는 것을 잘 알고 있었다.

패하지 않을 자신은 있었지만 그렇다고 반드시 이긴다고 장담할 수도 없는 상대가 바로 쟌이었다. 게다가 자신이 검기를 사용할 줄 안다는 것을 어떻게 눈치 챘는지 짐작이 되지 않았다.

하여튼 묘한 느낌을 주는 청년이었다.

"제가 판단하기엔 용병단의 단장을 맡긴다 하더라도 충분히 그들을 이끌 만한 능력을 가지고 있는……."

"말을 고맙지만 사양하겠소. 아까 내가 한 말 듣지 못했소? 난 100명이 한계요. 몇만 명이나 되는 용병은 생각만 해도 어지럽소."

두 사람의 말을 듣던 헤르난의 얼굴에는 흡족해하는 웃음이 떠올라 있었다.

불의 용병왕이라 불리는 로고스는 제국의 용병 세계를 삼 분하고 있는 세 명의 용병왕 중의 한 명이었다. 또 제국 전체에 명성을 날리고 있는 소드 마스터 중의 한 사람이었다. 그런 로고스에게 뒤지지 않은 실력을 가진 쟌이 자신을 위해 일해주겠다니 이보다 더 기분 좋은 일이 어디에 있겠는가?

게다가 우연히 만나게 된 쟌이 자신의 고민거리를 단번에 날려 버려 줄 줄이야 누가 알았겠는가? 그렇다고 다른 두 왕자에 비해 열세라는 점이 뒤바뀌지는 않았지만 이전과는 비교할 수도 없이 훨씬 나아진 상태였다. 게다가 쟌이 지적한 대로 용병들의 훈련이 시작된다면 다른 두 왕자와의 격차는 더욱 줄어들 것이 분명했다.

갑자기 모든 일이 잘될 것 같은 느낌이 들었다.

"이제 남은 것은 전하가 할 일뿐이오."

"내가 할 일? 하고 싶은 말이 있으면 얼마든지 하게."

"다른 왕자들을 꼬셔야 할 것 아니오?"

"꼬시다니! 전하 앞이다. 좀 더 품위있는 말을 사용하도록 해라!"

마리아노의 지적에 쟌은 인상을 쓰며 입맛을 다셨다.

"내가 워낙 못 배워 무식한 놈이니 후작나리께서 이해하도록 하소. 다시 말해 전하가 얼마나 많은 왕사들을 포섭하느냐에 따라 지금의 상황이 훨씬 나아질 수 있으니 하루라도 빨리, 그리고 한 사람이라도 더 많이 꼬시길 바라오."

"그 문제는 나도 생각하고 있네. 아직까지 마음을 결정하지 못한 아이들을 곧 만나 설득해 볼 생각이네."

"또 있소."

"뭔가?"

"그런데 전체적인 작전은 대체 누가 세우는 거요?"

쟌의 말에 헤르난과 마리아노, 로고스와 제론은 꿀 먹은 벙어리처럼 아무 말도 하지 못했다. 그런 그들의 모습에서 뭔가를 느낀 쟌은 한심하다는 표정을 감추지 않았다.

"그럼 작전을 세울 인간도 없이 전쟁을 하겠단 말이오? 나참, 정말 대책이 안 서는 양반들이구먼. 전쟁을 하겠다는 거요, 말겠다는 거요?"

"그건 차차 할 생각……."

"그렇다면 두 왕자에 대한 정보는 어떤 방식으로 입수하고 있는 거요?"

"일단은 샤젤스 부단장이 맡고 있네."

"몇 명이나 보냈소?"

"약 10여 명 정도를……."

제론의 대답에 쟌은 긴 한숨과 함께 고개를 저었다.

아무리 용병들을 고용해 전쟁을 치르는 것이지만 이건 해도 너무했다.

작전을 세울 수뇌부도 구성하지 않은 채 전쟁할 생각을 하다니……. 부대는 어떻게 편성할 것인지, 또 병참 지원은 어떻게 할 것인지, 무기와 말, 무구(武具)들은 어떻게 조달할 것이며, 정보는 어떻게 입수할 것인지에 대해서는 전혀 생각을 해보지 않은 사람들 같았다. 그러니 쟌이 한숨만 흘리는 것은 어찌 보면 당연한 일이었다.

"할 말이 없소. 마지막으로 한 가지만 더 묻겠소. 혹시 샤프란 왕국까지 이동 마법진이 설치되어 있소?"

쟌의 질문에 헤르난은 마리아노를 쳐다봤고, 마리아노는 로고스를 쳐다봤다.

"설치는 되어 있네만 그 이동 마법진은 민간인용이 아니라서 사용하기는 어렵지 않을까 싶네만⋯⋯."

"그럼 그걸 이용할 수 있는 방법이 전혀 없는 거요?"

"잠깐만 기다리게."

쟌에게 양해를 구한 로고스는 뭔가를 곰곰이 생각하더니 곧 마리아노에게 질문을 했다.

"혹시 쿨베르트 알란이란 이름을 들어보셨습니까?"

"쿨베르트 알란이라⋯⋯ 어디서 많이 들었던 이름 같은데 금방 생각이 나지 않는군. 분명히 들어본 적이⋯⋯."

"제가 알기로는 후작 각하의 외가 쪽 인척으로 알고 있습니다만."

"아~ 이제 생각났네. 그런데 그 녀석은 왜?"

"그가 지금은 21사단의 사단장으로 스켈레 시 외곽에 주둔하고 있습니다. 21사단에는 과거 샤프란 왕국으로 진공(進攻)하기 위해 마련한 군용 이동 마법진이 있지 않습니까? 마법사들의 도움이 있어야 하겠지만 그 이동 마법진을 이용하면 샤프란 왕국으로 가는 데 큰 어려움은 없을 것 같습니다. 그러니 후작 각하께서 가이야 군이 샤프란 왕국으로 갈 수 있도록 편지 한 장을 써주시면 간단하게 해결이 될 것 같습니다만⋯⋯."

로고스의 말에 마리아노는 잠시 생각하는 듯 보였지만 곧 고개를 끄덕였다. 쟌이 놀기 위해 가는 것도 아니고, 헤르난에게 막대한 도움이 되기 위해 가는 것이니만큼 설사 무리가 따른다 해도 들어주어야만 할 사항이었다.

"알았네. 쿨베르트에게는 내가 편지를 보내도록 하지."

"이왕 써서 보낼 것이면 지금 써서 나에게 주시오."

"그럼 지금 바로 출발할 생각인가?"

"시간 끌 필요 있겠소? 지금 즉시 셀과 함께 출발해 샤프란 왕국과 바리타스 왕국을 들렀다 오겠소."

"두 왕국에는 이동 마법진이 없어 이동하는 데 상당한 시일이 흐를 텐데 그건 어떻게 해결할 생각인가?"

"그건 내가 알아서 처리할 테니, 무엇보다 먼저 작전 참모가 될 사람부터 구해야 할 거요."

"알겠네. 자네가 돌아오기 전까지 처리하도록 하겠네."

헤르난의 대답에 쟌은 고개를 끄덕였다.

㉙장
바쁜 나날

 쟌과 셸이 흑장미성을 떠난 지도 벌써 12일이 지났다.

 그동안 헤르난과 마리아노, 그리고 로고스와 세 명의 부단장은 12월을 맞아하면서 하루하루를 정신없이 보내고 있었다.

 군자금을 모으고, 용병들을 고용하며, 인재를 파악해 불러 모으고, 정보를 수집하느라 하루를 일 년처럼 보냈다. 정말 없던 새치가 생길 정도로 바쁘게 움직였다.

 그날도 헤르난은 몇 명의 귀족들을 만나 자신들 진영으로 끌어들이려고 했지만 귀족들의 반응은 대부분 시큰둥했다. 일단은 아쉬운 사람이 자신이기에 자신을 도와달라고 완곡하게 말을 했지만 속에서 치미는 분노를 좀처럼 억제하기 힘들었다. 게다가 그동안 만났던 동생 녀석들은 형 아쉬드와 일곱째 주네티의 편이 되어 아예 방문조차 허락하지 않은 녀석들이 대부분이었다.

두고 보자는 오기도 생겼지만 동생들에게 문전박대를 당하는 심정이 좋을 리 만무했다.

불행 중 다행은 외할아버지 마리아노의 노력이 실효(實效)를 거둔 것인지 요즘은 비록 조금씩이지만 외척들의 호응이 있는 편이었다. 물론 그런 친척들이 반응을 보이는 속사정에는 어머니 일레나 황비의 위세도 무시할 수 없었다.

하루 종일 사람들을 만나느라 지끈거리는 머리를 손으로 어루만지며 헤르난이 입을 열었다.

"할아버지, 또 누가 남았죠?"

"마지막으로 랭슬로 트루프란 상인이 만나기를 청하고 있습니다."

"상인? 상인이 무엇 때문에 날 찾아왔답니까?"

헤르난의 질문에 마리아노는 가볍게 눈살을 찌푸리며 입을 열었다.

"원래는 쟌 가이야를 만나기 위해 왔다는데 그가 없다고 하자 전하께 드릴 말씀이 있다고 지금 기다리고 있습니다."

"나를 만나겠다는 이유가 뭡니까?"

"저도 몇 번이나 이유를 물어봤지만 전하를 만나뵙고 직접 그 이유를 설명하겠다 하고 있습니다."

"그럼 들어오라고 하십시오."

헤르난은 생각만 해도 골치가 아픈지 관자놀이를 문지르며 조금은 짜증이 나는 표정을 지었다.

서재의 문이 열리고 곧 조금은 뚱뚱한 체격을 가진 60대 초반으로 보이는 백발의 노인이 들어왔다. 꽤나 고생을 한 듯 그의 얼굴은 까맣게 햇살에 그을려 있었고, 표정조차 딱딱한 것이 체격만 제외하면 전혀 상인처럼 보이지 않는 노인이었다.

헤르난 앞으로 걸음을 옮긴 노인은 곧 정중하게 허리를 숙여 인사했다.

"미천한 상인 랭슬로 트루프가 헤르난 전하께 이렇게 인사를 올리게 되어 무상의 영광입니다."

"나 역시 만나서 반갑군. 그래, 쟌을 찾아왔다고."

"그렇습니다만 현재는 잠시 성을 비웠다고 들어서 이렇게 전하를 뵙고자 청했습니다."

"무슨 일로 쟌을 찾아온 건가?"

"실은 바리타스 왕국에 있는 제 동생의 부탁을 받았기에 이곳을 찾아온 것입니다. 아~ 제 동생도 상인으로 현재는 바리타스 왕국에서 작은 상단과 몇 개의 가게를 하고 있습니다. 제가 이곳을 찾은 이유는……."

말꼬리를 흐린 랭슬로는 품으로 손을 집어넣었고, 그 순간 소리도 없이 천장에서, 벽에서, 바닥에서 수십 명의 사내들이 나타나 삽시간에 헤르난의 앞을 가로막는 한편 랭슬로에게 일제히 롱 소드를 겨누었다.

"꼼짝하지 마라!"

쾅당!

사내들의 호통 소리에 요란하게 문이 열리며 중무장한 흑장미기사단의 기사들이 방 안으로 쏟아져 들어왔다.

헤르난이 비교적 태연한 표정인 반면 표정이 딱딱하던 랭슬로는 얼굴이 새하얗게 질린 채 부들부들 떨고 있었다. 어쩔 줄 몰라 하는 그에게 롱 소드를 겨누고 있던 사내들 가운데 한 명이 천천히 입을 열었다.

"지금부터 천천히, 아주 천천히 품에서 손을 빼라. 만약 조금이라도 허튼 짓을 한다면 그 자리에서 숙는다는 것을 잊지 마라. 알겠나?"

"아, 알겠소."

대답을 한 랭슬로는 사내의 말처럼 아주 천천히 품에서 손을 뽑았다. 그런 그의 손에는 아무것도 들려 있지 않았다.

동료가 그의 목에 무기를 겨누고 있는 것을 확인한 청년은 천천히 랭슬로의 품을 뒤졌다. 하지만 그의 손에 잡힌 것은 반으로 곱게 접은 종이 한 장이 다였다.

"그, 그건 헤르난 전하께 드리기 위해 가져온 것이오."

혹시나 하는 생각에 종이의 냄새까지 꼼꼼히 맡아본 청년은 자신에게 아무런 이상도 생기지 않자 그제야 헤르난에게 다가가 두 손으로 공손히 바쳤다.

접혀진 종이를 펴보니 그 종이는 뜻밖에도 제국에서 발행한 100만 코렌짜리 수표였다.

"이게 뭔가?"

"보시다시피 헤르난 전하께 바치는 돈입니다. 군자금에 조금이라도 도움이 되었으면 하는 마음에서 바치는 겁니다."

"군자금이라…… 이해가 안 되는데? 나와는 만난 적도 없는 그대 동생이 왜 나에게 군자금을 바친다는 거지?"

"동생이 보내온 연락에 의하면 그 돈의 주인이 전하에게 군자금으로 보내라고 했답니다. 원래는 가이야란 청년에게 주어 전하에게 바칠 생각이었는데 그 청년이 없기에 전하께 이렇게 가지고 온 것입니다."

"그렇다면 일단 쟌이 돌아올 때까지 내가 맡아두도록 하지. 그래도 상관없겠지?"

"물론입니다, 전하."

랭슬로의 대답을 듣자마자 서재를 가득 메우고 있던 사내들의 모습이 감쪽같이 사라졌다. 중무장을 하고 있던 기사들도 다시 서재 밖으로 나가며 조용히 문을 닫았다.

잔뜩 긴장한 채 기사들이 사라지는 모습을 지켜보던 랭슬로는 그들이 완전히 사라지고서야 비로소 안도의 한숨을 쉬었다. 조금 전 그들의 기세는 금방이라도 자신을 잘 다져진 고깃덩어리로 만들 것처럼 무시무시해 숨도 제대로 쉬지 못하고 있었던 것이다.

"전하, 그럼 전 이만……."

"잠깐, 물어볼 것이 있네."

"말씀하십시오, 전하."

"그대 동생과 쟌 사이에 무슨 일이 있었기에 이렇게 돈을 보내온 것인지 궁금하군."

"저도 자세한 내용은 잘 모르고 있습니다."

"아는 데까지 설명하라."

헤르난의 재촉에 랭슬로는 자신이 들었던 이야기를 헤르난에게 해주었다.

격투대회에서 쟌이 우승을 한 일, 도박장에서 있었던 일, 벨파스라는 상인에게 있었던 일 등등… 들으면 들을수록 정말 그런 사람이 있으리라고는 생각도 해본 적이 없을 뿐이었다.

"그 말이 사실인가? 세상에 정말 그렇게 욕심이 없는 사람이 있단 말인가? 이야기를 듣고도 믿을 수가 없군."

"저 역시 동생에게 그 이야기를 듣긴 했지만 그렇게 욕심이 없는 사람이 있을 수 있을까 도저히 믿을 수가 없었습니다. 게다가 더욱 기가막힌 것은 벨파스라는 상인이 보답을 하겠다고 했더니 말도 없이 사라져 버렸다고 합니다."

"들을수록 놀랄 일이군."

"전하, 그럼 소인은 이만 물러가겠습니다."

랭슬로는 헤르난에게 양해를 구하고는 서재를 빠져나갔다.

특이한 말투에 특이한 행동, 특이한 무기를 사용하는 인상 사나운 청년을 알게 되면 될수록 첫인상과는 상당히 다르다는 것을 깨닫지 않을 수 없었다. 하지만 헤르난이 감동을 느낀 부분은 따로 있었다. 누구든 남에게 도움을 받을 수는 있는 일이었다. 또 그 도움에 나름대로의 방법으로 보답할 수도 있는 일이었다.

그렇지만 쟌처럼 자신에게 은혜를 베푼 은인을 위해 자신의 모든 것을 바쳤다는 사람의 이야기는 어디에서도 들어본 적이 없었다.

헤르난이 쟌에 대해서 생각하고 있을 때 서재 밖에서 시종의 음성이 들려왔다.

"전하, 루이스 전하와 필립⋯⋯."

콰당!

"헤르난 형, 그 빌어먹을 쟌이란 녀석은 대체 언제 오는 거야? 젠장, 얼굴 한번 보기가 이렇게 힘들어서야 누가 왕자고 누가 평민인지 모르겠다니까."

"형님, 저도 왔어요."

부서져라 서재의 문을 박차고 들어온 두 사람 중 한 사람은 조금은 뚱뚱해 보이는 체격의 진한 갈색 머리를 가진 20대 초반의 청년이었고, 또 다른 한 사람은 10대 중반쯤으로 보이는 가녀린 체격의 소년이었는데 쭈뼛거리며 서재 안으로 들어오는 모습이 꽤나 소심한 성격인 듯 보였다.

"루이스, 필립, 어서 오너라."

헤르난의 얼굴이 유난히 밝아지며 서재 안으로 들어서는 두 사람을 반갑게 맞이했다.

그리 더운 날씨도 아니건만 연신 얼굴에서 흘러내리는 땀을 닦아내던 루이스는 한쪽에 놓여 있던 의자를 끌어다 털썩 주저앉았다. 그런 반면 필립은 소리가 나지 않도록 조심스럽게 의자를 끌어다 역시 소리 나지 않게 사뿐히 앉았다.

"세월이 좋은 모양이지?"

"그게 무슨 소리냐?"

"큰형하고 일곱째 형은 사방에서 돈을 긁어모으느라 정신이 없는 모양이던데 형은 이 골방에 틀어박혀서 대체 무슨 음모를 꾸미고 있는 거야?"

루이스의 말투는 항상 이랬다.

말을 가려서 할 줄도 몰랐고, 또 너무나 급한 성격 탓에 그의 화법은 항상 직설적이었다. 만약 그를 처음 만나는 사람은 그런 그의 말투 때문에 당황하기 일쑤였다. 게다가 독선적인 성격 때문에 지금은 형제들에게 거의 따돌림을 받고 있는 상황이었다. 하지만 그런 탓에 그를 끌어들이기도 쉬웠던 것도 사실이었다.

"음모라니? 듣기 거북하구나."

"듣기 거북해도 어쩔 수 없어. 요즘 형이 하는 짓을 보면 사람들이 형을 괜히 다크 로즈라고 부르는 게 아니라는 생각이 들어."

루이스의 거침없는 말에 헤르난은 쓴웃음을 지었다.

"형님, 어머니께서 한번 보고 싶다고 전하라 하셨어요."

"어머님이?"

"네, 형님을 보신 지 너무 오래되셨다고 꼭 한 번 찾아오라고 하셨어요."

"알았다. 일간 시간을 내서 찾아뵙도록 하마. 그건 그렇고, 너희들은 요즘 어떻게 지내느냐?"

"형제들에게 따돌림받는 놈에게 무슨 일이 있겠어? 하릴없이 술집 사냥이나 하고 있지 뭐. 참, 며칠 후에 할아버지가 이곳을 방문하실 거야."

"네무르 후작이?"

"응, 군자금 1차 분을 가지고 온다고 하셨어."

"형이나 주네티에 대한 새로운 소식은 없어?"

"두 사람에 대한 소식은 없는데, 그보다는 귀족원과 교단에서 사람들을 뽑아 검증단을 편성한다는 거야. 그런데 웃기게도 그 이름이 뭔 줄 알아? 로즈 검증단이야."

"로즈 검증단?"

헤르난이 눈살을 잔뜩 찌푸리자 그때까지 이야기를 듣고 있던 필립이 조심스럽게 입을 열었다.

"예, 형님. 형님도 잘 알고 계시겠지만 이 전쟁은 제국의 정통성을 계승하기 위해 이루어지는 전쟁입니다. 제가 알기로 로즈 검증단이 편성된 이유는 바로 이 정통성에 위배되는 비겁한 짓을 철저하게 가려내기 위해서라고 합니다. 만약 비겁한 짓을 하려다 발각이 된 사람은 즉시 체포해 승계 전쟁에서 제외하고 렌타로스 분지로 보내 버린다 합니다."

"쳇, 전쟁에서 비겁한 것이 어딨어? 이기는 게 장땡이지."

"폐하께서 이런 방법을 사용하시게 된 이유는 형제 분들과 승계 전쟁을 벌일 때 암살, 독살, 비방, 이간 등등 순수한 무력(武力)을 겨루게

한 원래의 목적에서 벗어나는 일들이 비일비재했기 때문이라고 합니다. 해서 형님들께서 전쟁을 치르실 때만큼은 이런 일이 생기지 않도록 철저하게 방비하겠다는 의도에서 검증단을 편성하라 명령을 내리신 겁니다."

가녀린 외모와는 달리 필립은 차분한 음성으로 설명해 나갔다. 그런 동생을 바라보던 헤르난의 입가에는 부드러운 미소가 지어져 있었다.

자신과 나이 차이가 꽤 나는 이 막내 동생은 가녀린 외모와는 달리 상당히 해박한 식견을 가지고 있었다. 그리고 그런 자신의 의견을 말할 때 자신있게 말하는 모습은 참으로 보기 좋은 것이었다.

"빌어먹을, 뭐가 그렇게 복잡해?"

"루이스 형님은 폐하께서 황제의 승계 전쟁을 치르실 때 당시의 승계 전쟁을 사람들이 '몬스터 전쟁'이라고 불렀다는 걸 들어보지도 못했습니까?"

"이야기야 들어봤다만 그렇게 지저분한 전쟁이었냐?"

"당시 폐하께서 방비를 철저히 하고 계셨기에 겨우 목숨을 구할 수 있었지, 그렇지 않으면 폐하 역시 독살당하거나 암살을 당하신 다른 숙부들처럼 허무하게 목숨을 잃으셨을 겁니다."

마치 옆에서 보기라도 한 것처럼 단정적으로 말하는 필립의 태도에 루이스는 그저 입맛만 다실 뿐 입도 뻥긋하지 못했다. 그때 문밖에서 시종의 음성이 들려왔다.

"전하, 쟌 가이야와 레이디 쥬벨이 전하를 뵙기 청하고 있습니다. 어떻게 할까요?"

"어서 안으로 들여보내라."

헤르난이 반색하며 입을 열자 루이스와 필립의 눈빛도 반짝이기 시작했다. 드디어 헤르난이 입이 닳도록 자랑했던 문제의 주인공을 만나게 된 것이었다.

문이 열리자 안으로 들어선 사람은 뜻밖에도 네 명이었다.

가장 앞쪽에는 시커먼 옷에 검은 머리를 뒤로 묶은 20대 초반의 청년이었고, 그 옆에는 화사한 여행복을 입고 긴 머리를 늘어뜨린 눈이 휘둥그레질 정도로 아름다운 레이디였다. 그리고 그 뒤로는 20대 초반으로 보이는 금발의 레이디와 역시 20대 초반으로 보이는 조금은 유약해 보이는 청년이 쟌과 셀을 따라 안으로 들어섰다.

서재 안으로 들어선 쟌은 일단 헤르난에게 인사를 했다.

"다녀왔소."

"수고 많았네, 쟌."

"뭐? 다녀왔소? 어디서 빌어먹었는지도 모를 천하디천한 평민 주제에 감히 왕족에게……!"

분노를 터뜨리는 루이스의 모습을 흘낏 본 쟌은 시큰둥한 표정을 지으며 질문을 했다.

"이 돼지는 누구요?"

"뭣이?! 당장 교수형에 처해도 시원치 않을 놈!"

"루이스, 그만 해라."

헤르난의 음성이 조금 차가워지자 루이스는 잠시 헤르난을 쳐다보다 입을 다물었다. 하지만 치미는 분노를 참지 못하겠다는 듯 얼굴을 흘러내리는 땀은 더욱 많아졌고, 따라서 그의 손도 훨씬 바쁘게 움직이며 땀을 닦아내고 있었다.

"쟌, 자네도 말을 조심해 주게. 쟤는 내 동생인 루이스라고 하네. 나를 돕겠다고 찾아온 애지. 그리고 이쪽은 내 막내 동생으로 내년에 킬라우림이 끝나는 시기에 성인식을 치를 필립이라고 하네."

"아, 그렇소?"

헤르난의 설명에도 쟌의 반응은 시큰둥하기만 했다.

그 모습에 루이스는 얼굴이 빨갛게 될 정도로 열을 받고 있었지만 억지로 참는 듯한 표정이 역력했다.

"수고 많았소, 레이디 쥬벨."

"이동 마법진을 이용한 여행길이라 그리 힘들진 않았어요."

셸이 화사한 웃음을 지으며 대답하자 그렇지 않아도 무례할 정도로 셸의 얼굴에서 눈을 떼지 못하고 있던 필립의 눈은 순간 몽롱하게 변했다. 그런 동생의 모습에 헤르난은 쓴웃음을 지으면서도 충분히 그의 행동을 이해할 수 있었다.

"함께 오신 분들은 누구신가?"

"전하를 한번 만나보겠다고 기를 쓰고 따라온 사람들이오. 두 사람은 샤프란 왕국 둘째 왕자와 왕자비요. 참고적으로 말하자면 왕자비는 예전에 바리타스 왕국의 공주였소."

"샤프란 왕국의 왕자와 바리타스 왕국의 공주?"

나직하게 쟌의 말을 되뇌던 헤르난은 앉아 있던 자리에서 일어난 옷 매무새를 다듬고는 정중하게 허리를 숙였다.

"본인은 트레슈나 제국의 둘째 왕자인 헤르난 폰 트레슈나라고 하오. 두 분을 만나게 되어 진심으로 반갑소."

정중하면서도 결코 예의에 벗어나지 않는 인사에 쿠니오와 카타리나는 조금은 당황한 얼굴로 황급히 답례했다.

"샤프란 왕국의 둘째 왕자인 쿠니오 폰 샤프란이라고 합니다. 그리고 이쪽은 제 아내인 카타리나입니다."

쿠니오의 소개에 카타리나는 우아한 동작으로 인사를 했다.

곁에서 그 모습을 보고 있던 쟌은 불과 몇 개월 사이에 눈부시게 변한 카타리나의 모습에서 왠지 격세지감을 느끼지 않을 수 없었다. 어찌 되었든 카타리나의 지금 모습은 그녀가 예전에 비해 한 차원 성숙해졌음을 나타내는 것이니 보기 좋은 것만은 사실이었다.

"왕자비께서 정말 아름다우십니다. 쿠니오님께서는 행운아이신 모양입니다. 하하하."

"하하하, 별말씀을 다 하십니다. 2년 후에는 제 아내보다 훨씬 아름다운 분을 만나 결혼을 하시게 될 겁니다."

쿠니오의 말에 헤르난의 눈이 잠시 빛이 났다가 곧 원래 상태로 돌아왔다.

"아차~ 먼 곳에서 오신 손님이 이렇게 세워두다니…… 실례했습니다. 이쪽으로 앉으시지요."

"감사합니다."

간단히 인사를 나누고 자리에 앉자 침묵을 지키고 있던 루이스가 기어코 한마디를 꺼냈다.

"샤프란 왕국과 바리타스 왕국이라니? 그런 왕국도 있었나? 왜 난 한 번도 들어본 적이 없지?"

루이스의 말에 쿠니오의 안색이 딱딱하게 굳어졌지만 카타리나의 얼굴에는 여전히 미소가 떠올라 있었다.

"루이스 전하, 아마 곧 듣게 되실 겁니다."

카타리나의 뼈있는 말에 루이스의 얼굴에 떠올라 있던 비웃음이 깨끗하게 사라졌다.

루이스에게 다시 한 번 주의를 주려던 헤르난은 카타리나의 대답에 그녀의 얼굴을 유심히 살폈다.

일반적으로 왕가의 여자들이 백옥처럼 하얀, 어찌 보면 생기를 느낄 수 없는 흰 살결인 데 반해 그녀는 약간 까무잡잡한 살결을 가지고 있었다.

전체적인 얼굴 윤곽이나 이목구비를 보면 한성깔 할 것 같은데 태연하게 미소 짓고 있는 모습은 보는 사람으로 하여금 헷갈리게 만드는 무엇이 있었다.

물론 상대적으로 약소국의 왕자와 왕자비이기 때문에 지금처럼 우회적으로 말한 것일 수도 있겠지만 남편인 쿠니오가 당장 얼굴색이 바뀐 것에 비하면 오히려 그녀의 배포가 더욱 큰 것 같았다. 게다가 이렇게 민감한 자리에 그녀가 동석을 하고 있다는 것은 단순히 그녀가 바리타스 왕국을 대표하는 위치에 있기 때문만은 아닌 것 같았다.

"내가 말실수를 한 것 같소. 이해해 주시오."

"아닙니다, 루이스 전하. 저는 벌써 잊었답니다."

"이해하신다니 고맙소. 그런데 나와 만난 적이 있소? 어떻게 나를 아는 거요?"

"호호호, 저는 루이스 전하만 아는 것이 아니라 제국에 계신 스물여덟 분의 왕자님과 열세 분의 공주님에 대해서 모두 알고 있답니다. 여기 계신 분은 내년에 성년이 되시는 필립 전하 아니신가요?"

"맞습니다. 제가 필립입니다."

정신없이 셸의 얼굴만 바라보고 있던 필립은 카타리나가 자신의 이름을 부르자 그녀에게 고개를 끄덕여 줬다.

사람들이 자신만을 바라보자 카타리나는 속으로 회심의 미소를 지었다. 그리고 자신을 향해 고개를 끄덕이는 간의 모습에 더욱 힘을 얻었다.

"결론부터 말씀드린다면, 저희 두 왕국은 헤르난 전하께서 전쟁을 치르고 승리하실 수 있도록 물심양면으로 노력을 아끼지 않고 돕겠습니다. 그리고…… 셀, 아까 맡겼던 것을 주겠어요?"

말꼬리를 흐린 카타리나가 셀을 바라보자 셀이 여행복 주머니에서 세 통의 편지를 꺼내 카타리나에게 내밀었다. 편지를 받아 든 카타리나는 다시 편지를 헤르난에게 내밀었다.

"이게 뭡니까?"

"헤르난 전하를 전폭적으로 지지하겠다는 두 왕국의 국왕 폐하의 친필 서한입니다. 그리고 이것은 저희 두 왕국이 헤르난 전하께 드리는 약소한 선물입니다."

카타리나가 마지막으로 내민 봉투를 열어본 헤르난은 너무 놀라 헉! 하는 소리를 지를 뻔했다. 봉투 안에는 네 장의 종이가 들어 있었는데 각기 제국에서 발행한 수표 중 가장 고액권이 5백만 코렌짜리 수표였던 것이다.

헤르난은 애써 놀란 가슴을 진정시키려 했지만 그의 얼굴은 놀란 기색이 완연했다. 그 모습을 본 카타리나는 야릇한 미소를 지었다.

물론 2천만 코렌이라는 엄청난 돈을 급하게 쥐어짜 내느라 허리가 다 휠 정도였지만 헤르난이란 거물을 자신들 편으로 끌어들일 수만 있다면 충분히 투자할 수 있었다.

애써 표정을 다스린 헤르난이 입을 열었다.

"태어나서 이렇게 커다란 선물은 처음 받아보는구려. 두 분과 두 왕국의 후의는 내 잊지 않도록 하겠소."

"말씀만으로도 고맙습니다, 전하."

"이럴 게 아니라 간단한 파티라도 해야겠소. 가까운 사람들에게 두 분을 소개하고 싶소이다."

"그렇게까지 하지 않으셔도 됩니다, 헤르난 전하."

"하하하. 누가 아름다운 부인을 빼앗아가기라도 할까 봐 겁내는 겁니까, 쿠니오님? 감히 누가 이 헤르난의 손님께 무례를 저지르겠습니까? 하하하."

헤르난은 상당히 기쁜 듯 연신 웃음을 터뜨리고 있었다.

서재에서 빠져나온 쟌은 올리비에가 훈련하고 있을 훈련장으로 걸음을 옮겼다. 그리고 그런 쟌의 뒤를 셀을 비롯한 사람들이 줄줄이 따랐다.

짜증스러워하는 쟌을 진정시키며 셀은 성의 후면에 위치한 훈련장 주위에 있는 작은 훈련장을 살펴보았다. 하지만 올리비에가 주로 훈련을 하던 개인 훈련장은 텅 비어 있었다.

"이 자식은 하라는 훈련은 안 하고 대체 어디 가서 뭘 하는 거야?"

"아마 잠시 볼일이 있어 어디를 간 모양이에요. 금세 돌아올 테니 잠깐만 기다려 봐요."

쟌과 셀의 대화를 듣고 있던 루이스가 궁금함을 참지 못한 채 형 헤르난에게 질문을 했다.

"형, 대체 저 자식은 누굴 기다리는 거야?"

"제자인 올리비에를 기다리는 모양이구나."

"제자? 나이가 몇인데 벌써 제자란 말이야?"

"후후후, 조금 있다 보면 알게 될 거다."

뜻을 알 수 없는 웃음을 지으며 말하는 헤르난의 모습이 마음에 들지 않는지 루이스는 툴툴거렸다.

　그들과는 조금 떨어진 곳에 서 있던 쿠니오와 카타리나는 영문을 몰라 하며 그들의 모습만 바라보고 있었다. 하지만 지루함을 견디지 못한 쿠니오가 입을 열었다.

　"카타리나, 누굴 기다리는지는 모르지만 아마 나타나지 않을 모양이오. 잠시 후 헤르난 전하가 파티를 준비한다고 했으니 그때까지 쉬는 것이 어떻겠소?"

　"아니에요. 쟌의 제자라고 했으니 틀림없이 나타날 거예요."

　단정적인 카타리나의 말에 쿠니오는 영문을 모르겠다는 표정을 지으며 그녀의 얼굴을 빤히 쳐다보고 있었다. 그런 쿠니오의 시선을 느꼈기 때문일까? 어쩔 수 없다는 표정을 지으며 그녀가 설명했다.

　"일전에도 말했던 것처럼 쟌이란 저 인간의 성질은 한마디로 개차반, 아니, 상당히 포악하고, 잔인하며, 또한 제멋대로예요. 그가 자신의 지시를 무시한 제자를 그냥 두고 볼 리 만무해요. 해서 전 따분한 파티보다는 헤르난 왕자의 실질적인 전력이 될 쟌과 그 제자를 만나보고 싶어요."

　"하지만 우리가 이 자리에 이렇게 있어도 실례가 되는 것은 아닌지 모르겠소."

　"쿠니오, 신경 쓰지 말아요. 만약 저들이 우리에게 보여주고 싶지 않았다면 우리를 이곳으로 데려오지도 않았을 거예요. 다시 말하자면 자신이 있으니까 우리를 이곳으로 데려와 자신들의 힘을 보여주려고 하는 거예요. 그러니 일단은 그냥 지켜보도록 해요."

　약간은 강압적인 카타리나의 말에 쿠니오는 아무 말도 하지 못하고 어서 쟌의 제자라는 사내가 나타나기만을 기다렸다.

얼마나 지났을까?

기다림에 지친 사람들이 앉을 곳을 찾으려고 할 때쯤 10여 명의 사내들이 중무장을 한 채 달려오고 있었다.

투구를 제외한 풀 플레이트 메일을 걸친 사내들의 얼굴은 온통 땀투성이였다. 특히 가장 앞쪽에서 뛰고 있는 사내는 등에 커다란 배낭을 메고 있었고, 다리에도 꽤나 커다란 주머니가 매달려 있었다. 하지만 그의 얼굴도 땀투성이이기는 마찬가지였다.

상당히 지친 듯 절반은 걷고, 또 절반은 뛰는 듯한 움직임으로 훈련장을 도는 사내들의 모습을 지켜보던 쟌은 못마땅하다는 표정을 짓고는 버럭 고함을 질렀다.

"올리비에! 당장 이리 오지 못해!"

얼마나 목소리가 컸던지 곁에 있던 사람들이 깜짝 놀란 것은 물론이고, 훈련장을 뛰던 사내들마저 놀라 걸음을 멈출 정도였다. 특히 올리비에는 깜짝 놀라 표정을 짓다가 허둥지둥 쟌에게로 달려왔다.

"마, 마스터, 도, 돌아오셨습니까? 헉헉헉!"

픽!

"내가 입으로 숨 쉬지 말라고 했지!"

"시, 시정하겠습니다!"

부동 자세로 대답하는 올리비에의 가슴은 금방이라도 터질 듯이 부풀어 올랐다가 수그러들곤 했다. 그런 올리비에의 모습을 한심하다는 듯 지켜보다가 입을 열었다.

"내가 없는 동안 훈련은 빠지지 않고 충실히 했겠지?"

"물론입니다, 마스터."

"준비해."

챤의 말에 올리비에는 즉시 필사적으로 숨을 진정시키고는 허리에 매달고 있던 모닝스타와 스콜피온 테일을 양손에 나누어 쥐고는 챤을 노려봤다. 하지만 챤은 뭐가 마음에 들지 않는지 잔뜩 인상을 쓰고 있었다.

그런 챤의 모습에 올리비에는 속으로 찔끔하며 자신이 뭘 잘못했는지 한참 동안 고심해야만 했다. 그러나 자신이 무엇을 실수했는지 전혀 깨달을 수가 없었다.

"챤은 지금 렌죠 씨가 착용하고 있는 그 플레이트 메일을 벗으라고 말하고 있는 거예요."

"아~ 예, 알겠습니다."

그제야 챤이 뭘 지적하는 것인지 깨달은 올리비에는 황급히 배낭과 모래주머니를 풀어놓고 전신에 걸치고 있던 강철의 플레이트 메일을 벗었다. 그런 올리비에의 행동은 주위 사람들의 시선은 전혀 신경 쓰지 않는 것이었다.

비록 땀에 절어 있기는 했지만 다행히도 플레이트 메일 속에는 반팔 상의와 반바지를 걸치고 있었다.

전신이 날아갈 듯 가벼워진 것을 깨달은 올리비에는 몸속에서 힘이 뻗치는 것을 느끼며 모닝스타와 스콜피온 테일을 잡은 손에 잔뜩 힘을 주었다.

올리비에의 모습을 살펴보던 챤은 그의 자세가 10여 일 전보다 훨씬 안정되었다는 것을 눈치 챌 수 있었다. 또 비록 올리비에가 자세를 낮추고는 있었지만 그의 몸놀림이 훨씬 빨라졌다는 것 역시 알 수 있었다.

'호호호, 꽤나 노력을 한 모양인데, 어디 점검해 볼까?'

"마스터, 그럼 공격을 하겠습니다."

말을 마침과 동시에 올리비에는 재빨리 다가들며 왼손에 들고 있던 스콜피온 테일을 휘둘렀다. 말 그대로 전갈이 독침으로 공격을 하듯 일직선으로 쟌을 향해 날아갔다.

획!

쟌은 충분한 거리를 두고 상체를 뒤로 눕혔다. 하지만 스콜피온 테일의 공격 범위는 의외로 넓어 쟌의 턱을 아슬아슬하게 스치고 지나갔다. 쟌 역시 속으로 뜨끔했지만 애써 태연한 표정을 지으며 재빨리 몸을 뒤로 이동했다.

그런 쟌의 모습에 회심의 미소를 지어 보인 올리비에는 계속해서 스콜피온 테일을 휘두르며 모닝스타를 휘두를 기회를 노리고 있었다. 그러다 쟌이 별다른 반격을 하지 못하고 계속해서 뒤로 물러서자 상체를 낮춘 채 재빨리 앞으로 이동한 올리비에는 쟌의 하체를 향해 힘껏 모닝스타를 휘둘렀다.

근처에서 그 모습을 지켜보던 사람들은 금방이라도 쟌의 하체가 피투성이로 변한 채 나뒹굴 것 같아 잔뜩 긴장을 하지 않을 수 없었다. 그러나 그들 가운데 셸이나 카타리나만은 여유있는 표정으로 두 사람의 대결을 지켜보고 있었다.

올리비에의 연이은 공격에 완전히 공격 범위에서 벗어날 수 없다고 판단한 쟌은 지체없이 지면을 박차고 허공으로 몸을 날렸다. 그 모습에 올리비에의 눈이 반짝였다. 그리고는 허공에 뜬 쟌의 몸통을 향해 사정없이 모닝스타를 휘둘렀다.

휘익!

누가 봐도 쟌은 올리비에의 공격을 피할 수 없을 것처럼 보였다. 쟌도 설마 올리비에의 몸놀림이 이렇게 빨라졌을 줄은 상상 못했기에 조금은 당황했다. 하지만 순순히 당할 쟌이 아니었다.

재빨리 들고 있던 목검에 마나를 잔뜩 집어넣고 자신을 향해 날아오는 모닝스타를 향해 휘둘렀다.

땅!

요란스런 쇳소리와 함께 모닝스타가 뒤로 튕겨 나갔고, 올리비에는 그것마저 예상했는지 막 지면으로 내려서는 쟌을 향해 지체없이 스콜피온 테일을 휘둘렀다.

물론 쟌도 올리비에가 스콜피온 테일을 휘두르는 것을 봤지만 상대와의 거리를 짐작하니 공격이 닿을 거리는 아니었기에 특별히 수비를 하지는 않았다. 하지만 그때, 촤르르르 하는 소리와 함께 스콜피온 테일의 금속 손잡이에 달려 있던 세 개의 쇠뭉치가 쟌을 향해 무서운 속도로 날아갔다. 더구나 50센티미터에 불과했던 쇠사슬이 금속 손잡이에서 쭉 뽑혀 나오며 3미터 밖의 쟌의 상체를 당장이라도 박살 낼 듯 날아들었다.

이때만큼은 쟌도 깜짝 놀랐다.

황급히 목검을 휘둘러 쇠사슬을 후려치자 스파이크가 달린 쇠뭉치가 살벌한 소리를 내며 머리 위를 스치듯 지나갔다.

자신이 그동안 준비한 회심의 일격이 빗나가자 올리비에는 실망감을 감출 수 없었다. 그렇다고 자신의 공격이 반드시 성공할 것이라 생각하지는 않았지만 그래도 쟌이 당황해 놀라는 표정은 볼 수 있을 것이라고 생각했었다. 하지만 쟌은 마치 그런 자신의 공격을 예상이라도 한 사람처럼 너무나 태연하게 막아내는 것이 아닌가?

올리비에가 그런 생각 때문에 잠시 멈칫하는 사이 그의 품으로 뛰어든 쟌은 그의 가슴에 양쪽 손을 살짝 대었다가 부드럽게 내뻗었다.

펑!

쟌의 부드럽고 가벼운 동작과는 어울리지 않게 커다란 소리가 올리비에의 가슴에서 울려 퍼짐과 동시에 그의 몸은 마치 한 장의 낙엽처럼 뒤쪽으로 날아가 버렸다.

쿵!

몇 미터를 맥없이 날아가 떨어진 올리비에는 방금 자신에게 무슨 일이 일어난 것인지 이해가 되지 않는 듯 어리둥절한 표정을 지을 뿐이었다. 게다가 그의 얼굴을 보면 쟌의 공격에 대한 타격은 전혀 받지 않은 듯 보였다.

쟌의 손이 자신의 가슴에 닿는 순간 자신의 몸이 가볍게 허공으로 떠오르는 것을 느꼈다. 동시에 거부할 수 없는 엄청난 힘이 자신을 부드럽게 밀치는 것이 느끼고는 미처 손을 쓸 틈도 없이 날아가 버릴 수밖에 없었다.

그 광경은 두 사람의 대결을 지켜보던 사람들의 눈마저 의심케 만들기 충분한 광경이었다.

"헤르난 형, 저 자식… 혹시 마법사였어?"

"아, 아니다. 특이한 무술을 익히기는 했지만 마법에 대해서는 전혀 모른다고 들었는데……."

"마법사도 아니라면서 어떻게 사람을 저렇게 날려 보낼 수 있는 거지?"

"글쎄다, 나도 처음 보는 광경이라……."

"저 자식은 대체 어디서 튀어나온 놈이야?"

루이스는 도저히 믿을 수 없는 광경에 자신도 모르게 입을 쩌억 버렸다.

근처에 있던 쿠니오도 루이스의 말에 동감하는지 고개를 끄덕였다.

신분이 왕자이다 보니 좋아하지는 않았지만 검술 수업을 받은 적도 있었고, 근위 기사들이 훈련하는 모습이나 서로의 실력을 겨루는 대결을 지켜본 적도 많았다. 하지만 방금 자신이 직접 눈으로 확인한 광경은 도저히 믿을 수 없었다.

그저 슬쩍 손으로 민 것 뿐인데 저 황소만한 덩치를 가진 자가 설마 몇 미터나 날아갈 줄은 상상도 못했다. 그가 막 자신의 눈으로 본 놀라운 광경을 아내에게 설명하려는 순간 그가 발견한 것은 카타리나가 야릇한 미소를 지으며 고개를 끄덕이는 모습이었다.

"카타리나, 당신은 저 모습을 보고도 놀랍지 않소?"

"놀랍다니, 뭐가 놀랍다는 거죠?"

오히려 카타리나의 태도는 무덤덤했다.

그런 그녀의 반응에 쿠니오는 눈을 끔뻑거리며 멍한 얼굴로 그녀의 얼굴만 쳐다보고 있었다. 하지만 카타리나는 두 사람이 있는 훈련장을 바라보고 있을 뿐 별다른 말을 하지 않았다.

잠시 쓰러져 있던 올리비에를 바라보던 쟌은 그에게 다가가 손을 내밀었다. 적어도 겉모습만 보면 아들이 아버지에게 손을 내미는 것처럼 보였지만 올리비에의 팔목을 잡아당기는 쟌의 완력은 올리비에로 하여금 감탄을 금할 수 없게 만들었다.

쟌이 손목을 잡는 순간 팔 전체가 쩌릿한 것을 느낄 정도로 엄청난 완력을 느꼈기 때문이었다.

역시 마스터란 생각을 하며 일어나던 올리비에는 자신보다는 훨씬 작은 자신의 스승을 쳐다봤다. 그리고 그의 얼굴에서 발견한 것은 여

태까지 보았던 싸늘한 표정이 아니었다.

"흐흐흐, 제법 노력한 흔적이 보이는군."

약간 비꼬는 듯한 쟌의 말임에도 올리비에는 마음 한구석이 흡족해지는 것을 느꼈다. 비록 듣기 좋은 말투는 아니었지만 그래도 쟌이 지금껏 자신에게 해준 말 중에서는 가장 듣기 좋은 칭찬이었다.

"정말 그렇게 생각하십니까, 마스터?"

"그래, 오늘 날 제법 놀라게 했다는 것은 인정하지."

"나름대로 준비를 하기는 했지만 마스터는 역시 마스터시더군요. 잔재주는 역시 마스터께는 통하지 않은 것 같습니다."

"만약 네가 스콜피온 테일의 쇠사슬을 조금만 더 늦게 선보였다면 나도 상당히 당황했을 거다. 하지만 자세가 흐트러진 것이나 손놀림이 어설픈 것을 보면 아직 손에 익지 않아 허점이 너무 많아. 너보다 하수를 만나면 별 상관 없겠지만 나 같은 고수를 만나면 어김없이 당할 거다. 한 가지 충고를 하지. '방심하면 죽는다' 라는 말을 절대 잊지 마라. 지금부터 너에게 필요한 것은 내 가르침보다는 네게 부족한 것이 무엇인지 스스로 깨닫는 것이다."

여느 때와는 다른 쟌의 말에 올리비에는 자신의 실력이 쟌이 인정하는 어느 정도의 수준에 올랐다는 것을 깨달았다. 물론 만족할 만한 수준의 실력은 아니라는 것은 그도 알고 있었다. 하지만 자신이 목표로 삼았던 쟌에게 그저 한 걸음 더 다가갔다는 것으로 충분히 만족할 수 있었다.

"명심하겠습니다, 마스터."

"그런데 저것들은 뭐냐?"

산이 턱으로 가리키는 곳을 바라보던 올리비에는 곧 대답을 했다.

"크리스토퍼님 휘하에 있던 용병들 가운데 그래도 쓸 만한 친구들입니다. 제가 훈련하는 것을 보고 같이 훈련하겠다는 자들을 모아 같이 훈련했습니다. 하지만 훈련이 너무 힘들다는 이유로 대부분 그만둬서 지금은 겨우 열 명 남짓밖에 남지 않았습니다."

"실력은?"

"제각각이긴 하지만 그래도 좀 더 강해지려는 의욕은 상당합니다."

올리비에의 말에 쟌의 반응은 의외로 냉소적이었다.

"의욕만 가진다고 강해질 수 있다면 세상에 약할 놈은 한 녀석도 없을 거다."

그런 쟌의 심정을 이해하는 것처럼 미소를 짓던 올리비에는 그래도 그들을 변호하듯 입을 열었다.

"저들에게 마스터께서 돌아오시면 훈련하는 것을 지도해 주신다고 했으니 언제 시간이 나시면 한번 봐주십시오."

"쓸 만한 녀석이 있으면."

매정하게 내뱉듯 말을 하고 몸을 돌리는 쟌이었지만 올리비에는 결코 실망하지 않았다. 저 독사눈 마스터는 말은 저렇게 해도 결코 자신에게 도움을 청하는 사람들을 모른 척하지 않는다는 것을 셀을 통해서, 또 그동안의 경험을 통해서 익히 알고 있었기 때문이다.

"알겠습니다, 마스터. 그럼 그들에게 그렇게 전하겠습니다."

"흥! 전하든지 말든지."

툴툴대던 쟌은 곧 셀과 함께 그 자리를 떠났고, 올리비에는 그제야 한쪽에서 자신을 지켜보고 있던 헤르난에게 정중하게 고개를 숙여 보였다.

헤르난은 그저 손을 들어 인사를 받았고, 곁에 있던 루이스나 필립은 저런 근육질의 사내가 보통 사람의 체격과 다를 바 없는 쟌에게 꼼짝도 못하는 모습을 한 번도 본 적이 없기에 몇 번이나 쟌과 올리비에의 체격을 비교하고 있었다.

이미 훈련장을 떠났을 줄 알았던 쟌은 그리 멀지 않은 곳에 털썩 주저앉은 채 눈을 감고 있었고, 조금 떨어진 곳에 앉은 셸은 그런 쟌의 모습을 그윽한 눈으로 바라보고 있었다. 또 그들과 좀 더 떨어진 곳에 쿠니오 부부가 두 남녀를 지켜보고 있었고, 다시 그들과 조금 떨어진 곳에 헤르난 형제가 그들을 지켜보고 있었다.

"저건 또 뭐 하는 짓거리지, 형?"

"그, 글쎄다."

헤르난은 루이스의 질문이 있을 때마다 자신이 과연 쟌에 대해서 무엇을 알고 있을까 하는 생각이 들었다. 그와 함께 지내 쟌에 대해서 어느 정도 알고 있다고 생각해 왔는데 그건 아마도 자신만의 착각이었던 것 같았다.

흑장미성의 하루는 그렇게 저물어가고 있었다.

㉚장
훈련 또 훈련, 그리고 훈련

잔이 흑장미성으로 돌아온 지도 벌써 며칠이 지났다. 하지만 이전과 비교해 너무나 어수선하게 변한 성안의 풍경이 잔으로서는 전혀 마음에 들지 않았다.

물론 전쟁을 치르기 위해서는 어쩔 수 없다는 것은 알고 있지만 저마다 목적과 계산을 가지고 흑장미성을 찾아오는 각양각색의 사람들로 인해 발생하는 갖가지 소란은 정말 참을 수 없을 정도였다. 그리고 그소란의 대부분은 어중이떠중이 같은 용병들이 일으키는 것이었다.

실력도 없는 것들이 갖은 소란이란 소란은 다 일으키는 것을 지켜보는 건 정말 고역이 아닐 수 없었다.

하루에도 몇 번이나 소란을 일으키는 용병들을 박살 내고 싶은 심정은 정말 굴뚝같았지만 일단 헤르난을 돕겠다고 결정을 내린 사람이 자신이라는 것을 떠올리며 애써 눌러 참고 있었다. 하지만 그 도가 지나쳐 쟌이 참고 못하고 자리를 박차고 일어날 때는 근처에 있던 셸이 쟌을 붙잡았다.

아마도 셸이 없었으면 상당수의 용병들이 헤르난에게 고용되자마자 부상자 명단에 오르는 불상사를 당할 뻔했다.

그날도 쟌은 건들거리는 용병들과 상인들로 보이는 자들이 온 성안을 휘젓고 다니는 것을 못마땅한 표정으로 노려보며 애써 화를 눌러 참고 있었다.

"비키란 말이야, 이 자식들아!"

우렁찬 음성과 함께 사람들이 뿔뿔이 흩어지는 모습이 보였다. 그리고 그런 사람들의 중심에는 엄청난 덩치를 가진 거한 둘이 근처에 있던 사람들에게 화를 내고 있었다. 그런 그들의 손에는 엄청난 크기의 글레이브가 들려 있었다.

사람들은 비명을 지르며 그들을 피해 도망치느라 그들이 있던 곳은 일순간 엄청 소란스럽게 변했고, 며칠 동안 꾹꾹 눌러 참았던 쟌의 인내심도 드디어 한계에 달하고 말았다.

근처에 있던 셸은 그 모습을 보고도 그를 제지하지 않았다. 그동안 쟌이 많이 참았다고 생각했기 때문인지, 아니면 그녀 역시 주위를 소란스럽게 만드는 그들이 마음에 들지 않기 때문인지 그저 조용히 쟌을 따라 걸음을 옮길 뿐이었다.

자신들을 피해 뿔뿔이 흩어지는 사람들의 모습을 보며 덩치들은 흡족해하는 웃음을 짓고 있었다. 그러나 도망치는 사람들과는 반대로 자신을 향해 다가오는 쟌과 셸의 모습을 발견하는 순간 그들의 얼굴에 어렸던 웃음이 감쪽같이 사라졌다.

"형, 저것들은 뭐지?"

"나도 모르겠다. 하지만 저 자식의 얼굴은 정말 마음에 들지 않는군. 적당히 부숴놓아야 할 것 같다."

"그리고 보니 정말 재수없게 생긴 얼굴인데? 오랜만에 내 '블랙 울프'에게 피 맛을 보여줄 수 있겠군. 흐흐흐."

샤를이 들고 있던 글레이브를 등에 메고 스파이크가 잔뜩 박힌 메이스를 등에서 꺼내 들자 케로스도 글레이브를 등에 메곤 역시 보통의 베틀 엑스보다 훨씬 커다란 그레이트 엑스를 꺼내 들고는 무력시위라도 하듯 휘두르고 있었다.

2미터가 훨씬 넘는 키에 하드 레더 밖으로 드러난 그들의 몸은 갑옷 같은 근육들로 뒤덮여 있어 도저히 인간처럼 보이지 않았다. 게다가 들고 있는 무기조차 일반적인 모습이 아니니 사람들이 그들에게 겁을 내는 것도 어찌 보면 당연한 일이었다.

휘익~ 휙!

그레이트 엑스를 한 번 휘두를 때마다 세찬 바람이 주위로 몰아쳤다.

일명 트롤 형제라고 불리는 이들 두 형제에게서 멀리 떨어져 있던 사람들은 겁없이 이들에게 다가가는 쟌과 셸의 모습을 발견하고는 그들이 이들 형제에게 끔찍한 일을 당할 것이라는 생각에 안타까운 표정을 짓고 있었다.

케로스 형제의 3미터 앞으로 다가선 쟌이 걸음을 멈췄다. 그리고는 천천히 고개를 들어 두 사람을 쳐다봤다. 정말이지 쟌은 그저 쳐다봤을 뿐이었다. 하지만 쟌의 눈길과 마주친 케로스 형제는 순간 세상에서 가장 재수없는 얼굴을 봤다는 듯 잔뜩 인상을 썼다.

그러다 두 형제의 시선이 셸에게 향하는 순간 몬스터를 연상케 하는 그들의 얼굴 표정이 몽롱하게 변했다. 그녀는 지금껏 그들이 보아왔던 어떤 미녀와도 비교가 안 될 정도로 아름다웠다.

"이봐, 친구들. 좀 조용히 할 수 없나?"

평소와는 달리 조금 점잖게 입을 여는 쟌이었지만 상대의 반응은 전혀 점잖지 않았다.

"형, 이 쬐그만 꼬맹이가 방금 뭐라고 지껄인 거야?"

"잠깐만 기다려라, 샤를. 아름다운 레이디, 이름이 어떻게 되십니까?"

나름대로는 부드럽고 사근사근하게 말을 한다고 한 것이지만 워낙 거대한 체격이라 그의 음성은 귀가 따가울 정도로 컸다. 하지만 평소 그에게서는 절대 찾아볼 수 없었던 정중함이 음성에 배어 있었다.

"저는 셀레니온느 쥬벨이라고 해요."

"셀레니온느 쥬벨…… 정말 아름다운 얼굴에 어울리는 아름다운 이름이시군요."

케로스는 정말 아름다운 그녀에게 어울리는 아름다운 이름이라고 생각했다. 하지만 그의 눈을 거슬리는 것이 있었으니, 바로 그녀 곁에 선 쟌이었다.

마치 미녀의 존재를 한없이 추하게 만드는 커다란 혹 같은 존재, 셀 곁에 서 있는 쟌의 모습은 케로스의 눈을 한없이 거슬리게 만들었다.

"꼬마야, 이 아름다운 레이디 곁에서 그 못생긴 얼굴 좀 치워주지 않겠니?"

케로스의 말에 쟌의 눈썹이 사정없이 꿈틀거렸다. 그가 막 입을 열려는 순간 셀이 쟌의 앞을 가로막고 나섰다.

"말씀이 너무 심하시군요. 상대의 외모를 비하하는 것은 사내로서

부끄러운 행동이 아닌가요?"

비록 셀이 얼굴을 굳힌 채 싸늘하게 말을 했지만 케로스는 그 음성마저도 너무나 듣기 좋았다.

"아름다운 얼굴에 어울리는 정말 아름다운 음성이구려. 시간이 괜찮으시다면 우리와 함께 근처에 있는 호수를 구경하러 가지 않겠소?"

"어서 이 사람에게 사과를 하세요."

"내가 저 못생긴 꼬마에게 사과를 하면 우리와 같이 호수로 구경을 가겠소?"

"지금 무슨 말을 하시는 거죠? 잘못했으면 당연히 사과를 해야 하는 것 아닌가요? 게다가 내가 왜 당신들과 함께 호수 구경을 가야 하죠?"

셀의 조금은 분노가 실린 음성에 케로스의 입가에 비릿하고 야비한 웃음이 걸렸다.

"왜 우리와 함께 호수 구경을 가야 하느냐? 그렇지 않으면 저 못생긴 꼬마는 오늘 우리에게 죽도록 맞게 될 것이기 때문이오. 설마 이렇게 아름다운 레이디께서 저 꼬마가 병신이 될 때까지 얻어맞길 원하지는 않을 것이오. 그렇지 않소?"

형 케로스의 말에 샤를은 그의 말을 증명이라도 하듯 스파이크가 잔뜩 박힌 메이스를 위협이라도 하듯 들어 보였다.

말도 안 되는 소리를 태연하게 하는 그들 형제의 태도에 셀은 정말 화가 치밀었다. 하지만 그저 양 볼이 조금 붉어졌을 뿐인 그녀의 얼굴은 오히려 더 아름답게만 보였다.

막 앞으로 나서려는 쟌을 제지한 셀은 두 사람을 바라봤다.

"도저히 용서할 수 없는 사람들이군요. 쟌을 대신해 당신들에게서 사과의 말을 꼭 받아내겠어요."

"호오~ 우리에게서 사과의 말을 받아내시겠다? 어떻게 말이오? 우리에게 아양이라도 떨 생각이오? 그렇다면야 얼마든지 환영이오. 흐흐흐."

"이것 봐, 레이디. 나도 있으니까 나에게도 신경을 좀 써주라고. 형만 상대하면 내가 섭섭하잖아. 흐흐흐."

두 형제의 말에 부르르 몸을 떨던 셀은 한 걸음 뒤로 물러나 지체없이 실라페를 소환했다.

날개가 달린 말이 허공에서 모습을 드러내는 순간 주위에 세찬 바람이 휘몰아쳐 왔다. 곁에서 그 광경을 지켜보던 쟌은 과거에 비해 실라페의 크기가 몇 배 이상 커졌다는 것을 발견하고는 잠시 고개를 갸웃거렸다. 하지만 정령에 대해 아는 것이 없어 셀이 각성을 했기 때문에 실라페의 크기도 달라졌다고만 생각할 뿐이었다.

셀이 실라페를 소환하자 그녀를 바라보고 있던 케로스 형제는 조금은 놀란 표정을 지으며 그녀의 얼굴을 쳐다봤다. 하지만 그것은 단순히 셀이 실라페를 소환했기 때문이지 실라페, 그러니까 바람의 중급 정령을 소환하는 정령사를 처음 만났기 때문은 아니었다.

어린 시절부터 용병 생활을 했던 그들은 바람의 상급 정령인 실라이온을 소환하는 정령사와 싸워본 적도 있었다.

거의 목숨이 경각에 다다를 정도로 극심한 부상을 입기는 했지만 실라이온을 소멸시키고, 그 정령사를 죽이는 데 가까스로 성공했다.

하지만 비교적 여유있는 모습으로 셀의 모습을 보고 있던 케로스 형제는 뭔가 상황이 자신들의 생각과는 다르다는 것을 곧 깨달아야만 했다. 셀을 호위하듯 모습을 드러낸 실라페의 수가 무려 세 마리라는 것을 발견했기 때문이다.

셸이 소환한 실라페의 크기가 일반적인 실라페의 크기보다 세 배나 큰 것도 눈길을 끌었지만 한꺼번에 세 마리의 실라페를 소환하고도 너무나 멀쩡한 셸의 모습에 눈앞의 이 아름다운 여인이 상당히 뛰어난 실력을 가진 정령사라는 것을 인정하지 않을 수 없었다.

거의 본능적인 동작으로 들고 있던 메이스와 그레이트 엑스를 쳐들자 실라페의 공격이 시작되었다.

"실라페, 윈드 펀치!"

순간 셸의 앞쪽에 있던 두 마리의 실라페가 크게 날갯짓을 했고, 날개에서 서너 줄기의 바람이 삽시간에 하나로 뭉치더니 케로스 형제에게 날아갔다.

피웅~

바람을 가르는 소리가 들리는 순간 케로스 형제는 황급히 무기를 들어 전면을 방어했다.

펑! 펑!

지지직~

윈드 펀치는 케로스 형제가 손목에 두르고 있던 팔목 보호대에 부딪친 후 사라졌지만, 충격이 보통이 아닌지 그들 형제는 거의 3미터 이상 뒤로 밀려났다. 물론 자신의 육체를 이용한 공격은 아니었지만 일반적인 실라페의 공격력을 훨씬 상회하는 엄청난 파괴력이었다.

넘어지지 않기 위해 최대한 몸을 웅크리기는 했지만 육중한 자신들의 몸이 맥없이 뒤로 밀리자 케로스는 소스라치게 놀랐다. 좀 전에 느낀 충격으로 보아 셸의 실력은 그 정도가 아닌 것 같다는 느낌이 들었다.

"샤를, 방심하지 마라. 보통이 넘는 것 같다."

"알았어, 형."

긴장감을 감추지 못하던 샤를은 침을 삼키며 케로스의 곁을 떠나 셀의 측면으로 돌아갔다.

그 모습을 지켜보던 쟌은 셀을 도울까 하는 생각을 했지만 일단은 지켜보기로 했다.

케로스와 샤를이 갈라져 자신의 양 옆으로 다가오자 셀은 즉각적으로 반응했다.

"실라페, 윈드 해머!"

세찬 바람이 자신에게 몰려오는 것을 느낀 샤를은 그 중심을 향해 힘껏 메이스를 휘둘렀다.

파앙! 우지직~

요란한 소리와 함께 실라페의 공격은 사라졌지만 샤를의 메이스 역시 두 동강이 나버렸다. 몇 년 동안이나 사용했지만 아직도 새것처럼 금조차 간 곳이 없었다. 그런데 상대의 공격 한 번에 박살이 나버린 것이었다.

황급히 글레이브를 뽑아 든 샤를의 팔은 조금 전 충격 때문에 가볍게 경련을 일으키고 있었다.

동생이 황급히 뒤로 물러나는 모습을 발견한 케로스는 재빨리 셀에게로 다가가 그레이트 엑스를 휘둘렀다. 하지만 셀의 가녀린 모습에 자신도 모르게 그레이트 엑스를 잡은 손에 힘이 빠졌다.

"에어 스크린!"

팡!

가죽 공이 터지는 듯한 소리와 함께 그레이트 엑스를 잡은 채 뒷걸음질치고 있는 케로스의 모습이 보였다. 그 모습에 셀은 얼마 전 구입

한 레이피어를 뽑아 들고는 케로스를 향해 달려들었다.

"정령검사?"

셀의 모습이 뜻밖이었는지 케로스는 잠시 놀란 얼굴로 그녀를 바라보다가 황급히 그레이트 엑스를 들어 상체 앞에 세웠다. 비스듬히 레이피어를 들고 있던 셀은 지면과 수평으로 레이피어를 휘둘렀다.

휘이익~

날카로운 소리를 내며 레이피어가 발목을 노리고 날아들자 케로스는 어쩔 수 없이 뒤로 물러설 수밖에 없었다. 케로스가 뒤로 물러서자 셀은 더욱 다가들며 그의 복부를 향해 왼손을 뻗었다.

셀도 작은 키는 아니었지만 케로스의 키가 워낙 커 셀의 머리는 겨우 그의 가슴에 이를 뿐이었다.

셀의 갑작스런 행동에 케로스는 그 의도를 알 수 없어 어리둥절한 표정을 지었지만 셀의 외침을 듣는 순간 케로스의 얼굴은 곧 사색이 되고 말았다.

"라이트닝 볼트!"

케로스의 복부에서 섬광이 폭발하는 순간 거구의 케로스는 몇 미터나 날아가 처박혔다. 하지만 라이트닝 볼트는 그에게 충격만 준 것이 아니었다. 그건 쉴 새 없이 경련을 일으키고 있는 그의 전신이 증명하고 있었다.

"형!"

케로스가 섬광과 함께 날아가는 모습에 샤를은 비명 같은 외침을 지르고는 글레이브를 사정없이 휘두르며 셀에게 달려들었다. 하지만 그때는 이미 셀도 공격 준비를 마친 후였다.

"실레스틴, 스트라이크 블로우!"

셀의 외침을 듣는 순간 샤를은 자신을 향해 엄청난 바람이 몰려오는 것을 느끼고는 새하얗게 질린 얼굴로 황급히 몸을 피했다.

조금 전 실라페의 공격만으로도 엄청난 충격을 받지 않을 수 없었는데 상급 정령인 실라이온도 아닌 바람의 최상급 정령인 실레스틴을 소환할 줄이야…… . 정신없이 몸을 피하던 샤를은 갑자기 흰 빛덩어리 십여 개가 자신을 향해 날아오는 것을 발견하고는 자신도 모르게 걸음을 멈췄다.

"매직 미사일?"

파파파팡!

"크아악!"

엄청난 비명을 지르며 날아간 샤를은 지면에 처박혀 몇 번 꿈틀거리다가는 곧 정신을 잃고 말았다.

멀리서 그 모습을 지켜보고 있던 사람들은 가냘프기 그지없는 셀이 엄청난 거구의 사내들을 간단히 해치우는 것을 보고는 놀란 가슴을 좀처럼 진정시킬 수 없었다.

셀 곁으로 다가온 쟌은 그때까지도 사라지지 않고 허공을 날아다니고 있던 와이번 모양의 반투명한 물체를 신기한 듯 쳐다봤다. 커다란 독수리만한 크기를 가진 실레스틴에게서는 엄청난 기운이 느껴졌다.

"이것 정말 대단한 녀석인데? 이름이 뭐지?"

"실레스틴이에요. 바람의 최상급 정령이죠."

"전에는 뭐야, 실라펜가 하는 녀석을 소환하지 않았었나?"

"쟌의 말이 맞아요. 그런데 제가 각성을 하고 난 후 정령에 대한 친화도가 더욱 높아져 최상급 정령을 소환할 수 있게 되었어요. 게다가 몸속의 마나도 너욱 늘어 이센 5글래스의 마법까지 쓸 수 있게 되있어요."

"아름다워진 것으로도 부족해 강해지기까지 했다니……. 나도 그 각성이라는 것을 할 수는 없을까?"

"쟌도 참……."

아름답다는 쟌의 말에 셸의 얼굴은 은은하게 붉어졌다.

두 사람이 닭살스러운 모습을 연출하고 있을 때 땀을 뻘뻘 흘리며 달려오는 사람이 있었다.

올리비에였다. 방금까지도 훈련을 하고 있었는지 그의 전신은 온통 땀으로 흠뻑 젖어 있었다.

"마스터."

"어? 훈련을 하고 있어야 할 인간이 여긴 웬일이야?"

"웬 녀석과 마스터께서 싸우고 있다고 해서 이렇게……."

"싸운다는 말을 들었기 때문에 왔다고? 왜, 내가 얻어맞기라도 할 것 같아서?"

"그게 아니라…… 대체 어떤 놈들이 겁도 없이 마스터께 덤볐는지 궁금해서 왔습니다. 마스터께서도 말씀하지 않으셨습니까? 고수들이 싸우는 모습을 보기만 해도 실력이 많이 는다고 말입니다. 그래서 구경하려고 왔습니다."

올리비에의 대답에 쟌은 기가 막히다는 표정을 지었다. 하지만 곧 무슨 생각을 했는지 씨익 웃고는 입을 열었다.

"그런데 이걸 어쩌나? 싸움이 벌써 끝나 버려서 말이야. 게다가 오늘은 셸이 끝장내 버렸거든. 정말 굉장했는데 그걸 보지 못했다니 정말 안됐어. 정령술과 검술, 그리고 마법의 절묘한 조화였는데 말이야."

쟌의 말에 올리비에는 입맛을 다실 수밖에 없었다. 자연 그의 화풀이 상대는 이제 막 기절에서 깨어난 케로스 형제였다.

"아니, 이게 누구야? 그 이름도 유명한 트롤 형제가 아니신가?"

"다, 당신은 렌죠?"

"그래, 나 올리비에 렌죠다. 가만가만…… 그렇다면 건방지게 마스터께 시비를 걸었다는 놈들이 바로 네 녀석들이냐?"

올리비에의 말에 케로스는 일순간 인상을 쓰긴 했지만 찜찜한 생각이 들어 떨떠름한 표정을 짓지 않을 수 없었다.

성질이 개차반 같기로 악명이 자자한 올리비에와 연관이 있는 사람을 건드렸다는 생각 때문이었다. 하지만 가만히 생각해 보니 그가 거론하는 '마스터'란 단어가 상당히 귀를 자극했다.

"방금 마스터라고 했는데, 대체 누가 렌죠님의 마스터란 말입니까?"

"멍청한 놈들. 하긴, 나도 알아보지 못한 마스터를 너희 같은 놈들이 알아볼 리 만무하지. 그래도 레이디 셸께서 적당히 손을 썼기에 망정이지 예전 성격 같았으면 벌써……."

엄지손가락을 치켜세워 턱 아랫부분을 스윽 그었다.

"너희들은 레이디 셸께서 마스터를 대신해 나서신 것을 신께 감사드려야 할 거다. 만약 마스터께서 나서셨다면 아마 반년은 꼼짝도 못할 정도로 끔찍하게 얻어터졌을 거다."

"에에?"

올리비에의 말에 케로스 형제는 도저히 믿을 수 없다는 표정으로 여전히 닭살스러운 모습을 연출하고 있는 쟌을 쳐다보았다.

"저 못생긴 꼬마가 그렇게 강하단 말입니까?"

"말버릇하곤…… 불의 용병왕이라고 불리는 로고스 크리스토퍼님의 이름을 들어본 적이 있나?"

"그야 물론이죠. 물의 용병왕이라고 불리는 타나룬 뮤겔님과 마검사로 명성을 날리고 있는 카멜 제이슨님과 더불어 제국의 3대 용병왕이라고 불리는 분 아니십니까? 비록 멀리서지만 그분의 모습을 뵌 적이 있습니다."

"그래, 그분을 보니 어떻던가?"

"정말 강하다는 것이 어떤 것이라는 걸 전 그분을 뵙고 처음 깨달았습니다. 그분처럼 강해지는 것이 저희들의 목표입니다. 그런데 크리스토퍼님 이야기는 왜 꺼내시는 겁니까?"

"이 멍청한 놈들아, 내가 모시고 있는 저 마스터께서는 얼마 전 크리스토퍼님과 겨루어 무승부를 기록하셨단 말이다. 저분이 얼마나 강한 분인지 이제 알겠냐?"

"예에?! 정말입니까?"

불신의 기색이 완연한 케로스 형제의 모습에 혀를 차던 올리비에는 조금은 거만한 표정으로 입을 열었다.

"안면이나 없는 놈들이었으면 박살을 냈겠지만 아는 처지니 그럴 수도 없고…… 정신을 차렸으면 어서 가봐라."

올리비에가 막 돌아서려고 할 때 쟌의 음성이 들렸다.

"올리비에, 그 자식들 좀 끌고 와."

"예, 마스터!"

쟌의 음성을 듣는 순간 마치 말 잘 듣는 꼬마처럼 변한 올리비에의 모습에 케로스 형제는 그저 멍하니 그의 얼굴을 바라볼 뿐이었다.

"일어나. 내 말 안 들려?"

하지만 케로스나 샤를은 계속 그의 얼굴을 바라볼 뿐 꼼짝도 않고 있었다.

잠시 그들의 모습에 인상을 쓰던 올리비에는 그대로 그들의 뒷덜미를 잡고는 쟌에게로 끌고 가기 시작했다. 그들이 정신을 차렸을 때는 이미 쟌 앞에 도착하고 난 후였다.

"일어서."

"왜 이렇게 얼이 빠져 있는 거야?"

올리비에는 인상을 쓰며 그들의 뒷덜미를 잡은 손에 힘을 주고는 그대로 그들을 일으켰다. 케로스와 샤를의 몸 곳곳을 꼼꼼히 살핀 쟌은 곧 고개를 끄덕였다.

"힘도 꽤 있는 것 같고, 뼈다귀도 이 정도면 제법 단단히 여물었군. 조금만 손을 보면 제법 쓸 만하게 만들 수 있겠군. 올리비에."

"예, 마스터."

"오늘부터 이 녀석들을 훈련에 참가시키도록."

"그럼 이 녀석들이 제 사제가 되는 겁니까?"

기대감 어린 올리비에의 말에 쟌은 싸늘한 조소가 어린 얼굴로 입을 열었다.

"내가 그래, 제자로 받아들일 놈이 없어 이런 놈들을 제자로 받아들일 줄 알았냐? 이 녀석들은 너의 제자가 될 자격도 없는 놈들이야. 쟌말 말고 앞으로 몇 개월 동안 이 녀석들을 혹독하게 훈련시키도록 해. 알겠어?"

"물론 훈련이야 시키겠지만 훈련을 받고 있는 다른 녀석들도 적지 않으니 마스터께서 자주 지도를 해주셨으면 합니다."

"다른 녀석들은 요즘 어떻게 지내고 있나?"

"열심히 훈련하는 녀석들은 몇 명 되지 않습니다. 다들 도망칠 궁리만 하는 것 같습니다."

"이것들이 감히 그랬단 말이지. 알았어. 내가 곧 방문을 해 곡소리나오도록 만들어주지."

이를 부드득 가는 쟌의 모습을 보며 올리비에는 도망을 계획하던 용병들의 비참한 말로가 보이는 것 같아 몸을 부르르 떨었다. 지금까지의 경험을 통해 결과를 유추해 보면 족히 몇 달은 고생해야 할 정도로 언어터질 것은 묻지 않아도 뻔한 일이었다.

올리비에는 비록 자신이 고자질하기는 했지만 그들이 맞이해야 할 불행한 일에 대해 미리 조의를 표했다.

"어때? 소득은 좀 있어?"

"예? 그게 무슨 말인가요?"

"어제 헤르난이 외가의 보물들을 가져와 셸에게 보여주었잖아? 제로의 유물이 거기에 있었냐고."

호수에서 불어오는 바람은 옷깃을 여미게 만들 정도로 싸늘했다. 그러나 쟌도 셸도 그 바람이 시원하게 느껴지는지 그저 호수만을 바라보고 있었다.

"안타깝게도 그중엔 없었어요."

"그래? 그럼 어쩐다? 찾아 나서야 하나?"

"예?"

셸이 눈을 동그랗게 뜨자 쟌은 별것 아니라는 듯이 입을 열었다.

"어쩔 수 없잖아. 지금 셸의 입장에서는 어떻게든 제로의 유물을 찾아야만 하고, 여기서는 찾을 수 있는 방법이 없으니 정보를 입수하기 위해서라도 찾아 나서야 하는 것 아니야?"

"그건 그렇지만……"

"왜, 다른 문제라도 있어?"

쟌의 말에 셸은 물끄러미 그의 얼굴을 쳐다봤다.

셸이 아무 말 없이 자신의 얼굴만 바라보자 쟌은 어색함을 느끼면서도 그녀가 왜 자신을 바라보는 것인지 영문을 알 수 없었다.

다시 호수 쪽으로 고개를 돌린 셸이 천천히 입을 열었다.

"어머니가 세상을 떠난 후 전 철저히 혼자였어요. 그것은 엘프들의 마을에서도 마찬가지였어요. 그들의 도움이 고맙기는 했지만 나에게 원한을 심어준 이 또한 엘프였기에 그들에게 좀처럼 정을 느낄 수 없었어요. 비록 그동안 그들이 저에게 베풀어준 은혜에 보답을 하기 위해 이렇게 제로의 유물을 찾고는 있지만, 이건 그저 은혜에 대한 보답일 뿐 절대 그들에 대해 정을 느꼈기 때문이 아니에요."

애써 무심한 척, 담담히 이야기를 했지만 그녀의 음성은 희미하게 떨리고 있었다.

쟌은 그녀의 심정을 충분히 이해할 수 있었다. 왜 그렇지 않겠는가? 30년 가까운 세월을 보낸 곳이다. 아무렇지 않은 척하려 해도 그녀의 뇌리에는 엘프 마을에서 보냈던 세월들이 새삼스럽게 떠오를 것이 분명했다.

게다가 단 한 번 자신에게 베풀어진 은혜를 갚기 위해 누구보다 노력을 했던 자신이 아닌가? 그녀의 입장을 십분 이해할 수 있었다.

"제가 엘프 마을을 떠난 후 느낀 것은 살아 있는 동안 다시는 누구든 사랑하지 못할 거란 거였어요. 그게 인간이든 엘프든 말이에요. 그러다 쟌, 당신을 만났어요. 날 꼬마라고 몰아붙이는 당신의 태도에 처음에는 화가 나기도 했지만 어느 순간부터인지 당신에게 호감이 생기기 시작했어요. 정말이지 그때는 무척이나 당황스러웠어요. 처음에는 이유를 알 수 없었지만 곧 그 이유를 알게 되었죠. 누군가에게 받은 은혜에 보답하기 위해 노력하는 당신의 모습이 바로 나의 모습이라는 것을 깨달았기 때문이죠."

"그건 나도 마찬가지였어. 셀이 엘프 마을을 구하기 위해 고생하는 것이 나의 모습과 같았기 때문에 셀에게 호감을 느끼게 된 것 같아."

쟌의 말에 빙그레 미소를 짓던 셀이 말을 이었다.

"사랑해요, 쟌. 원래 계획대로였다면 제로가 남긴 유물을 찾기 위해 벌써 떠났어야 했지만 쟌과 헤어지기 싫어서 실은 망설이고 있던 중이었어요. 휴우~"

셀의 한숨을 듣는 순간 쟌은 가슴이 답답해져 오는 것을 느꼈다. 조용히 팔을 뻗어 셀의 어깨를 감싸 안자 셀은 기다렸다는 듯이 쟌의 가슴에 머리를 기댔다.

셀의 길고 부드러운 머리카락을 만지던 쟌은 여전히 호수에서 눈을 떼지 않은 채 입을 열었다.

"미안해, 셀."

"무엇 때문에 쟌이 사과를 하는 거죠?"

"내가 좀 더 신중하게 셀의 입장에 대해 생각을 하고 결정했어야 했는데 너무 경솔하게 헤르난을 돕기로 한 것 같아."

"아니에요, 그렇지 않아요. 쟌은 카타리나 공주를 돕고, 또 본인의 기억을 찾기 위해 헤르난 전하를 돕기로 한 거잖아요. 쟌의 결정은 잘못된 것이 아니에요."

"아니야. 내게는 두 왕국의 독립보다 셀이 더 중요해. 게다가 내 기억을 반드시 찾을 수 있다는 확신도 없잖아."

쟌의 말에 잠시 고개를 들었던 셀은 갑자기 추위를 느끼는지 쟌의 가슴으로 파고들었다.

"내가 아는 셀은 드래곤 때문에 언제 멸망할지 모르는 동족을 두고 나와의 사랑 때문에 모든 걸 잊어버릴 여자가 아니야. 또 나 역시 셀이 그러기를 원하지 않아. 내년 5월까지는 아직 시간이 있으니까 일단은 정보라도 찾아보는 것이 어때?"

"하지만 쟌은 치료도 해야 하고 또 용병들을 훈련도 시켜야 하는데……."

"쉬~ 남들 생각은 이제 그만 하고 자신의 욕심도 좀 챙기도록 해."

셀의 입을 손가락으로 가로막은 쟌은 이야기를 하며 갑자기 짓궂은 표정을 지었다.

"폴렌 시에 있을 때 어느 날 갑자기 셀이 사랑스럽게 느껴져 얼마나 당황했는지 알아?"

"그랬어요?"

"당연하지. 여자에게는 관심도 없던 내가 그때까지 앙숙이었던 꼬마 여자애에게 갑자기 사랑을 느꼈는데 당황스럽지 않을 리 만무하잖아."

"후후후."

당시의 모습이 생각나는지 셀은 나직하게 웃음을 터뜨렸다. 그러다 갑자기 고개 들어 쟌의 얼굴을 바라봤다. 갑작스런 셀의 행동이 이해되지 않아 쟌이 어리둥절해할 때 갑자기 셀의 얼굴이 다가왔다. 그리고 셀의 작은 입술이 쟌의 입술과 살며시, 그리고 감미롭게 부딪쳤다.

순간 쟌은 자신의 머리 속이 새하얗게 변하는 것을 느꼈다.

너무나 생소한 느낌이었지만 싫지 않은, 아니, 너무나 기분 좋은 황홀한 느낌이었다.

지그시 눈을 감은 쟌은 셀의 양 뺨에 손을 올려 부드럽게 감쌌고, 셀은 쟌의 목에 두 팔을 둘러 입맞춤에 열중했다.

싸늘하게만 느껴졌던 호수의 바람도 어느새 봄바람처럼 포근하게 변해 두 연인을 감싸고 지나갔다.

얼마나 시간이 지났을까?

두 사람이 아직 정신을 차리지 못하고 있을 때 쟌을 부를 소리가 들려왔다.

"마스터! 마스터! 어디 계십니까?"

올리비에의 음성이 마치 마법에 걸린 두 연인을 깨어나게 만드는 신비의 음성이라도 된 듯 쟌과 셀은 천천히 입술을 떼고 눈을 떴다. 그리고 쑥스러움을 견디지 못한 쟌이 애써 태연한 척 입을 열었다.

"올리비에 저 자식은 우리 둘이만 있으려 하면 어떻게 알고 귀신같이 쫓아오는지 모르겠군."

마치 맛난 음식을 냄새만 맡고 빼앗긴 어린아이처럼 투덜대는 쟌의 모습에 셀은 도저히 웃음을 참을 수 없었다.

잠시 후 주위를 두리번거리며 나타난 올리비에의 곁에는 하얀 사제복을 걸친 60대 초반으로 보이는 초로인이 서 있었다.

그림처럼 앉아 있는 쟌과 셀의 모습을 발견한 올리비에는 곧 손을 흔들고는 노인과 함께 그들이 앉아 있는 곳으로 걸음을 옮겼다. 그런데 노인을 대하는 올리비에의 태도가 상당히 정중한 것을 보니 그의 신분이 어지간히 높은 모양이었다.

"복장을 보니 사제 같은데…… 무슨 일이지?"

"혹시 쟌을 치료하기 위해 온 것은 아닐까요?"

"치료?"

셀의 말을 반문하는 쟌의 표정은 시큰둥하기만 했다.

왜 그런 표정을 짓고 있는 것인지 셀은 궁금했지만 왠지 물어서는 안 될 것 같다는 생각에 그냥 입을 다물고 있었다.

"휴우~ 여기 계셨군요. 이분은 마스터를 만나기 위해 오신 질병과 치료의 신, 발탄 교단의 교황이신 에르난데스 피로델님입니다."

올리비에의 말에 쟌은 어쩔 수 없이 자리에서 일어나야만 했다.

상대는 한 교단의 교황이었다. 평소 귀족이나 가진 자들을 별로 좋아하지 않는 쟌이었지만 그렇다고 상대를 무시하려는 생각 때문은 아니었다. 남들이 가지지 못한 권력과 황금을 가지고 있으면서도 베풀 줄 모르는 인간들을 싫어할 뿐이었다.

"만나게 되어 반갑소이다. 난 쟌 가이야요."

"저는 셀레니온느 쥬벨이라고 합니다. 이렇게 발탄 교단의 교황이신 피로델 교황 각하를 만나뵙게 되어 무한한 영광입니다."

"나 역시 여러분을 만나게 되어 정말 반갑소이다."

어느 마을을 가든 흔히 볼 수 있는 용모를 가진 노인이었다. 에르난데스는 인생의 대부분을 산 노인에게서 볼 수 있는 무한한 포용력과 이해심을 가진 얼굴을 하고 있었다.

"레이디 쥬벨은 하프 엘프신가 보구려."

"그렇습니다, 피로델 교황 각하."

"요즘 숲과 평화의 종족인 엘프들을 별로 볼 수가 없어 안타까움을 금할 수 없었는데 오늘 이렇게 만나게 되니 정말 반가운 생각이 드는 구려."

웃음 지으며 하는 에르난데스의 말에 셸은 부드러운 미소로 화답했다.

"내가 가이야 씨를 이렇게 찾아온 이유는 헤르난 전하께 가이야 씨가 심한 부상으로 과거의 기억을 잃어버렸다는 이야기를 전해 들었기 때문이오. 해서 상처를 한번 봤으면 해서 이렇게 왔소."

"묻고 싶은 것이 있소."

"말하시오."

"혹시 기억 상실에 걸린 사람을 치료해 본 적은 있소?"

쟌의 조금은 도발적인 질문임에도 에르난데스의 얼굴에 떠 있던 웃음은 사라지지 않았다.

"많진 않지만 치료를 해본 적은 있소이다."

에르난데스의 대답에 셀이나 올리비에의 얼굴은 밝아졌지만 정작 본인인 쟌의 얼굴은 전혀 밝아지지 않았다.

"그래서 몇 명이나 완치가 되었소?"

"미안하지만 아직까지 완치가 된 사람은 단 한 사람도 없소. 아마도 우리의 노력이 발탄, 그분의 마음을 움직이기에는 부족했던 모양이오."

에르난데스의 대답에 쟌의 얼굴은 변화가 없었지만 셀은 대단히 실망한 얼굴을 하고 있었다.

"그럼에도 불구하고 여기까지 온 것에는 나름대로 치료 방법이 있기 때문이오?"

자신의 말에도 실망한 표정을 짓지 않는 쟌의 태도가 조금은 예상 밖이었는지 그의 얼굴을 유심히 바라보고 있던 에르난데스는 곧 고개를 끄덕였다.

"기억 상실이라는 증상에 대한 치료 방법은 상당히 많소. 하지만 그 대상이 되는 것이 인간의 뇌라 마음먹은 대로 치료를 할 수 없는 것도 사실이오. 먼저 상처를 봐야 신성력으로 치료할 것인지, 아니면 마법으로 치료할 것인지, 그것도 아니라면 수술할 것인지 결정 내릴 수 있을 것이오. 물론 충격에 의해 과거의 기억을 되살릴 수도 있지만 그 방법은 너무나 위험하기에 요즘은 치료 방법에서 제외를 시켜놓은 상태요. 조금 전에 말한 대로 인간의 뇌란 한순간에 기억을 잃어버렸던 것처럼 어느 날 갑자기 기억이 되돌아오기도 하오. 그렇지만……."

"그렇지만 기억이 돌아오지 않을 수도 있다는 말이오?"

"그렇소. 상처를 나에게 보여줄 것인지 아닌지는 그대가 결정하도록 하시오. 환자가 내켜하지 않는 치료는 우리도 원하는 바가 아니니까 말이오."

에르난데스의 말에 잠시 생각하던 쟌은 곧 결정을 내렸는지 품에서 작은 가죽 주머니 하나를 꺼내 들었다. 그리고는 그 안의 내용물을 에르난데스에게 내밀었다.

그 내용물을 받아 든 에르난데스는 그 괴상한 모양에 고개를 갸웃거렸다. 유선형으로 생긴 그 물체는 겨우 새끼손가락 한 마디 정도의 길이에, 폭도 절반에 불과한 아주 작은 쇳덩어리였는데, 대체 어떻게 사용하는 것인지 도무지 그 용도를 알 수 없었다.

"이게 뭔지 그 용도를 말해 줄 수 있겠소?"

에르난데스의 질문에 쟌은 잠시 실망한 표정을 지었다.

"내가 중상을 입고 쓰러져 있을 때 내 뒷목에 박혀 있던 것이 바로 그것이오. 그로 인해 난 기억을 잃었소. 기억을 찾는 데 도움이 될까 해서 가지고 다닌 것인데 그게 무엇인지 알아보는 사람이 아무도 없었소."

"흐음, 크기가 작고 옆이 둥근 것을 보면 블로우 건처럼, 대롱처럼 생긴 것에 집어넣고 사용했던 무기 같은데 겨우 이 정도 크기의 무기로 상대에게 어떻게 제대로 된 타격을 줄 수 있는지 모르겠구려. 양해를 해준다면 이것을 좀 더 연구해 보고 싶소. 허락하겠소?"

"마음대로 하쇼."

"그럼 이젠 상처를 보도록 합시다."

에르난데스의 말에 쟌은 천천히 몸을 돌려 뒷덜미를 그에게 보였다. 가죽끈으로 뒷머리를 묶었기 때문에 쟌의 뒷덜미가 한눈에 들어왔다. 그리고 뒷덜미의 오른쪽 머리카락이 끝나는 부분에 엄지손가락 한 마디쯤 되는 작은 않은 상처가 모습을 드러냈다.

상처 주위를 면밀히 살피던 에르난데스는 잠시 뭔가를 곰곰이 생각하는 듯하다가 입을 열었다.

"잠시 상처를 만져 봐도 되겠소?"

"좋을 대로 하시오."

쟌의 대답에 천천히 손을 든 에르난데스는 천천히 신성력을 끌어올렸다. 눈이 아릴 정도로 밝은 빛을 뿌리고 있는 그의 손이 뒷덜미의 상처에 닿자 쟌은 순간적으로 몸을 움찔했다.

몸이 갑자기 저려오는 것 같기도 하고 또 전격계 마법 공격을 당한 것같이 쩌릿쩌릿하기도 했다.

잠시 후 생각을 정리한 에르난데스가 입을 열었다.

"정확한 진단은 다시 한 번 상처를 꼼꼼히 살펴본 후에 내려야 하겠지만 일단 살펴본 것만 가지고 이야기하자면, 아마 당시의 부상으로 뇌신경에 상당한 손상이 간 것 같소. 이 정도 상처라면 언어 구사 능력을 상실했거나 식물인간이 될 가능성도 있었소. 또 귀하처럼 과거의 기억을 상실할 수도 있고, 정신 이상을 일으켰을 수도 있소. 혹은 머리에 고인 피 때문에 목숨을 잃었을 수도 있었는데 아마도 당시에 당신을 구한 사람이 꽤나 공을 들여 당신을 치료했던 모양이오."

"그건 나도 알고 있소."

"비록 상처가 아물었다고 하지만 내가 보기엔 완전히 아문 것은 아닌 것 같소. 그렇다고 특별히 치료할 곳이 있는 것은 아니지만 당시에 받은 충격으로 어떤 증상이 나타날지 누구도 장담할 수 있는 상태는 아니오. 좀 더 상황을 지켜본 후 어떤 방법으로 치료할 것인지 결정해야 할 것 같소."

에르난데스의 설명에 쟌은 그저 고개를 끄덕일 뿐이었다. 하지만 셀은 그런 쟌의 표정에서 그가 에르난데스의 말에 별다른 희망을 걸지 않고 있다는 것을 거의 직감적으로 깨달을 수 있었다.

그에게 뭔가 희망이 될 만한 말을 해주고 싶었지만 막상 말을 하려니 머리 속이 텅 비어버린 것처럼 아무 말도 생각나지 않았다.

"알겠소."

대답과 함께 갑자기 자리에서 일어난 쟌이 호숫가를 따라 걸음을 떼어놓자 셀도 서둘러 자리에서 일어났다.

"전 이만……."

점점 멀어져 가는 두 사람의 모습을 지켜보던 올리비에는 안타까운 심정으로 입을 열었다.

"정말 마스터의 기억을 되살릴 방법은 없는 겁니까?"

"아까부터 가이야 씨를 계속 마스터라고 부르던데 그가 그렇게 뛰어난 실력을 가지고 있소?"

"물론입니다, 피로델님. 기억을 잃어버린 상태에서도 마스터라고 불릴 정도인데 만약 저분이 잃었던 기억을 되찾는다면 헤르난 전하께 얼마나 큰 도움이 되시겠습니까? 안타까운 생각이 들어서 그렇습니다."

"일단 누고 보노복 합시나. 우연한 기회에 기억을 되찾을 수도 있으니 무리한 방법보다는 순리적으로 풀어 나가는 것이 좋을 것 같소."

에르난데스의 대답에 올리비에는 안타까운 마음이 들었지만 현재로서는 어쩔 수 있는 방법이 없었다.

12월로 다가서는 호수의 바람은 매섭기만 했다.

12월이 되면서 흑장미성은 더욱 늘어난 방문객들로 인해 인산인해를 이룰 지경이었다.

흑장미성은 갖가지 물건을 들고 찾아오는 상인들과 보기만 해도 몸이 떨릴 정도로 무시무시하게 생긴 용병들, 또 허드렛일을 하는 일꾼들과 사제복을 걸친 프리스트들로 넘쳐 났다. 하지만 한 가지 이상한 것은 보는 사람이 어색함을 확실하게 느낄 수 있을 만큼 괴괴한 정적이 흑장미성 전체를 휘감고 있다는 것이었다.

성의 이상한 분위기에 적응하지 못한 몇몇 용병들이 처음엔 소란을 일으키기도 했다. 하지만 어찌 된 일인지 그들의 모습은 그 다음날로 감쪽같이 사라져 다시는 볼 수 없게 되었다.

그런 사태가 몇 번 반복이 되자 감히 목에 힘을 주며 거들먹거리고 다니는 용병들의 모습은 거의 찾아볼 수가 없었다. 그럼과 동시에 이상한 이름 하나가 사람들 사이에 퍼져 나갔다.

도그 슬레이어.

처음 그 이름을 듣고 비웃음을 터뜨렸던 상인들과 용병들은 다음날 어김없이 눈 주위가 시퍼렇게 멍이 든 채 나타났다. 그 이유를 사람들이 물었지만 그들은 도그 슬레이어라는 이름을 듣는 순간부터 떨기 시작할 뿐이었다. 하지만 그 떨림이 얼마나 심했는지 경련을 일으키다 쓰러지는 것이 아닌가 하는 생각이 들 정도로 그들의 두려움은 대단한 것이었다.

　자연히 듣기만 해도 가소로움이 묻어나는 도그 슬레이어에 대해서 궁금해하면서도 어느 누구도 입을 여는 사람이 없었다. 사람들은 별것 아니라는 생각을 하긴 했지만 감히 다른 사람들 앞에서 그 이름을 거론하지는 않았다.

　사라진 용병들의 동료들 가운데 일부는 당연히 헤르난에게 따지기는 했지만 결코 그들이 원하던 대답은 들을 수 없었다.

　"그들은 지금 특별 훈련을 받고 있소. 미안하지만 여러분의 요청이 있다 하더라도 그들은 현재 자신들의 입장을 변호할 수 있는 상황이 아니기 때문에 여러분들의 넓은 이해를 기대하겠소이다."

　이것이 헤르난의 공식적인 답변이었다. 하지만 그 말을 믿는 사람은 거의 없었다.

　특히 상인들의 불만이 컸다.

　자신들을 보호하기 위해 함께 왔던 용병들 가운데 일부도 감쪽같이 사라졌기 때문이었다. 게다가 사라진 용병은 용병대의 책임자이거나 대장이 대부분이었다. 하지만 어떤 항의를 해도 한번 사라진 용병들을 다시 볼 수는 없었다.

　도그 슬레이어라는 이름과 함께 거론되는 이름이 있었으니 그 이름은 바로 '티오네스의 미소' 였다.

　티오네스는 비와 아름다움, 그리고 무지개를 관장하는 여신인데 여신들 가운데에서도 아름답기로 유명했다. 티오네스의 미소를 가졌다고 불리는 이 여인은 지독하게 아름다운 얼굴과 푸근한 미소를 가지고 있어 그녀를 한 번 본 사람들은 예외없이 모두 그녀에게 반해 버리고 말았다.

사실 그녀의 얼굴을 본 사람은 그리 많지 않았지만 입에서 입으로 소문이 퍼지면서 도그 슬레이어와 티오네스의 미소란 이름을 가진 여인을 모르는 사람은 거의 없을 정도가 되었다.

　과거에는 헤르난이 흑장미성을 대표하는 이름으로 알려졌지만 이젠 도그 슬레이어와 티오네스의 미소, 이 두 사람이 흑장미성을 대표하는 명물로 알려졌다.

　이렇게 크고 작은 사건 속에서 흑장미성은 다사다난했던 제국력 599년을 마감하고 있다.

〈4권에서 계속…〉

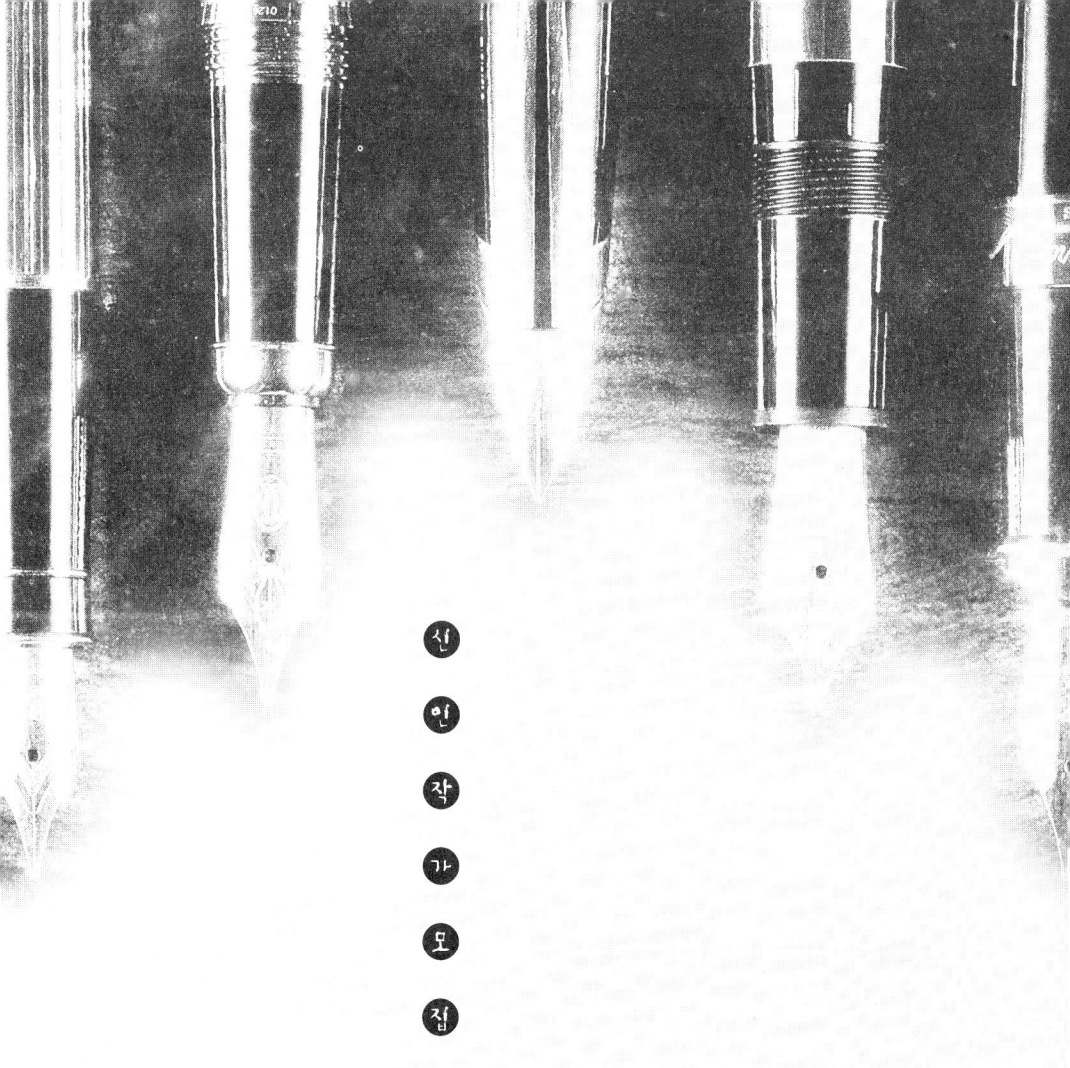